中公文庫

新版

犬が星見た

ロシア旅行

武田百合子

JN230257

中央公論新社

目次

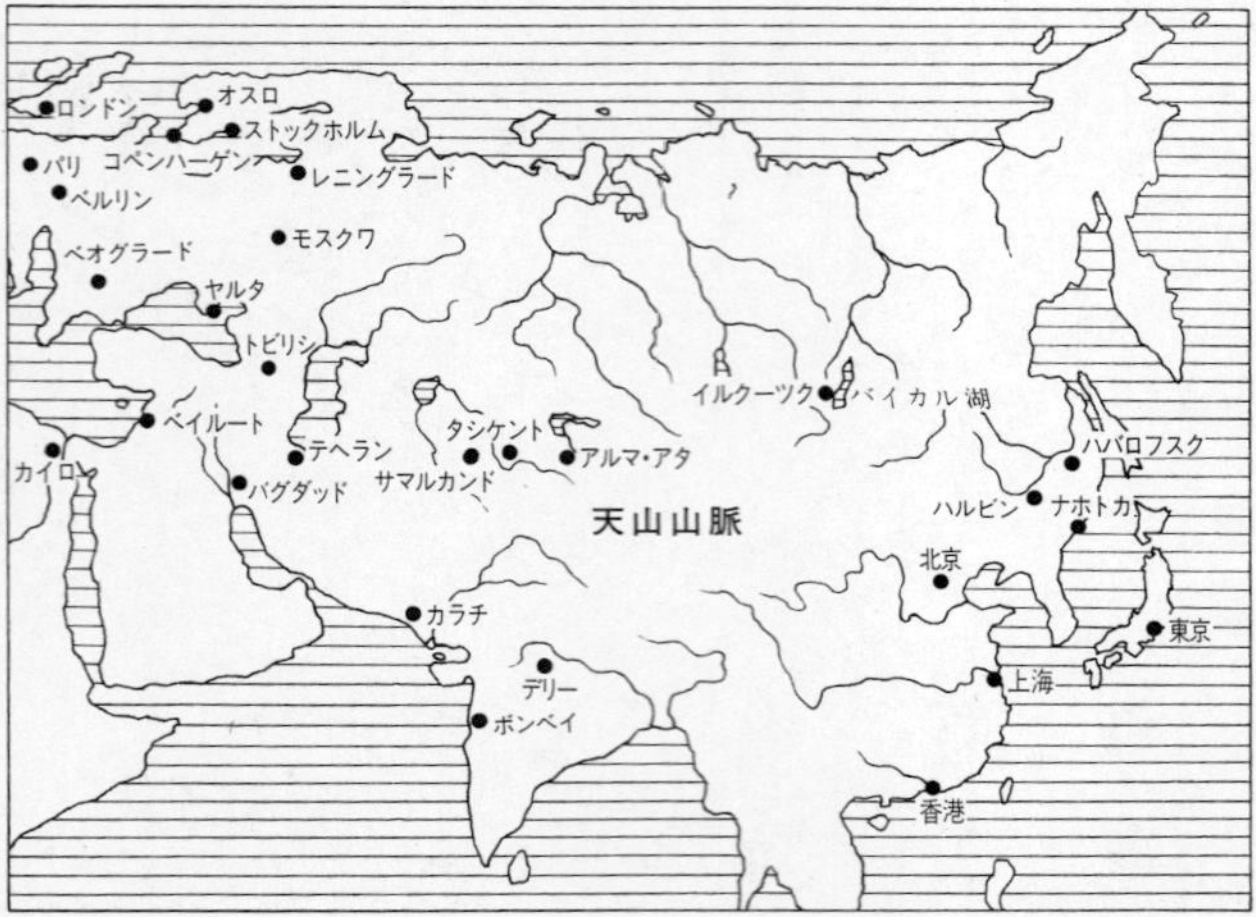
ロンドン
オスロ
ストックホルム
コペンハーゲン
パリ
レニングラード
ベルリン
モスクワ
ベオグラード
ヤルタ
トビリシ
ベイルート
カイロ
テヘラン
バグダッド
タシケント
サマルカンド
アルマ・アタ
イルクーツク
バイカル湖
ハバロフスク
ハルビン
ナホトカ
天山山脈
北京
カラチ
デリー
ボンベイ
東京
上海
香港

犬が星見た

——ロシア旅行——

昭和四十四年六月十日　晴

朝七時半、毎日新聞社の高瀬さんが迎えにきて下さる。玄関に入ってきた高瀬さんの喉のところには、ちり紙をちぎって貼りつけてある。三ヵ所貼りつけてあって血がにじんでいる。貼りつけてないところにも点々と血がにじみ出てかたまっている。高瀬さんの自宅は遠いので、遅れるといけないから昨夜は本郷の知合に泊ったのだという。今朝あわてて顔と喉を剃って血が出てしまったのだろう。ワイシャツの襟にも血がとんでいる。七時四十五分に出る。横浜大桟橋に九時十五分前に着く。

ハバロフスク号は真白い船だ。大桟橋の左に横づけになっていた。

竹内〔好〕家では八時にここに着いてしまったという。照子さん〔竹内好夫人〕ヒロ子ちゃん〔長女〕ツギ子ちゃん〔次女〕が並んで腰かけている。少し離れたところに竹内さんが腰かけている。花子は今朝六時半に学校へ出かけたので、うちは家族の見送り人なし。

F旅行社の山口さん（この旅行に付添ってゆく人）と松村さんが着く。

F旅行社企画の「六九年白夜祭とシルクロードの旅」は、山口さんをいれて十人。竹内さん、主人、私、山口さんのほかは、関西の人だから、昨夜は横浜のホテルなどに泊って、ここに集まってきた。関西の人と関東の人、山口さんの紹介ではじめて顔合せ。

銭高さん（この人だけは、とびぬけて年よりだということは分った）、坂野さん夫妻、江口さん、島さん（この人たちの年はよく分らない。六十前後位だろうか）、三杉さん（いくつ位か分らないが、関西組の中では一番若い）、女は坂野夫人と私。坂野夫人は六十前後、手足が長く洋服がよく似合う。

山口さんは「旅行団の団長をきめておきたいと思います。旅馴れていらっしゃって年長である坂野さんが団長、関東組から竹内さんが副団長」と言った。これから、ここでしなければならない手続について説明があり、旅券を渡される。外国製の時計、貴金属類、万年筆類を持っていたら申告をしておく白い紙きれを渡される。主人は何にも聞いていないみたいだ。竹内さんと私は一生懸命聞いている。ことに私は選挙の投票にいっても毎回何かしら間違えるので、緊張して聞いている。ずっと前、花子にやった時計をまた返してもらってしてきたので、松村さんに見せると「スイス製ですな」といわれる。松村さんに時計の名前を読んでもらって、間違えないように書き込んだ。旅行に行く人たちだけ揃って、出入国管理事務所（というのだろうと思う）へ行き、旅券にサイン（?）のようなものをしてもらう。また、ぞろぞろと揃って元のところへ戻ってくる。ポーターにトランクを渡す。一個百五十円（これは税関の調べ所で調べが済むと支払った）。今度は税関。ここで見送りの人たちと別れる。うちの見送りの人は、高瀬さんのほかに、中央公論社の近藤さん二人（近藤信行さんともう一人同姓の人）と岡本博さんが増えていた。『海』の連載小説をはじめる約束をすっぽかして旅に出るのだ。主人は「近藤君にだけは旅行に出るのを知られたくない。わるいからな。俺はいいにくい。ほかの出版社に知れればすぐ近藤君の耳に入るからな。従って、ほかの出版社にも黙っていろ。出るまぎわまで誰にも出来るだけ黙ってろ」と、ひたすら近藤さんのことを気にしていたが、昨夜わかってしまったらしく「本当ですか」と、憮然とした声の電話がかかってきたのだ。今日も近藤さんはふくれっ面をしている。

船の中に入ると、もう一度、サロンで旅券の調べ。これは山口さんが全員に代って行列に並ぶ。私たちは長椅子に腰かけてぼんやりしている。私の隣りに腰かけた江口さんは「竹内さんという方は、怖そうな御方ですな」と、心配そうに私に囁いた。元気がない。関西組は、銭高老人をはじめ、大方は実業家らしい。古くからの知り合い同士で、みんな美術に趣味があって、美術をみる外国旅行も時々一緒にしているらしい。三杉さんは美術館の仕事をしていて陶器の研究家なのだそうだ。

甲板に出てみる。岡本さんと高瀬さんが下から見上げている。岡本さんは賑やかにしてくれようと一生懸命だ。テープの束を放ってくれる。だから、それをこっちから投げる。大学の運動部の見送りが応援歌を歌う。照子さんとヒロ子ちゃんとツギ子ちゃんともう一人親戚らしい男の子が並んで見上げている。照子さんは口に手をやって何か飲む真似をし、怖い顔をして手を振って、それを打ち消す真似をしてから笑う。竹内さんと主人に向ってする。

「何のこと?」と竹内さんに訊ねると、「酒を飲むなといってるんだ」と言った。

照子さんは待合室でも主人に言っていた。

「武田さん、パパに酒をあまり飲まさないようにね。頼むわよ」

楽隊が甲板に出てきた。音楽がはじまる。二年位前に流行ったような気がする、聞いたことのあるような音楽。白ワイシャツにネクタイなし。ワイシャツの一番上のボタンを外した質素な楽隊。アコーデオン、エレキギター、ドラム。音楽をはじめたのでもう出るのかと思ってもまだ出ない。三十分以上もこうしている。陽がさんさんと射している。高瀬さんも岡本さんも照子さんたちも、上ばかり向いていて、気持がわるくなるのではないかしら。私たちも笑ったりしている顔がこわばってきて、唇が元へ戻らず、笑い放しのような表情になってきた。そのうちにやっと出る。出ると、あっという間にするすると桟橋を離れて、見送りの人たちの表情が見えなくなる。気が楽になった。

室は一一六号、竹内さんは二二四号、離れているらしい。竹内さんは「いいかね。俺の室は二二四号だよ」と主人と私にいい含めた。

ベッドには毛布が一枚ずつ。枕カバーあり。洗面所には小さなシャボン、飲料水の水差し、コップ二つ。シャワーと便所は隣室と共用。隣室の人が入っているときは、使用中のランプがつく仕掛。

しばらくは茶色い海を走る。小さい船、大きい船、黒い船、青い船、赤い筋の入った船、茶色い海を行き交う。

昼飯。

前もって渡されたカードに記されてある席番号の食卓につく。十四番。私たちは坂野夫妻と同席。竹内さんは少し離れた食卓で、こっちを振り返って見ている。女学生らしい人と同席。

前菜に昆布と魚の油和えのような小鉢一つ。スープ（赤い色をしたスープ）、挽肉（ハンバーグ風）と御飯が、一つの皿に、テニスボールを真二つにした大きさに、まん丸く並んでのっている。きゅうり少々、トマト少々、キャベツが酢とソースで和えてあるのが添えてある。

食卓には水差しと紅茶茶碗が出ている。パンは甘味と酸味があって、舌ざわりと喉を通るときにごわごわするが野性的な風味だ。おいしい。

主人はビール二本とる（小びん）。百六十円。

食堂を出て階段を上ったり廊下を歩いたりしているうちに、酒場があるのを見つけた。主人は入りたいという。係は太った濃い化粧の大年増が一人。スタンドのまわりには日本の男がずらりと腰かけている。自分でビール二本とコップ二つを持ってきて、隅のテーブルで飲む。五千円札を出しても、小型金庫のようなものをあけて、すぐ釣銭をくれる。

「百合子。面白いか？　嬉しいか？」ビールを飲みながら主人が訊く。

「面白くも嬉しくもまだない。だんだん嬉しくなると思う」と答える。

甲板では西洋人男女が脚を投げ出して日光浴。ビキニに着替えて出てきている女もいる。本を読んでいる人もいる。歩いていると、竹内さんが一人で向うからやってくる。「酒場があるぞ」と主人は得意気に言う。今出てきたばかりの酒場へ戻る。

スタンドには客がいなくなっていた。私たちは大年増の前に腰かけて、竹内さんと主人はコニャックとウオツカ（モスコスキー、スタルカ）、私はビール一本を飲んだ。

主人がピースを大年増に差出すと「ノー　スモーキング」だといって手を振ったが、それでも受け取り、火をつけて二口ほど吸ってから、客の私たちに分らないようにスタンドの陰でもみ消した。いかつい顔をしているが、鳩のようなくぐもり声で、ゆっくりとしたやさしい物腰だ。その色の白いこと。顔、喉、二の腕。

甲板に向ってついている室の窓には、薄いカーテンがかかっている。甲板を往来する人の姿が、この窓にひっきりなしに入っては消えて行く。猫背の大男、太ったおばさん、ビキニの娘、家族連れの中年男、杖をついた脚のわるいおじさん、本を二、三冊抱えている人。

昨日、一昨日、その前から、家を留守にする支度におわれた寝不足で、アクビばかり出る。私は船酔いをするたちなのかしら。何もすることがないので昼寝をする。すぐ深く眠ってしまう。

オルゴールの音のような音楽（シャルメーヌ、シャルメーヌと歌う曲、大分前に日本で流行した曲）が、ちょこっとかかって、それからお客様へのお知らせがはじまる。四時のお茶。出かけて行って、紅茶をカップ一杯、ロールパン一個とバター。また二段ベッドの上によじのぼって眠る。またシャルメーヌのオルゴールが鳴る。五時からサロンで映画会。私は眠りたいので行きたくないが「一緒に行こう。一緒に行こう」と主人が誘う。「きっと文化映画だよ。タメになる映画だよ。眠いから行きたくない」と言うと、

「さっき船に乗ったばかりの癖に、もうバカにする。そんなこっちゃいかんぞ。何でもバカにしてはいけない」とにらむ。

会場はもう暗くなっていて、主人は席を探しながら前の方へ。私は出入口に近い長椅子に腰を下ろす。五分ほど観たが、つまらないから帰ってきてしまう。入りきれなかった西洋人家族の幾組かは、開け放された出入口の扉の外の階段に腰かけて、映画を観ていた。遮るもののない海の夕陽が、そこまで射し込んできていて、子供も親も、金髪やまつ毛や顔の産毛をキラキラ光らせて観入っていた。主人は最後まで観ていた。モスクワなどの観光案内みたいなものだったらしい。主人の隣りで観ていたロシア人の子供は日本語が達者で「ダメネエ、コレ。ダメネエ、イヤネエ、タダミテルダケ」と主人に向って言っていたそうである。

いつまでもいつまでも陽が射している。夕食に食堂に入っても、小さな丸窓から一直線に陽が射し込んで、向いの席の坂野夫人の顔のところに、あたっている。坂野夫人は眩しそうに手をかざしたりして、うつ向き加減で食事をつづけている。小さな丸窓から見える海は、いま、丁度、陽が落ちてゆくところ。海も太陽も窓も金一色に輝きつづけている。

夕食

○ソーセージ二本にハムの燻製、野菜のつけ合せ夜はあっさりしている。

明日の昼食と夕食の献立表と予約注文票がくる。私は主人と同じ番号を書き入れてみたが、もう一度献立表をよく見て考え直して訂正した。ぶどう酒を一本注文して室へ持って帰る。四百八十円。

食堂から出てきたときだ。太陽はみるみる赤黒くなって、海もにわかに黒くなる。甲板に出て、皆、それを見ている。

オルゴール鳴る。八時からダンスパーティー。サロンに人はたくさん入っているが、皆、じいっと腰かけているだけで踊らない。出航のときの楽隊が演奏。社会主義国の楽隊は譜面を一枚ずつめくっては次の演奏をする。即興や燥《はしゃ》いだ風にはやらない。プログラム通り真面目に演奏している。どんなダンス曲も国歌を吹奏しているように聞える。楽隊の人たちも、小さな男の子を脚の間に抱えこんで音楽を聴いている中年の男も、二、三人連れで腰かけている中年や老いた女も、頸が太い。西洋人の男や女は顔が小さくても頸は太い。胴体からしっかりと幹のように頸が伸びていて、その上に顔がついている。丈夫な食道だの気管だの血管だのが、ぎっしりとつまっていて、たくさんの血が上り下りして動悸をうっている大切なところだ——ということがよく判るような頸をしている。東洋人の頸は細くがくがくしている。日本人の顔は主に蟹に似ている。顔の中が✳︎の印になっていて、体つきもこわばっている。歩き方は危なっかしい。しかし、西洋人からみれば、私たちはエキゾチックでサイケだろう。

坂野さんが「絵葉書を売ってますよ」と教えてくれた。売店で二枚買う。百四十円。ロシア人がロシアのこけしを買って喜んでいた。

甲板には冷たい風が吹いていて、もう人影はない。風の入らない硝子ばりの甲板の方で、三人、デッキチェアーで本を読んでいる。レインコートをひっかけた女が男と手を組んで、一組ずつ、ゆっくりと歩いている。囁き合っている。五十位にみえる、ずんぐりした小柄な、労働者風の身なりの白人の男が、太った奥さん（日本人らしい）と、洗いざらしの赤いシャツを着た小さい男の子を連れて、ゆっくり歩いている。口をきかない。奥さんは質素なプリント木綿のワンピースの上に、敗戦直後の頃のような古い型の赤いオーバーコートを着ている。男の子は「サブイねえ」と言った。夫婦はそれにも返事しない。

十時半、ねる。

真暗な海に、小さい船が一隻、遠くに浮いている。三つ灯をつけて揺れている。さびしいというのか。いい感じというのか。何といっていいのか。

六月十一日　くもり

六時ごろ、うっすらと眼がさめる。昨日からしているクリーニング屋の機械の音のようなのが、相変らずしている。船に乗っていたのだな、と思う。ベッドが硬いので熟睡した。(私は脊椎をわるくしたことがあるので硬い敷ぶとんでねているから、たまに旅館やよその家で上等なふわふわのふとんにねると眠れない)

「晴れてはいない。霧がかかっている」ずっと前から起き出していた主人が言う。

ノックして竹内さんが入ってくる。

「早起きだね」と言う。

「俺は三時ごろから起きて、酒飲んだりしてるよ。うちにいてもそうだ」

主人はいそいそと、コニャックとぶどう酒を竹内さんにすすめる。

「百合さんはねていらっしゃい。二人で飲んでるから」と竹内さんが言うので、私は二段ベッドの上から、ねたまま二人の話をきいている。

「机の上に銀紙のチーズが出てるでしょ。昨夜ねるとき、とうちゃんの夜食用に出しておいたんだけど。三時から起きてたのなら、もう食べちゃったかな」と、教えると、

「あれ、これチーズなのか。キャラメルだとばかり思ってたよ。百合子のやつ、ねる前にキャラメルを食べくさってからに、放り出してねやがったと思って、さっきから手も出さないで酒だけ飲んでた。ソンしたな」と言う。

二人は早速、銀紙をむいてチーズをつまみにしている。

「このチーズ、うまいんだよ。なかなか売ってないんだ。俺もこれ持ってこようと思ったんだが、吉祥寺の店になかったんだ。百合さん、どこで買ったの」

「へぇえ。これ、そんなにうまいのかね。そうかね。百合子がよくそんなことを知ってたなあ」

二人して朝早くから酒が飲める嬉しさに、二人は子供のようなバカくさい話のやりとりをして、私にお愛想を言う。竹内さんは、甲板を散歩していると、この室の窓だけ灯がついていたので、武田が起きているなとすぐわかった。だからやってきたのだ。と言った。たまに窓をよぎる人影は、船員らしい人ばかりだ。本を抱えて静かに歩いている。乗客はまだ眠っている。

七時過ぎ、竹内さんは帰った。

八時、朝食
○サラミ三、四片
○半熟卵二個
○パン、バター
○紅茶

○トマトジュース
隣りのテーブルの西洋人の男の子は、私が食堂に入って行くと指さして「チョ子さん、チョ子さん」と言う。「チョ子さん、カョ子さん」とも言う。母親が半熟卵を食べさせると、一口のみこむたびに「オイシイ」「モノスゴクオイシイ」と、わざとらしく言う。

十時半ごろ、映画あり。主人だけ行く。私は売店で買った絵葉書を書く。机の前でぼんやりしていると、竹内さんの真横向きの姿が窓を通り過ぎるなり。少し経つと、また竹内さんの、今度は反対側の真横向きの姿が通り過ぎる。竹内さんは映画は観たくないらしい。映画はバレエ映画で、古くてフィルムがときどき切れたそうである。

昼食。

西洋人の男の子が、坂野夫人の席に坐って動かない。「ママが心配してるよ」と席を立つようにうながしても「ボクは四つでママは心配していない。四つで大きい」と頑張っている。女給仕が戸棚から小さなりんご（日本では国光りんごといっている、それの一番小さいカスのようなリンゴだった）を大切そうに持ち出してきてあやすが、眼もくれず動かない。彼女は抱き上げて隣りのテーブルへ移した。

昼食は、昨日の夕食のときに、めいめいが注文した献立でくる。正確に次々と運ばれてくる。

私の注文した昼食
○野菜サラダ
○パン
次にきたもの
○純日本式味噌汁（中身は麩とねぎ）
○丸干いわしの焼いたの三本と昆布と魚の酢じめ
○米飯小丼一杯（塩味がついている）
その次にきたもの
○白身魚のバター焼、野菜つけ合せ
最後にきたもの
○クリームコーヒー

主人の注文献立は、前菜に鰊の油漬がくる。これがとてもおいしかったとか。

今日は食卓に日本の割箸がでた。

帰りに酒場に寄る。酒場は、夜は七時から十二時まで。

モスコスキー二杯、ビール二本（今日はキリンビールの小びん）百六十円、煙草（マルボロー）百四十五円、ぶどう酒一本。

そのあと、ボルゴグラードとかいうところへ行く日本人団体の席の人にすすめられ、私はぶどう酒五杯飲んだ。この人たちはおせんべいと海苔の佃煮を出して飲んでいた。この中に一人だけ混っている女の人は、コペンハーゲンの旦那さんのところへ行くのだといった。

戻ると主人はシャワーを浴びて昼寝。竹内さんは、そのまま室にいて私と話しながらぶどう酒を飲む。しばらくして竹内さんは立ち上り、ポケットから球型の磁石をとり出して「西に船がまわってきた」と言う。津軽海峡に入ったかもしれない、と言う。行き交う船影もない。海上はうす白く煙って油を流したように凪いでいる。切り裂いてゆくように、大きくめくれた波を作って、この船だけが走っている。速い。

三時、船は海のまん中。波が少したってきた。

甲板に出ると、赤い上衣のユニフォーム姿の日本人男女が双眼鏡で陸地らしい方角を眺めている。いま船は津軽海峡を走っていて、見えている陸地は本州だという。右手には北海道が見えるはずというが、その方角は煙っている。この人たちは運動選手団で、ロシアから欧州をまわって、オーストラリアにも立ち寄るのだそうである。だから、いつも甲板でマラソンをしたり体操したりしていたのだ。

西洋人の子供を三、四人並べて写真を撮っていた日本人の商社員らしい男は、写し終ると子供たちに囲まれて「十円」「十円」と手をだしてせびられていた。

主人はまだねている。四時少しまわって山口さんが室にくる。ナホトカからの列車の札、列車の室わりあてのカード二枚、トランクに付ける室番号を書いた荷札二枚（この札をつけて船室の前の廊下に出しておくと列車の室まで運んでくれるのだそうだ）。竹内、山口、私、主人で一室使うことになっている。

運動選手のほかにも、運動不足を補うためか、甲板を駈足する若い男女、日本人と西洋人の中年の男五、六人が、窓の外を何回もくり返し通り過ぎる。

昨夜も甲板でみかけた、男の子を連れた夫婦が、風のこない硝子ばりの甲板のベンチで、夕方の海を見ている。奥さんは今日は赤ん坊を自分のセーターにくるんで抱いている。右の方に北海道が見えてきた。

「あれは函館の丘ではないかしら。いま津軽海峡の一番せまいところにきているのね」と、その奥さんは隣りに腰かけた私に話しかけてくる。

――ソ連をシベリヤ鉄道に乗って通り、イギリスのロンドンに行く。これが一番安く行けるの。ロンドンには主人の実家があって、二人の子供を見せに行くんです。私は結婚してから、はじめて主人の一族に会うわけなの。上の子供は小学校へ行ってる男の子、この子は九ヵ月の女の子。主人が二ヵ月の休みがとれたので一家で行くんです。主人はロンドンに帰ったら、もう日本に戻ってくるのはいやでしょうねえ。でも、私は日本の方がいい。三田に会社の支店があって、その寮に住んでいるの。本店は関西にある。私は主人と結婚してから九州に観光旅行をしたことはあるけれど、北海道を見たのははじめて。外国もはじめて行く。この赤ん坊は船の食堂の卵と粉ミルクで食事をとっているけれど、バナナを食べさせすぎて、ほら、顔にポツポツが出来てるでしょう。ほら、足にも。一週間位は治らないかしら？　向うへ着くまでには治さなくちゃ。主人の母に見せるんだから——こんなことをぽつりぽつりと話す。がっしりした体格の奥さんは、化粧気もなく、木綿のワンピースの上にネンネコを羽織っている。

おとなしそうな夫は黙って海を見て立っていたが、振り返ると「イギリスの大使館は一番町ね。オクサンのいる赤坂と近いね」と私に言った。

小学生の男の子が駈けてきて「あの島はどこの国？」と訊く。

「あの島はまだ日本よ。北海道。まだママの国よ」と、よくとおる大声で厳然と奥さんは答える。

男の子は「ママ、おしっこに行く」と言いおいて駈けて行く。

「マーチン、自分一人で行きなさい」子供の後姿へ奥さんはおいかけるように言った。セーターにくるまって顔だけ出した赤ん坊は機嫌よく笑っている。クリスマスカードの子供の天使そのままだ。

お茶の時間ごろ、船は揺れだす。ここを通り過ぎれば揺れなくなるなどと、甲板では話していた。

お茶の時間。紅茶、菓子、小皿に山苺のジャム。

菓子は土台のカステラの部分が食パンのように目が粗く、蜜がたっぷり沁みこんで、酒の香りが少しする。ピンク色の花型飾りのクリームの部分は、げんなりするほど甘くて、バターがたっぷり入っている味だ。東京の精製されすぎた高級都会西洋菓子とは、味も舌ざわりも甘さもまるでちがう。あちこちを気にかけず悠然と作っているのだな。

例の小鬼のようなドイツの四歳の男の子は私のところに寄ってきて、

「オバサン。ボク、ケーキ食べないの。このケーキ食べたくない」と言う。

「ふうん」と私が言うと、

「オバサン、食べたい?」と訊く。

「食べたい」と答えると、自分のテーブルから持ってきて私にくれた。私は、主人のと小鬼のと自分のと、三つ食べた。

そのあと、映画会。外からちょっと覗くと黒白の音楽映画らしい。交響楽団が演奏しているところを、そのままうつしている映画らしい。観ない。

夕食

食卓には小さい国光りんごが盛ってある。

私の食事

○鮭の燻製四片ほど

○こうし肉のステーキ、じゃがいもフライ

○パン

○トマトジュース

主人には皿いっぱいのロシア風ギョーザがくる。（これは竹内さんもとったらしいが、まずかったとか）

別にキリンビール小びん二本注文。百六十円。

正面の大テーブルのロシア人大家族は、小鬼の母親とその女友達のテーブルをちらちらと見やっては、ひそひそと話している。ロシア家族の中の若い母親らしい女が、ドイツ女たちのテーブルを見やる眼付は、決して好意的ではない。ドイツ女二人は最新流行の服装で化粧も濃く、色気に溢れている。華美な魅力のある女をいやらしいと思っている眼付なのか、あちこち歩きまわる小鬼の教育の仕方がわるいとさげすんでいる眼付なのか、ドイツ人を嫌っている眼付なのか、よくは判らない。ドイツ女二人は大きな声でドイツ語をしゃべり、高笑いをし、すぱすぱと煙草をふかしている。ロシア女たちは化粧気もなく、質素な野暮くさい服装だが、色白でやわらかい雰囲気だ。小鬼はロシア家族のテーブルにも出張してくるが、ロシア人の子供たちは小鬼と遊ぼうとしないし、相手にしない。

暗くなる。船の揺れが大きくなる。

九時ごろ、酒場に行き、コニャック一本（五ツ星）千円を買う。酒場のテーブルは満員。小鬼、またも一人で来ている。私がスタンドに腰かけて酒を買う間、隣りにきて腰かける。コカコーラをストローで自分が一口飲んでは私に一口飲ませ、かわるがわる飲もうと言う。二回ほど飲んでやる。小鬼は「ボク、ここが好き」と言う。

「オバサン、カヨ子さん？　外人は好き？」と訊く。

「オバサンは象と豚とライオンが好きだよ」

小鬼は真面目な顔になってうなずく。

サロンでやっているダンスパーティーの音楽が、室にいても、ときどき聞えてくる。やたらに眠くなり、ベッドによじのぼる。

「北の海にいるのは、あれは人魚ではないのです。北の海にいるのは、あれは波ばかり」こんな風な唄があったっけ。「人魚とろうそく」の海は、こんな暗い海だったろうな。

私は妙に感傷的になり、それからすぐ眠った。

六月十二日　終日くもり

波が船にあたる音？　六時に眼がさめる。

静かな海。濃霧。遠慮がちに船は汽笛を時折り鳴らす。

六時半過ぎ、竹内さんがノックする。朝食までを二人はコニャックとぶどう酒を飲む。今朝は私も少しぶどう酒を飲む。

竹内さんは食堂でいつも向いに腰かける女学生の話をする。

「ローマ大学へ留学するそうだ。シベリア鉄道で行けば、安いらしいんだな。マキャヴェルリの研究をするんだそうだ。近ごろは女もしっかりしてるね。学問をするには美人でない方が身が入るかもしれないな」などと。竹内さんの同室にアフリカ人（？）の若い男がいる、その話なども。

竹内さんは飲んでいるうちに上機嫌になってきて、

「武田、愉快かね？　この旅行にきてよかったかね？」と訊ねる。それから私の方に、

「百合さんは愉快ですか？　この旅行にきてよかったでしょう？」と訊きただす。私は「はい」と答える。

「しかし、照子さんが、この有様を知ったら怒るだろうねえ。朝酒飲んでるなんて」と私

が小さな声で言うと、竹内さんは、なおさら上機嫌になって笑いだした。

武田一句「朝酒やさりとは知らぬ照子さん」

朝食
○野菜サラダ（かにが入っている）
○目玉焼（二個入り）
○梅のジュース（カップに半分）
○パン
梅のジュースがとてもおいしかった。

霧なのか、雨なのか、波のしぶきなのか、甲板は濡れている。硝子ばりの甲板のベンチに、ペンキの罐と刷毛を足もとに置いて、三人の船員が腰かけている。淡い水色のセーターの老船員は「ホーロドノ？」と私に向って訊く。老船員は首をすくめてポケットに手を入れる仕草をする。〈ああ、寒い、といったのか〉と、キョトンとしていた私は判る。

甲板は今日もマラソンの練習。寒いのでベッドの毛布を頭からかぶった白人の少女が通る。

昼食前に竹内さん来室。船が揺れてきて、私は船酔い気味だ。御飯が食べられないとソンなので、トラベルミンを一粒のむ。

昼食
私の食事
○昆布と魚の酢じめ
○コンソメスープ（ゆで卵丸ごと一個入り）
○豚肉、じゃがいも、野菜ケチャップ和え
○アイスクリーム（二個入り。苺一粒とパイナップル二切れつき）
竹内さんの向いの席のローマ大学へ留学するというお嬢さんは、船酔いしたらしく姿を現わさない。

そのあと、これからの打合せに一行はサロンに集まる。

山口さんの話
◎写真撮影のときの注意。人を写すときでも「モージナ　フォト」と言って許可を得てから写すこと。殊に中央アジアでは注意すること。撮影禁止の場所の注意。
◎これから乗る列車は、出発の合図をしないで発車するから、駅に停まったからといって、やたらに降りてブラブラすると置いてゆかれる。ほんとに、すーっと音もなく出て行きますからね。置いてゆかれたら、そのあと、ずーっと当分の間汽車はきません。
◎タクシーを拾う場合。「グジェー　スタヤンカ　タクシー」と言って下さい。

「グジェー　スタヤンカ　タクシー」竹内さんと私は何度もつぶやいて練習した。

荷作りを終える。

二時半ごろ、ふと窓に眼をやると、陸地が見える。緑と茶の天然色の色のついた陸地。甲板へ出る。船が遠くに何隻も浮いている。真直ぐナホトカ港へ向って走っているらしい。日本とはちがうゴツゴツした岬。樺島勝一えがく「日本海大海戦」の絵や、明治絵画館にある絵に似ている。乗客は室で荷作りをはじめているのか、甲板に人影は少ない。甲板には冷たい冷たい風が吹きまくっている。昼中なのに海は暗い澱んだ色。ときどき陽が射してくると一めんに海は金色となるが、輝かずにすぐまた澱んだ色に戻る。寒い。

三時ごろ――港に入る。港内は緑青色の海。船は動かなくなり、音もぴたりととまる。ナホトカは晴れ。まわりの山々に陽があたっている。十隻ほど停泊している船の形はすべて古めかしい。船の色は黒、赤、コバルト、だいだい色。

船内で働いていたロシア人の女たちは、ワンピースからスーツに着替えをすませた。アイラインもアイシャドウもいれた濃い化粧になった。

エンジンがまたかかって少しずつ動き、桟橋に横づけとなる。桟橋には釣をしている男女、小船に乗って立ったまま何かしている労働者、子供も釣をしている男も労働者も鳥打帽をかぶっている。高い甲板から「ズラーストウィチェ（こんにちは）」と、日本人の大学生風の男が興奮した大きな声をかけて手を振った。釣をしている男や少年や老婆は、一応のろのろと甲板を見上げたが、手も振らず、声も出さず、すぐまた水面をみつめている。

カーキ色の軍服のような制服、皮長靴を履いた一隊が、タラップを上ってくる。税関検査がはじまる。あちこちの船室からロシア語が聞えてくる。肩章、紺の制服の女税関吏が「グッド　アフタヌーン」と言いながら入ってきて、ロシア語をしゃべりだす。主人と私は立ち上って向い合ったまま、キョトンとしていると「クダモノ、ヤサイ、ハナノタネ、アリマスカ」と訊く。「ノー」と答えると室を出て行く。(竹内さんは、このとき、とっさに海にレモンを投げ棄ててから「ノー」と答えたのだ、とあとでいっていた)

船室係の女が検疫証明書を返しにまわってくる。

税関吏(紺制服の男)が入ってきて、所持金、持込貴金属の有無、荷物の個数、行先、サインをしたもの(船中で配られた紙きれ)を点検。夫婦がめいめいに書いたのを、夫のだけでよろしいといって書込みを訂正してくれて、私の書いた紙きれはポケットに入れてしまう。ポーターがきてトランクを運び出す。また別の女がきて旅券を返してくれる。

税関検査が済んで旅券を返してもらった人は下船してよろしい、と日本語放送があるが、坂野夫妻、江口、島氏の旅券がなかなか返ってこないので、一同、それを待っている。

タラップを下りると、冷たい風が吹いている。三、四人で立話をしていた女たちの中から、一人がつかつかときて「つき当りの建物です。バスの前から入って下さい」と教えてくれる。鳥打帽の少年も入口までついてきて、教えてくれる。見まわすと、どの建物も明治村のようだ。

建物の中にはハバロフスク号に乗っていた人たちが行列したり、腰かけたりしている。両替の行列につき、二万円両替する。

空腹なので、早速、この中の売店で、ヨーグルトとチーズとパン二片を買う。私は船酔い気味で昼食の肉も食べなかったのだ。このときの主人は、めずらしくキョロキョロと目ざとく売店をみつけ、私の腕を摑んで連れてゆき、私の分だけを買って、いそいそとテーブルまで運び、私を腰かけさせて「食べろ。どうだ。うまいか」と、言ってくれたのだ。ジュース、ヨーグルトなどはカップに、チーズは皿に、一人前ずつ盛りつけて並べてある。指さして「スコーリカ（いくらですか）」と言うと「ペラペラ」と答えるから何も分らない。今両替したばかりの握りしめている金を全部出してみせると、そのうちから一枚とって、釣銭をくれた。牛乳だとばかり思って注文したものはヨーグルトであった。向いに坐ったドイツ女が、私のカップを指して「何か?」と言っているらしい。「ヨーグルト」と言うと「グッド? ベリー グッド?」と訊く。「ベリー グッド」と言うと、うなずいて自分も買ってきて、子供に食べさせた。チーズは硬い。ヨーグルトには甘味がなく、日本のよりずっと濃くてお腹がいっぱいになった。チョコレートを一枚買って食べてみる(二十四カペイク)。敗戦直後のチョコレートの味。進駐軍のハーシーチョコレートではなく、浅草の闇菓子屋で製造されていた、ぶどう糖入り国産チョコレートの味がする。なつかしい。

ローマへ留学する女学生は「三ドルだけ両替してゆく」と言い、その間、彼女の荷物の番を私はしている。

駅へ行くバスに、この建物の前から乗り込む。発車直前に若いロシア男が入ってきて「僕はインツーリストです。これからハバロフスクまで一緒にまいります」と日本語で話しだした。

八時に汽車が出てすぐ夜食。翌日、朝食を汽車の中でとり、十一時にハバロフスクへ着く予定、だという。朝食をチュー食と発音して、前の方の席の人にチョー食と訂正されると顔を少し赤らめて「あ、チョー食ね。朝のごはん」といい直す。

駅はすぐそこで、国際列車らしいのが着いているのが見えるが、丘の方へ大まわりしてホームにバスは停まる。プラットホームといっても何も囲いがしてない。野原の続きに汽車が停まっている。日本語の歌を放送している。ダークダックスらしい。

私たちは三号列車。八号車輛の１２３４の室。二等である。一等は古い車輛。二等はドイツ製新車輛。

汽車の通路の窓から外を見ていると、線路に男の子が三人駈け込んできて、窓の下から絵葉書を振る。「チューインガムと替えないか」ということらしい。「せん方がええ」と、声がした。銭高老人の声らしかった。

車室は四人寝台。下段は竹内さん、私。上段は山口さん、主人。主人は車室に入るなり、下の寝台席に自分の持物をせっせと並べ、早速ねころがろうとしたら「女を下のベッドにしてあげるのだぞ」と竹内さんに注意された。情なさそうな顔つきで、すぐノコノコと無器用によじのぼって、向こうを向いてねころがってしまった。逆らわないが、口もきかない。

室には、レーニンの本、レーニン語録、ソ連画報などが備えつけてある。

すぐ食堂車へ行く。

夕食

○パン、バター

○キャビア

○牛肉バター焼、じゃがいもつけ合せ

○紅茶

ビールらしきもの二本注文する。（ビールといって注文しても、色だけビール色で味はちがう）

同席は主人、私、竹内さん、ローマ留学の日本女学生、一つ空いていた席に、白人の中年男があとからきて腰かける。

白人の男は、窓ぎわに備えつけてあるパンから一番遠い席にいるので、一枚ずつ取って渡すと、姿勢正しく音をたてないで食べている。自分の手が届かないので遠慮してか、パンを速く食べ終わらないように、ちびちびと少しずつしか食べない。パンの耳のところをうっかり手渡してしまったので、まんなかのところに替えてやろうとすると、「耳のところが好きだから、これでいい」と、手真似を混ぜて言う。肉皿を運んできた女給仕が、滑って皿をこの男の膝に落してしまう。皿と肉とソースが、この男のズボンに全部くっついてしまう。体格のいい女給仕は、息をはずませて謝りながら丁寧に拭きとるが、肉汁は浸みこんで落ちるものではなく、男は「大丈夫だ。心配しなくていい」と言っているらしいが、言いながらも憮然としている。女給仕は震える声で「ソルト。ソルト」と窓ぎわの竹内さんに食塩をとってくれと命令した。竹内さんは「はい。はい。ソルト」と復唱しながら食卓の食塩を渡した。食塩を全部かけて、貴重な紙ナプキンをごっそり使って、彼女は力まかせに拭いている。

食卓には撫子とすぎなの大きいのが飾ってある。すぎなとあつもり草が飾ってあるテーブルもある。「これはすぎなだな」と私が言うと、竹内さんは「そんなことはない」と言う。「ロシアだからすぎなも大きいのよ」と私が言うと「そんなバカなことはない」と言う。

同席の男は騒ぎがおさまると、ズボンの膝のあたりを気持わるそうに気にしながら、竹内さんや主人とぽつぽつ話しだした。男は英国人で、くにに帰るらしい。教師をしているのだという。向いのテーブルでは高校生位のアメリカ女学生の一団がいて、笑声をあげて食べている。食堂車は満席。あとから入ってきた人たちは、入口近くに立って待たされている。

ぶどう酒一本買って室へ持って帰る。二ループリ。

竹内さんとぶどう酒を飲んだあと、主人は飲み残りが倒れてこぼれないように、私の席の隅に置いて、レーニンの本をありったけ使って囲み固定させている。竹内さんは「酒飲みはちがうね。武田もこういうことだけは自分でするんだな」と感心している。甲斐甲斐しく作業をすませると「俺はねる。おやすみ」と上によじのぼってねてしまう。すぐ、いびき。竹内さんと私は向い合って腰かけ、外を眺めている。山口さんが事務を終えて戻ってくる。三人でぶどう酒を飲む。

私のベッドの小さいランプがつかないので、山口さんが車掌室に行く。小柄の老人車掌がくる。電球はあるが、汽車が走っているから（？）とかで、ハバロフスクへ着かないと直せない、という。真赤なセーターを着た老人車掌は話好きらしく、そのまま室の入口に寄りかかって話をはじめる。

「その赤いセーターはきれいな色だ。よく似合う」と、私は山口さんに通訳してもらう。老人は顔をくずして喜び、

「このセーターは日本人にもらった。ずっとずっと前に船で働いていたとき、一緒にいた日本人から、別れるときにセーターとラジオをもらった」と説明した。セーターが似合うとほめられたお返しらしく、私に向って、

「私は貴女が好きです。私は貴女を愛します。旦那さんは上でよく眠っているかね」と、おどけた動作をくり返してみせた。退屈まぎれに折った鶴を「スパシーバ（ありがとう）」と老人の手にのせると「ツル」と言った。

「わが国の映画で『鶴は翔んで行く』という映画があった。とてもいい映画だった」と、老人は頭をふるって思い起すような表情をした。（すべて山口さんの通訳による）

「日本ではその映画は『戦争と貞操』という題で公開されたのです」と、山口さんは私たちに説明した。

「その映画を私は日本で観た。女優がとてもよかった」と、山口さんに言ってもらうと、老人はますます喜んだ。しまいに老人は、

「昔はこうでであったが、革命後、すべての人民は豊かになり仕合せになった」と、演説しはじめた。しかし、大へん無邪気で明るく、聞いていて楽しい。山口さんがハイライトを一本すすめると、喜んで吸う。女車掌がやってきて、用事があるらしく、耳もとでささやいても、何とかかんとか返事をして女車掌を追い返してしまい、まだまだ話し足りない風である。竹内さんは新幹線の絵葉書を出して一枚あげた。すると、

「よし。そのランプはハバロフスクへ着いてからではなく、明日の朝になったら私が特別に直してやる」と言い出してくれたが、明日の朝になれば灯はいらないわけだから、とわれわれは笑ってしまって断わった。

通路に私のトランクを置き放しておいたら、今度は背のひょろっとした東洋人の顔の車掌がやってきて、

「このトランクは中に入れて下さい」と注意する。東北なまりの日本語。

「今、ねまきを出したりしてからね、中へ入れます。ちょっと待ってて下さい」と言うと、

「ゆっくりでいいよ。ゆっくりで」と言う。日本語がうまい。その車掌はひとまわりしてきたあと、室の入口にもたれて話しだす。話しているうちに朝鮮の人と判る。

「横浜・ナホトカ間の船が着くと、皆、この列車に乗る。ときどき困るよ。?百人（聞きとれなかった）着くと知らせがきているからその用意をしていると三十人多かったり五十人多かったり、その反対に少なかったり――どういうんだろうかね。船に乗った人数は、はっきり判りそうなもんだがね」と言う。この人は、さっきのロシア老人より、東洋人の顔色のわるさも手伝ってか、暗い感じがする。

「樺太にも東北にもいたよ。中野の陸軍の学校にもいたよ」と言う。山口さんは平気な顔で、

「中野の学校？　ああ、スパイ学校だな」と、面倒くさそうに言ったので「そんなにハッキリ言ってしまっていいのかしら」と、私はびっくりする。この人があまりに暗く淋しげなので。男はあいまいな返事。男の細君はロシア人だという。

「日本にいたときはずい分苦労したよ」と、呟く。実感が、無表情な呟き方にも、入口にもたれかかったくったりした細長い体つきにもこもっているが、気の毒というより先に、何ともいえない暗い感じがしてしまって、私は、この人、好きでない。

「今は生活は楽だね」と言う。しまいに立っているのがくたびれたのか、室の中へ入って腰かけてしまう。竹内さんの苛々した顔つき。やっと帰って行って、私たちはねる。山口さんは、これからベッドの中で事務処理のノートをつけるのだそうだ。

◎山口さんから、ナホトカ・ハバロフスク間の汽車について、また、くれぐれも注意があった。

それは、ロシアの汽車は、汽笛もベルもアナウンスもなく、黙って駅に停まり、停まられた駅の方でも、誰も駅名を叫んだり、拡声機でガアガアやらない。静かに停まり、静かに黙って出てゆくから、駅に停まったからといって、売店を探しに出たり、駅の便所に行こうとしたり、写真を撮ろうとしたりして、うっかり駅に降りると、すーっと置いてきぼりをくってしまう。前にドイツ人の旅行者が置いてきぼりをくった。汽車の本数が少ないから、追いつくのに大へんなことです。くれぐれも日本の国鉄と同じ気分で降りてはいけませんよ。用足しも汽車の便所ですること。いいですか。黙って停まり、黙って発車しますよ。

山口さんの話の通り、ときどき汽車は駅らしきところに停まる。本当に黙って。駅だからといって囲いの柵もない。大きな白樺の生えかぶさっている駅もあった。そして本当に黙って、滑るように発車する。私は気に入った。

六月十三日

朝、くもり空。汽車は走り続けている。

竹内さんが起きて窓の外を見る。

「昨日と全く同じ景色だね。広いんだなあ」

原野というのかな。湿原というのかな。原生林というのかな。名所旧蹟ではない、名前のつかない、ぼおんやりとしたこういう景色が私は好きだ。

朝食
○パン、バター
○チーズ大切四片
○にんにくの匂いの強いソーセージ四片
○紅茶
船でもそうだったが、紅茶、コーヒーについてくるロシアの角砂糖は緻密でとても硬く出来ている。なかなか溶けない。早めに紅茶の中に放りこんでほっとくと、やがて飲むときにやっと溶けはじめてきている。で、私は思いついた。この角砂糖は紅茶に入れないで、左指でつまんで前歯でかじりながら、右手にカップを持って紅茶をすする——このやり方が一番おいしい。

昨夜の白人と同席。竹内さんも同席。まだズボンが気になっているらしく、そのあたりを撫でている。

竹内さんはコニャック、主人はぶどう酒を注文。注文の分量だけ計って瓶に入れてくる。五ルーブリ七十二カペイク。

出入口にある勘定台で、勘定が高いが間違えているのではないか、と私は訊き返す。勘定台の大女はすっくと立ち上って「カチャペチャクチャカチャ」と説明する。何にも判らないが押問答をくり返しているうちに、向うの計算が正しいのだと判った。

そうそう——食事をしているときにも、汽車は駅に音もなく停まった。プラトークをかぶった太った老婆が、長靴を履いて両手にバケツを提げ、駅へ向って歩いてくる。郵便配達風の男。自転車の少年。緑の大樹。窓外に見えるすべての人たちの動作が高速度撮影をみるように、音一つ立てず、ゆっくりしている。ロシア小説やロシア童話に出てくるところ。駅名も連呼しないから、駅の建物に書いてあるロシア文字を判読しようと（ああだ、こうだ）と呟いていると、同席の白人の男は「ビキン」と言った。

灰色の馬がいる。灰色の馬は、たった一本ある樹の下の水たまりのそばに、たった一頭放されている。あとは、人も馬も牛も家もない原野。

踏切り。踏切りもシグナルも童話の中のシグナルや踏切りだ。そこに待っているバスやトラックは、車体がいやに高くて、空気を入れてふくらませたように、丸々、ころころとした、私が子供のころに走っていたバスやトラックだ。民家の窓ぶちには様々な色のペンキで模様が描いてある。町に入るとレーニンの大きな絵看板が、ときどきある。レーニンは汽車に向って敬礼している。

また原野となる。鳥がとんでいる。鳥たちは樹から樹へとぶといっても、次の樹があまりに遠くて、一心不乱にとびつづけているが、広い空間をまるで進まず、はばたいているだけのように見える。電信柱がひどく低いのは、低くたって、電線を遮るもののない原野だからかまわないのだ。杭のような電信柱だ。黄色い花が咲いている。紫の野花菖蒲が盛りだ。牛は数えればたくさんいるのに、広いから一、二頭だと思い込んでしまう。

十一時、ハバロフスク着。快晴となった。ハバロフスク号の乗客（二百人だか百八十人だか）は、皆、降りる。太陽光線のみなぎり溢れている停車場には、軍人、老人、少女、子供、主婦たちが、色とりどりの服装で佇んでいる。

駅前広場に待っている行先別のバスに、それぞれ別れて乗り込む。空港行のバス、ホテル行のバス——ローマ留学の女学生は、ここからわれわれとはちがうバスに乗るので、別れを言いにくる。涙ぐんでいる。これからモスクワまで汽車の一人旅を続け、ローマまでは二週間以上かかるという。

「ノコノコと勝手に出かけないで、皆集まっていましょう」と、われわれ一行はかたまっている。

ホテル行のバスに乗る。赤い服、金髪の女が添乗して、名前を呼び上げる。呼ばれたら手を上げて「ヒヤア」といえばいいらしい。

セントラルホテルに着く。ホテルの前は広場。ホテルはゆで卵の黄身色をした建物。二六号室ときまる。ピンクの壁の部屋。窓から丘が見え、丘には学校のようなアパートのような建物があり、なだらかな丘の斜面には緑の草と木。

便所の水を出したら茶色、浴室の水も茶色だが、別に驚かない。茶色だって、かえって栄養があるミネラル水かもしれない。

ピンク、うす緑、うすクリーム、白のペンキがやたらめたらに塗りこめてあって、楽し気な、大らかな、古めかしい、何ともいえない色気のある部屋だ。机上の水差しに水が入っているが、うす濁っている。水はわるいときいていたから、これも当り前のこと。

昼食（ホテル食堂）十二時半

○ぶどう酒

○ビール（私はビールと書いているが、これはビール色をしたもののことをビールと書いている。何だか判らぬ）

○梨のジュース（ビールびんより少し小さめのびんに入っている。レッテルに西洋梨の絵が描いてあるから梨だと思う）、これはおいしい。

○パン
○トマトときゅうりのサラダ（サラダといっても、きゅうりのうす切りとトマトのうす切りに食塩をふりかけて食べる）
○うどん入りコンソメスープ（とり肉も入っている）
○牛肉ステーキ、マッシュポテト、きゅうりが添えてある。
きゅうり、トマトは大切なものらしい。きゅうりは実に薄く丁寧に切ってあり、三、四片を一枚ずつ並べて添えてある。

三時半、バス一台で出発。案内係は崔さんという北鮮系の人。日本語は達者。

バスに乗って、マルクス通り、レーニン広場を通る。広場の噴水に鳩や雀がたくさんいた。
◎中央博物館
　バスの中で崔さんがする町の話には、極東干渉軍のことが再三出てきた。極東干渉軍というのは、どこの国の軍隊のことかな、と思って耳を傾けていたが、この博物館にある当時の戦場の絵を見たら、日本軍ではないか!!　そして、この博物館の壁にかけてある英雄の絵は、日本軍と白軍の手で惨殺された二十歳の青年の肖像なのである。この英雄は汽車のかまの中に入れられて殺されたのだという。また、ホテルの前の広場にも日本軍が攻めてきたので戦ったのだという。日本兵士の持っていた寄せ書をした日の丸の旗もあった（しかし、これはよく見ると第二次大戦の日本軍兵士の遺品だった）。銭高老人は戦場の絵の前で「そうなんや。日本軍が攻めてゆくとヒゾク（銭高老人はヒゾクと言う）は、この湿原を越えて丘に入ってしまう。この湿原で足をとられて日本軍は難儀をしたんや。そうなんや。そうなんや」と、一人でうなずいていた。銭高老人は八十歳を越えている。当時、青年だったのだろう。

汽車のかまに入れられた青年の肖像のほかに、東洋人の顔だちをした利発そうな女性の写真がある。「この人は朝鮮人で語学がよく出来た。三ヵ国語（だか五ヵ国語）を話せる優秀な人だったが、語学がよく出来過ぎるために、内部事情を敵方にしゃべられては危険と、日本軍に殺されてしまった。この人も英雄となっている」と、崔さんは得意気な表情で説明した。

博物館を出ると、竹内さんは崔さんに「極東干渉軍の記録が、このほかにも、この町に遺されていますか。遺されていたらその資料が欲しい」と言った。崔さんは「遺されていないと思います。昔のことです。現在、この町の人たちは気にしていませんよ。ほんとに遺されていないでしょ」と、気を使って慰めるように言った。

アムール河畔にバスは停まる。快晴となった。河沿いの噴水のあるプールには水着の子供たちが遊んでいる。アムール河は茶色に濁っている。釣をしている人。モーターボートの若者。遊覧船も走っている。陽射しが強い。河を眺めていると、プールで水浴びをしていた女の子たちが五、六人駈け寄ってきて「ヤポンカ?」と訊く。「ハバロフスクに一晩泊るの? 二晩泊るの?」と訊いているのだ、と山口さんが言う。私は一本指を出す。足踏みをしているのでナホトカまでの船中で船員からいわれて覚えた寒いという言葉「ホーロドノ?」と言ってみると首を振って「ジャールカ」と口々に言う。「暑い」といっている、と山口さんが言う。

河畔のずっと果ての丘の上に城のような建物が見える。

「あれは何じゃい?」銭高老人は崔さんに訊く。崔さんは何か言う。山口さんが、「何でもないそうです。ただの建物だそうです」と答える。しばらくして銭高老人は、「あれは何じゃい?」と、また訊く。「ただの建物だ」と返事しても承知しない。「ただの建物がありますかいな。ああいうところに建っておるのは、城とか何とか、そういうもんじゃ。わしゃ、よう知っとる」と、うしろに手を組んで、不機嫌そうに歩いている。老人は、われわれの速さに合わせ、小股に足を動かして一心に歩いている。うしろに組んだ手には、うす水色のメリヤスの手袋をはめている。私と並んで、銭高老人のあとを歩いていた坂野夫人は「銭高さんは奥様の手袋をお持ちになって、はめていらっしゃるのです」と、私に教えた。老人は、ときどき立ち止まって、頸に吊した双眼鏡で、河だの、丘だのを眺めている。

ハバロフスクは坂の多い町。大きい建物も小さな民家も、明治村みたいだ。走るバスの中で、崔さんは話す。

「この町にも新しい建築の団地が出来てきて、古い家は少なくなっていきますが、老人たちはアパート住いを嫌って、古い家からなかなか動こうとしません」

スポーツ競技場も出来て、その隣りに新しいホテルも建築中である。

ここを通り過ぎるときの崔さんの話。

「ここ（競技場）におスモウがきたよ。大鵬もきたよ。みんな観に行きました」

「町の人はおスモウは好きでしたか」と、相撲嫌いの私は訊ねる。

「この町の人はあまり好きではない。しかし、皆マジメだから、皆、観に行ったね」と言う。

「日本の映画もくるよ。ラショーモン（羅生門）もきた」と言う。

崔さんは、生活費の安さ、学生の暮しの安さ、家賃とか燃料費とかの安さについても語り「しかし、贅沢品は高いよ。繊維品は高い」と、自分の着ている白いワイシャツを指して、

「こういうシャツは、日本で、いまいくらぐらいしますか。こういうシャツは、こちらでは日本円に直すと一枚八千円ぐらいします」と訊く。崔さんの着ているワイシャツは日本製だという。崔さんは独身。身のまわり品の話になると、くわしく、熱を帯びてくる。

五時、ホテルに戻る。

山口さんとマルクス通りを散歩した。市電が走っている。ラッシュアワーで人通りが多くなっている。食料品店を覗く。買い方を教わった。勘定台（カッサ）には、つとめ帰りの男女が長い行列を作っている。帽子屋があった。鈴蘭売りの老婆が石段に腰を下していた。ホテル前の広場に、屋台のパン売りが出ていた。主人の夜食用のパン二個を買った。二十カペイク。ソーダ水売りの老婆から、ソーダ水一杯を買って飲んだ。一杯三カペイク。ごたごたと指を折ったり、お金を並べてみたりして釣銭を計算していた老婆は、多く釣銭をくれてしまった。

広場中央のレーニン像の足もとに、うす紫の花（リラらしい）とチューリップの花束が置いてある。タンポポの花束も置いてある。日本記念碑（これは日本軍が攻めてきたとき、戦った記念碑らしい）の前にも、花が置いてある。夕方になって、置いてある花はしおれている。夕方でも陽射しは、つよく明るい。

夕食（ホテル食堂）

われわれのテーブルには日の丸の旗がたててある。

○トマト、きゅうり

○肉ステーキ

○スープ

○砂糖ばかりで出来たカルメ焼のような菓子

一人で広場へ出て歩く。ラッシュアワーの人通りが絶え、ぽつん、ぽつんとした人影が動いているだけ。花壇に沿って、ところどころに置かれたベンチに、三、四人ずつ腰かけている。

通りかかる私に、一人でいた学生風の青年が、組んでいた脚を揃えて端に寄って、席を作ってくれる。腰かけて、ぼんやりと広場を眺めていると、

「キタイ（支那）？」という言葉をはさんで、何か問いかけてくる。

「私はキタイではない。日本人です」と言うと、しげしげと私の顔をみつめて、何かまた問いかけてくる。キョトンとしていると、今度は一語一語区切ってゆっくり言う。そのなかに、キノー（映画）、クロサワ、ラショーモンという言葉が聞きとれたので、

「ラショーモン、クロサワ、ヤポンスキー、キノー」と、ゆっくり答える。「羅生門は黒沢の作った日本の映画です」そう私は答えているつもりである。青年は、自分の髪に両手

をあてて、分ける仕草をし、私の顔と髪の毛を指して、何か言っては、うなずいている。恐らく（まん中から分けてひっつめ髪をしている私の髪形と色と、凹凸のない私の顔が、映画に出てきた女たちに似ている）といっているのだろうと、私は想像した。

私が立ち上って歩きだすと、ほかのベンチにいた男女は、学生風の青年のベンチに寄ってきて、何か訊きただしていた。この町では日本人が珍しいのだろうか。「あれは日本人か。日本人の女って美人だなあ」などと言っているのかもしれない。そうだと、いい気持だ。

主人の夜食用のウオツカを買っておく。

夜、ねる前に、写真機のフィルムを入れ替えておこうと、写真機の蓋をあけたら、フィルムが入っていなかった。今日、市内見物をしている間中「あすこを写せ。ここで写してくれ」と私を督促して、景色や建物の前で、一生懸命直立して被写体となっていた主人（竹内さんも並んで立っていた）は、大いびきをかいて眠っている。

今日、主人とした話

「極東干渉軍て日本軍のことなんですか」と、驚いた顔をして崔さんにきいていた私のことを「歴史で習わなかったかねえ」と、主人は呆れた。

「子供のころ、歴史やお話できいたはずだとは思うけど、まるでちがった風に習ったからね」と、私は言った。

主人は小さいころの思い出を話した。

「尼港事件といわれて、歌にもなっていたんだ。本郷の文房具屋のウインドーに『尼港カルタ』というのが飾ってあって、その札の一枚に『ルスニサビシイヨシコサン』というのがあった。木の枝に女の髪の毛がひっかかっている絵だった。そのカルタが欲しくて欲しくて買いたかったが、おとうさんは買ってくれなかったので、暮から正月の休みの間、その店のウインドーばかり覗きに通ったんだ」

六月十四日　晴　ハバロフスク

朝食まで、一人で散歩に出る。一人がいい。好きな方角に足を向け、好きなところに、好きなだけいられる。

〈写真はメモ代りだからな。何でもかんでも写せ〉そう言っている主人には、昨日何でもかんでも写していたはずの写真機に、フィルムが入っていなかったことは黙っていよう。バカといわれるから。散歩のついでに、レーニンの銅像など、もう一度写しておかなくちゃ。

しかし、見れば見るほど椎名〔麟三〕さんに似ている。前々から、椎名さんはハリー・

ベラフォンテとレーニンに似ていると思っていたが、ナホトカに上陸してからこっち、どこにもここにもレーニン像があるので、ますます、その感は深まってゆくばかりだ。レーニンのブロマイドを売っていたら、椎名さんへのお土産にしよう。

ホテルを出て左の坂を下りかけると、すぐうしろでドッカーンと大きな音。坂を上ってきて、いま私とすれちがったジープが、ホテルまん前の広場で、婦人運転の乗用車と衝突したのだ。あたりには、まだ車の影も人の姿もない。早朝、しいんとした広い広い広場での不可思議な事故。乗用車の婦人は、金髪の頭に両手をあげて、大仰に泣きながらホテルへ駈け込んでいった。電話でもかけるらしい。乗用車の前のライトは飛び散って、車体は大きくへこんでいる。ジープには目立つ傷はない。こんなに広々としていて、しかも人も車も全く通っていないのに、どうしてこんなドッカーンなどと、バカバカしい大きな音をたてて衝突出来るのかしら。人がいないのだから野次馬もない。つっ立っている唯一の目撃者である私に、婦人は興奮した涙声で何か訴えはじめる。事故の状態を証言してくれといっているのだろうか。

〈ロシア語が話せない人間である〉ということと、〈私の背後で事故が起った。ドッカーンと音がしたので振り返ったのであるから、事故の起きる直前の車の状態は見ていない。だから証言は無理である。何しろ、ドッカーンと音がしたので振り返ったのであるから〉

ということを、私は婦人にわかってもらいたい。うしろ向きになって歩いたり、「ドッカーン」と発声して、はっと驚く仕草をしたり、心をつくし手をつくして、私が証人になれないことを説明する。結局、私は「ドッカーン」「ドッカーン」だけくり返して言っているばかりだ。そして最後に、山口さんに教わった通り「ニエ　パニマーョ（わからない）」と首を振った。婦人は気が動転していて、私がロシア人でないことに気がつかなかったのだろう。

坂の途中の左手に、古い大きな木造アパートがあった。あまりに古くて、校倉式に張ってある羽目板には苔が生え、緑色の家に見える。陽があたりはじめたアパートの正面入口を写真に撮ろうと思う。横手の林の中の農具小屋から出てきた老人に、山口さんに教わった通り、

「モージナ　フォト（写真を写してもいいですか。と言ったつもり）」と声をかける。

老人は、「パジャールスタ（どうぞ）」と言う。

写し終るのを待っていて、

「どこから来たか（と言っているのだと思う）」と訊く。

「私は日本人」

「旅行者か？」

「そう」

私は「ナホトカ……」と言って、あとは汽車が走る真似をする。わかったらしい。私のロシア語はうまいような気がする。だから、もう一つ言ってみる。

「ハバロフスク　ハラショー。（アパートを指さして）オーチン　ハラショー」

老人は、大げさにのけぞって喜ぶ。そして呟くような低音で、長々としゃべり出す。歌うような、詩をそらんじているような抑揚のなかに、とき折り、このアパートを指さしては「ナロードナヤ」という言葉が入る。（民族の誇りとか、民族芸術品であるとか言っているのだろうなあ）そう想像しながら、老人の顔をみつめて、何もわからない話を聞いている。ロシアの犬がやってきたので、犬も写した。

アパートの窓々から、こんなにたくさん住んでいるのかと思うほど、赤ん坊を抱いた女、老婆、幼女が顔を出す。老人は今度はその窓々に向って、見馴れぬ小さな異国女、私のことを説明披露しているらしい演説をはじめた。

ホテルのまわりの植込みには、タンポポの花とタンポポの綿毛。古アパートの建っている林にもタンポポの花と綿毛。

朝食（ホテル食堂）
○パン

○目玉焼（卵二つ）
○チーズ
○ジュース、ヨーグルト
○スメタナ

崔さんが来て、朝食の席に加わる。

山口さんの奨めで、スメタナというものを注文してみる。二十二カペイク。ヨーグルトに似ていて、濃い。スメタナもヨーグルトも冷んやりとしておいしい。子供のころの夏休み、井戸に吊り下げて冷やして食べた西瓜の冷たさだ。

竹内さんは、ヨーグルトが気に入った。ヨーグルトを注文するときには「キフェーリ」といえばいいのだ、と山口さんから教わる。竹内さんと私は「キフェーリ」「キフェーリ」と、顔を見合わせて練習した。

ゆっくりと実においしそうに食べながら、崔さんは話す。

――ヨーグルトには大へん栄養があり、しかも太らないから美容食である。ソ連には心臓病で太りすぎの人が多い。これはことに婦人に多いが、病院では痩せる食事療法に、ヨーグルトばかり食べさせる献立がある。これをやると、病気にならずに痩せられる――と、崔さんは言う。

「こんなにたくさんヨーグルトがあるのに、ロシアの女の人はたいてい太っていらっしゃいますが、ヨーグルトを食べていてあのぐらい。食べていなかったら、もっともっと太るのでしょうか」私は質問する。

「ヨーグルトを食べていても彼女たちが太っているのは、黒パンと塩気のもののせいです。じゃがいも、白パンは太らない、というね」崔さんは答える。ほんとかなあ。怪しい。白パンだって太る。

「彼女たちは子供を生むと、とたんに太りだします。それから、どんどん太り続ける。限りなくね。私はだから独身です」

崔さんは、昨日のとはちがう、水色の模様織り半袖ポロシャツを着てきた。胸のあたりをつまんで、

「こういうのは日本ではどのくらいしますか。これも日本の友達がお土産に持ってきてくれたのです」と訊く。

「二千五百円くらいかな。三千円くらいかな。三千五百円くらいかな。四千円かもしれない。それは、ものがとてもいい。日本では、同じように見えていて、安いのと高いのとあります」私が答えると、

「こちらでは、一万円以上するね」と言う。崔さんは繊維品の話が好き。いつまでもして

いる。

「昨日バスの中で、交通事故はこの町にはない、と崔さんはおっしゃったけど、今朝広場で衝突事故を見ちゃった」と私が言ったら、

「そんなことは、たまぁのことよ」と言った。

朝食のあと、主人と散歩に出る。広場の並木は、トプラ（ポプラでないらしい）の木、ドロヤナギの木。広場を掃除している老婆の金色の耳飾りは、朝の陽にキラキラ光って、とてもよく似合っている。坐ろうとしたベンチは、まだ夜露で濡れていた。三ツ編にした長いお下げ髪の先に、桃色のナイロンリボンを大きく結んだ少女、赤いスカーフを巻いた少年が、母親や父親に連れられて、急ぎ足に広場を横切って行く。少年も少女も、お揃いの古めかしい小さなトランクを提げている。

突然、オートバイの少年の一群が轟音とともに現われ、広場を大きく一周して消える。

ホテルの左坂を下る。じゃがいもをはちきれんばかり詰めこんだ網袋を、ひきずるようにして運ぶ主婦。古アパートへ入って行く集金人風の制服女。古アパートから出て共同水道へ水を汲みにゆき、両手にバケツを提げて戻ってくる少年。アパート裏の小さな砂場では、幼児と赤ん坊が遊んでいる。リラの花束をいくつも抱え、前屈みに急ぐ女。

坂の下のバス停留所には、揃いの小型トランクの少年少女と見送りの母親たちが集まっ

ている。夏休みのキャンプに出発するのだろう。母親が女の子の髪のリボンを結び直してやっている。軍人二人乗りのサイドカーが坂を走り上って行った。崩れそうに傾いた古家の戸口に、椅子を持ち出し腰かけている老婆。午前の日光を浴びながら、魚みたいなゼリー状の眼で通行人を眺めている。笛のような息をしていた老婆は、私が通り過ぎるとき、とうとう咳こみはじめた。

ホテルに続いたドルショップで、主人は木の笛、絵葉書、切手、トランプを買う。全部で九百円。ウオツカも一本買う。ここは外国人旅行者専用の土産品店（ベリョースカ）で、ドルまたは日本円でしか買えない。老婆が二人、硝子越しに買いたそうに覗いていた。

正午近く、ホテルの部屋の窓から見える丘には、子供と女たちが、出せるだけ手足をむき出して、ねそべったり、ボール投げをしている。

昼食（ホテル食堂の奥にある特別室。ここは貸切り）

関西の人たちは、少し遅れて胸にスズランを挿して現われる。

ハバロフスク最後の食事だから、特別に一品注文していいとのこと。昨夜、向いの席のロシア人（有色の肌でウズベク地方の人らしかった）たちが食べていた、壺に入ったギョーザ風のものを食べてみたい――一同は頼んだ。

○タンのゼラチン寄せときゅうり添え

○とり肉と玉ねぎのコンソメスープ
○ペリメニ（これが特別注文の料理。常滑焼にもっとツヤが出たような壺に、汁に浸ったギョーザが入っていて、メリケン粉をこねて焼いた蓋がしてある）
ペリメニがここのホテル独特の自慢料理だ、と女給仕は説明した。

「メリケン粉の蓋や。この焦げ具合で中身の塩梅がわかるんや。この壺は見事じゃあ。わしゃ、欲しい‼」私の向いに坐った銭高老人は上機嫌で叫んだ。蓋も食べようとしていた私はやめた。みんな、ペリメニをおいしいと言った。料理についてはいままで感心した顔をみせなかった竹内さんも「なかなか、いい」と言った。油が金の輪になってギラギラ浮いている緑色の熱い汁の中のギョーザは、にんにくやそのほかの香料がたくさん使ってある。

「わしの作る句は、めんどうやから、しまいはいつも〝茶の湯かな〟とつけときます。句の先生が、あんたのは句ではのうて日記じゃといわれますがな」老人は愉快そうに、ひとり話し続ける。

「東京のお人は勲章がお好きでんな。文化勲章やら何やら。わしら、あないなもん、何ともありまへんな」竹内さんも主人も私も、勲章をもらったこともないので、おかしがってきいている。

老人は急に声をひそめ、私に口を寄せる。

「わしは我儘《わがまま》でっさかい――。坂野さんや島さんは、わしに遠慮してほんまのこと言わはりまへん。江口さんは、わしにほんまのこと言うてくれはります。よう、ほんまのこと言うてくれはります。ほんまのこっちゃ。ほんまのこっちゃ」我儘が過ぎて、江口さんにたしなめられることがあるらしい。

ホテルを后一時に出立。

「もっといてもいいなあ。ひと夏、このホテルで仕事したらいいだろうねえ」竹内さんは、この町とこのホテルの部屋が好きだという。

ハバロフスク空港へ。

のけぞってみるほど天井の高いガランとした空港の建物。一隅に売店がある。私はウズベク帽子を買う。四百六十円。買ってしまってから、刺繍が細かくしてあるもっといい帽子をみつけた。それも欲しくなり、買う。八ドル。

毛皮売場にはアメリカ人の女団体がたかっている。オートバイに乗るときにするような耳隠しのついた毛皮帽子をかぶってみては、キャッキャッと騒いでいる。崔さんがきている。崔さんは売場の中に入り込み、売り子の女に混って、毛皮帽子を飾り棚からとり出しては、アメリカ女にかぶせて、英語で冗談を言っている。

〈こちら側に入ってはいけない。仕事の邪魔だ〉そんな険しい表情をみせて、売り子は太い腕で崔さんを押しのけ、大きな腰ではじき出す。痩せて背ばかり高い崔さんは簡単によろよろするが、また売り子に混って毛皮をいじくっている。悪びれない。

食品売場でバター(飲料水)を買い(一本三カペイク)、竹内さんと主人はウオツカを薄めて飲んでいる。

崔さんが、今度は白人娘(ロシア人ではない。アメリカの旅行者らしい)二人のまん中に入り、肩を組み合って笑いながら通る。

「崔さんはなかなかやりますなあ」山口さんは見送って言う。

「崔さんは女にもてないたちだろうな」見送りながら私は思った。

便所を探す。男と女の横顔が描いてある扉。女の横顔の扉を押して入る。ロシア女たちが、壁に向いたり、こちらを向いたりして、ずらりとしゃがんでいる。立ったまま用を足している人もある。太り過ぎてしゃがめないのかもしれない。その勢いのよさ——めいめいの湯気が立ち昇っている。扉も衝立もない。コンクリートの床に白い大きな琺瑯洗面器風のものが、並べて埋めこんである。それにはまん中に穴があいていて、水がときどき、しゃーしゃーと流れている。洗面器風便器の左右には〈ここに足をのせるのだよ〉と、下駄の大きさのコンクリート製の足場が置いてある。山口さんから教わった、許可を乞うときの言葉を、頭をふりしぼって使う。「モージナ!?」こちら向きにしゃがんでいる中年女の顔に顔を寄せて叫ぶ。大きな声を出さないと、音がすごくて聞えないのだ。中年女も誰も彼も、宙の一点をみつめて、私など見向きもしない。ライオンも猫も人も、こういうときは、みんな同じ、しんからまじめな顔をしているのだ。私も隣りに倣ってしゃがんだ。ずいぶんとお尻がひいやりする。

「便所にドアーがない。しきりもない。丸出し。地元の人のおしっこはすごい」「そりゃあ男便所とまちがえたんだ。字が読めないんだからなあ。男便所でしてきたのか」テーブルで酒を飲んでいた主人は、竹内さんと顔を見合わせて苦笑する。

確かめに戻ってみたが、やはり私が押した扉には、女の横顔が描いてあった。竹内さんは「そういうところでも、堂々としてこなくてはいけない」と、私に加勢してうなずいた。そして「便所に入ると、その土地の土地柄というものが一番わかる」と、つけ加えた。

食堂も待合所も暑い。備えつけのパンフレットには、どれにもペキン（北京）を非難した記事が載っている、と主人は言った。

飛行機の中も暑い。スチュワーデスが、山盛りにアメを入れた籠を持ってまわってくる。みんな一個ずつとっているから、私も一個だけとる。離陸のときにしゃぶるアメ。飛行機はなかなか飛び立たない。后三時半、私がアメを食べてしまってから飛び立つ。ジュースのコップとミネラル水のコップの盆を持ってまわってくる。

后五時半に食事。前の席の背についている布袋から、小さな木の折畳みテーブルを出し、座席のひじ掛に押しこんで使う。これがこわれているのもあって、うまく取り付けられない。なかには真二つに裂けているテーブルが出てきて、それにあたった人は困っている。

盆にのった食事が、そのテーブルの上に配られる。

○黒パン（タテワリ半枚）、白い丸パン（二個）、バター
○キャビア、燻製のいわし油漬二本
○こうし肉バター焼（肉の下に米のごはんが敷いてある）
○きゅうり薄切り三片とねぎみじん切り、アンズ二個
○紅茶とケーキ（紅茶には紙に包んだ大きな角砂糖が二個）

何ておいしいんだろう。輸入しないで皆が我慢して頑張って働いている国の食物だ。粗末に扱ってはいけないな——そのしんみりとしたおいしさのせいか、二宮金次郎のような気分になった私は、一個残した紅茶の角砂糖を手提鞄にしまって、あとで大切にかじることにした。

お下げ髪にリボンを結んだ十歳位の乗客の少女が、食事のあとかたづけを、いそいそと

手伝っている。顔にも体にも肉がたっぷりとしたスチュワーデスは、妹か近所の子供にわが家の台所を手伝わせているかのごとく、おだやかに命令し、ごくごく平然と振舞っている。

雲の上はいつだって快晴なのだなあ。急に高度が下ってくると、雲の間から、高い山に囲まれたバイカル湖が見えた。

后六時三十分、イルクーツク着。

空港には真紅の大旗がゆるやかにひるがえっている。待合所まで続く植込みには、白い花が満開のりんごの木。山口さんが「時計の針を午後五時に戻して下さい」と言った。時差なのだという。

待合所の売店は土曜なので休み。飾り棚には、琥珀、ストール、トランジスタラジオ、帽子、バラライカ、セーター、絵葉書など並べてある。店番らしい老婆は、客が売ってくれと頼んでも、土曜日だから売らないといって、腰かけたまま、身じろぎもしない。

バイカル湖とその周辺の模型がある。ボッチを押すと、湖の深さや広さを示す灯がともる仕掛になっているらしいが、土曜日なのでボッチを押してもつかぬ。

「水を飲みたい」と主人が言う。戸棚の上の水差しはカラだ。戸棚の中にはあるかしら、と把手をひっぱると、把手が抜けた。

女便所は、廊下まで長い行列が続いている。用を足すところが一つしかない。ここは扉がついている。自分の番がくると、棚にのせてある折紙大の白い硬い紙を一枚とってから、扉を開けて入る。洗面所の鏡はロシア女性の背の高さに合わせて取りつけてあるから、私はおでこまでしか映らぬ。しきりに跳び上って髪をとかしていると、行列のロシア女たちは笑った。

夕陽がゆっくりと、広い滑走路一面にあたっている。涼しい風が、ただただ吹いてくる。放送など一切なし。誰も彼もひっそりと、飛行機の飛び立つ時を待っている。后五時半、待合所を出て飛行機へ。飛行機の下に待っている人たちの、巨人のように長い長い影法師。農協団体風のロシア人たちは、ずっと前からここに立ったまま待ち続けていたらしいが、あとから来たわれわれ外国人旅行者を先に乗り込ませるため、黙々として道をあけてくれる。

全員が乗り込み、席に落ちついても飛行機は動かない。配られたアメは、また食べてしまった。それでもまだ動かない。

后六時三十分、飛行機は放送もなく黙って飛び立った。

私のうしろのドイツ人の男の子は、熊のぬいぐるみを抱きしめている。離陸と着陸のとき、気持が悪いらしく、世にもかなし気な声で泣く。

飛行機が上りきると急に寒くなった。銭高老人は背広の上衣を着た。その上にレインコートも着込んだ。坂野夫人が自分のコートを老人の膝にかける。老人は「ありがとう。ありがとう。ありがとう」と言った。

しばらくしてお茶の時間。

○丸パン一個、大きなビスケット一枚

○チーズ三片

○ココア

○アンズのような梅のような果実の砂糖煮が、丸ごと浮いているジュース（これがおいしかった。杏仁水の味がした）

私はお腹が空いていない。主人の夜食用にパンとチーズを包んで手提鞄にしまう。銭高老人もしまっている。

ノボシビリスク空港着。

山口さんの指示で、また一時間、時計を戻す。戻してからの時間で午後七時五十分着。次第に時間がわからなくなってきた。

飛行機の下にきたバスに乗る。

「きっと、もう一つ別の飛行機のところへ行くんですな。そこでアルマ・アタ行の飛行機に乗り換えるんですな」一行はそんなことをいい合っている。待合所へバスは停まる。戸口の温度計は三十度を指しているが暑い感じはしない。しかし、振り返って見渡す滑走路には、午後八時近いというのに陽があたり、アスファルトは黒々ととろけていた。

待合所の大時計は、どれも四時近くを指している。

「どの時計も止まっているね。直そうとしないんだな。のんきなもんだな。赤坂（私の家）の時計だ」竹内さんが私に言う。

「ロシアの建物は、皆この臭いがしますなあ。何やら便所の臭いですなあ」三杉さんが言う。二階に上って行くと、蒙古系のお下げ髪の少女が五、六人（大きな平らな丸い赤黒い顔に細い眼。黒い髪。エスキモーに似ている）腰かけていた。少女たちは話をやめて私たちをみつめた。

広々とした外国人旅行者専用待合室の、あちらこちらにある長椅子に、思い思いに体を埋める。

「きっとアルマ・アタ行の飛行機が出るまで、ここでちょっと休むわけですなあ」一行はそんなことをいい合っている。

待合室にコバルト色ペンキで塗った扉が二つある。男と女の全身像が切り抜いて貼ってあるから便所だ。用を足すところが三つ。二つは扉がついている。一つだけ扉なし。ここは便器のそばに、硬いが黄色いトイレットペーパーが備えつけてある。洗面所には、薄くなっているが小さな石けんも置いてある。蛇口をひねると澄んだ冷たい水が出た。

竹内さんが笑った顔でやってきて「さっきのは訂正します」と言う。〈ここの時計はみんな止まっている。赤坂のうちの時計のようだ〉と言ったのを訂正する、ということだった。

「あの時計はモスクワ時間になっていた。ここ（ノボシビリスク）とモスクワでは四時間ちがう。止まっていても直さないのは武田家の時計だけでした」と教えてくれた。

坂野さんは、時計を二つはめていて「モスクワ時間と現地時間と両方にしてある」と見せてくれる。二人の話をきいたあとで「なんにもわからない」と主人は首を振る。私も時計の針を戻せといわれる度に戻しているが、何が何だかわからなくなってきている。

山口さんは、制服の女係員と談判しては、室を出て行ったり、戻ってきたりしている。

待合室に続いて、外国人旅行者専用食堂がある。夜も遅くなって、女給仕が一人ひっそり残っているだけだ。手持無沙汰の一同は、ジュース、ぶどう酒、コニャックなど、めいめいに飲んでみたりした。竹内さんは上等のコニャック（星五つ）を一本買って奢る。待つことのキライな主人は、罐ビールというものがないので、すっかり元気をなくしてしまった。竹内さんは主人に酒をついでは、あやすごとく話しかけている。

「おいおい。タバコをくれ」銭高老人は女給仕に平然と日本語で注文し、まるでちがうものを出された。水だった。

「ちがうがなあ。タバコじゃあ」老人は、また日本語で、情なさそうに怒った。

待合室の窓から外を眺めても、ただ真黒な闇が広がっているばかり。

「何もないところですなあ」ため息まじりに誰かが呟いた。

「ノボシビリスクという言葉は、ノボはヌーボー、新しいということ。シビリスクはシベリアですから、新しいシベリアという地名ですなあ」地理にくわしい島さんが言う。

「新大阪みたいなもんやなあ」誰かが言う。

ぼんやりと聞き流していた私は、少し経ってはっと驚く。

「ここ、シベリアなんですか⁉」

「ここシベリアなんですかあって――奥さん、ここどこだと思ってました?」

「どこって――ロシアだとは思ってましたけど。まさかシベリアだとは思っていませんでした」

銭高老人は、四十年以上も前、昭和のはじめに、ロシアに来たことがあるという。このあたりも通ってモスクワに行った。そのころはシベリア鉄道しかなかったのだという。一行が話に飽きて坐りこんでいるときも窓辺に佇ち、双眼鏡で闇を眺めている。そしてひとりごとを言ったり、報告にやってきたりして疲れを知らない。

「この前、わしが来たときゃあ、こんなもんじゃあ、あらしまへんでしたで」

「こんなところに大きな町作りよって——えらい国じゃあ。ロッシャはえらい国じゃあ」

「あっちの窓から見ていたら、貨物列車が長いんじゃあ。灯をつけて走って行くんじゃあ、長おて、長おて。ロッシャはたいしたもんじゃあ。わしゃ、よう知っとる。前からよう知っとった。わしゃ、よう知っとったんじゃ。ロッシャはえらい国じゃあ」

老人は関西の土木建築会社の会長さんなのだそうだ。若いころ、ロシアも満州の奥地も支那（老人は支那という）も歩きまわってきた人なのだそうだ。

この待合室に一緒に入ってきて待っていたアメリカ人団体は、ノボシビリスクの町のホテルに泊れることになったそうだ。活気に溢れたアメリカ人たちが去ると、われわれ一行と、二人の子供を連れたドイツ人夫婦が残った。体格のいい軽装の夫婦は、大きなリュックサックを足もとに置いて、辛抱づよく待ち続けている。途方に暮れてはいるらしいが、交渉に出かけるでもない。いままで転々と職業を変えてきたが、今度また職業を変え、イランで薬屋を開くため、一家で移住する途中なのだという。

ガランとした室で夜が更ける。女係員ではらちが明かないので、山口さんは上役らしい制服の大男をよび出して、忙しげに掛け合っている。

「この国では『ちょっと待て。すぐ戻ってくるから』という『ちょっと』が、短くて三十分。長いときは一時間も二時間も蜒々と待たされることがありますからなあ。『すぐ戻ってくるから』といわれても安心は出来ません。『すぐとは何時何分に戻ってくることなのか』と念を押さんと危いです」山口さんは交渉の合間にわれわれのところにきて話す。事態は一向に進展しない模様だ。

何で、こんな風に待たされているのかが、次第に判ってくる。

〈旅行社の旅程では、今日の朝九時にハバロフスクを出発して、アルマ・アタに夕刻到着するはずであった。しかし、ハバロフスクを離陸出来たのは午後三時三十分であった。六時間遅れたのだ。われわれの乗った飛行機はイルクーツクまで三時間かかり、さらに二時間半ばかりかかってノボシビリスク空港でとまってしまった。ここには一時に着くはずであったから、都合七時間遅れて午後八時に着いたわけである。それで、もう今日はアルマ・アタへ向う便はないといっている〉とのこと。それで、この待合室にいるのだ。どうしてアルマ・アタへの便がないかというと〈それは天候がわるいので夜の飛行は出来ない〉とのこと。

アルマ・アタへ着くのが一日遅れると、その先その先と、順ぐりに旅程が狂ってくるから「いっそのことアルマ・アタには寄らないで、タシケントに向うことにしたらどうだろう」という提案が出る。みんな賛成。銭高老人は「そうじゃあ。そうじゃあ。わしゃ、タシケントに行けばいいんじゃあ。何でタシケントに行かんで、こんなところにおるんかい。わしゃ、はじめはタシケントに降りたんやとばかり思とった」と、大賛成した。主人だけはこの提案をきいたとたん、急に肩と首を落して体を椅子に埋めてしまった。隣りの私にその気配がわかるほどだ。

私の陰になったところから、

「どうして行けないのかなあ」と、私にだけ聞える小さな声で呟く。私が応えないでいると、再び「どうして行けないのかなあ」もう少し大きく、しかし私にだけ聞えるぐらいの声で呟く。声が震えている。

「いやならいやだと言っていいのだから。あたしが言おう」

すると、〈言うな〉と私の腕を痛いほど摑む。

「それなら、あたしたち二人だけ別れて、明日アルマ・アタに泊って、あとから追いつけばいいじゃない。山口さんと打合せしておけば大丈夫。あたしロシア語うまいよ。通じるよ」

やっぱり首をはげしく振って、うつむいているばかり。

空港宿舎に泊ることになった、と山口さんがきて告げる。ノボシビリスクは、インツーリストの観光地から外れているので、空港から外へ出ることは出来ないのだそうだ。さっきのアメリカ人たちは観光客ではなかったらしい。

口々にねぎらうと「ロシア旅行には、たびたびこういうことが起きるんです。順調にいけた方が勿論いいわけですが、アクシデントが、添乗員の腕のふるいどころです。ぼくなど、こんなことがあるとかえって元気が出て疲れませんよ」と、山口さんはおだやかに笑っていた。

途方もなく大きな鏡がはめこんである宿舎の待合室で部屋わりを待つ。竹内さんは「民宿みたいなものだな」と、愉快そうにあたりを見まわしている。ほかの人たちは、安心して疲れが出たのか、無口だ。

「ロシアの鏡は皆、ゆがんで映りますなあ。鏡が平らに出来てないのですなあ」大鏡の方を見やって、三杉さんが呟く。

「鏡がわるかったんだなあ。ロシアに来ていく日にもならないのに、もうこんなにロシア風に太ったのかって、映るたびにそら怖しくなってたけど——やっぱり鏡のせいか」私もひとりごとのように呟く。

「それはどうですかねえ。鏡がゆがんでいるからだと、いちがいに言ってしまえるかどうか」三杉さんは、また呟く。

ノボシビリスク空港宿舎。

四人部屋を主人と私で使うことになる。すぐ寝床に倒れこんだ主人は、「どうしてアルマ・アタに行けないのかなあ」と、まだそればかりくり返し、天井を虚ろに眺めている。ほかに誰もいないから、前より大きな声で言っている。

シャワーと風呂はないが、洗面台の蛇口から、とても熱い湯が出る。裸にし、タオルをしぼって手足を拭き、背中を何度も湿布してから、新しい下着を着せる。少しずつ気分が納まったのか、毛布に深くまるまって主人は寝入った。

ノックして山口さん来る。

「さっき、明朝八時半起き、九時朝食、といいましたが、それはモスクワ時間です。時計を四時間戻しておいて下さい」

山口さんはスケジュールの調整と連絡で今夜は徹夜らしい。時計を午後八時に戻す。いまは一体、本当は何時なのだろう。今日は何日なのだろう。ノボシビリスクへ着いてから四、五時間しか経っていないのだと山口さんは言うが、いく日も前からいたような――くたびれきっているのに、まだ躁ぎたりないような――変な夜。私はちっとも眠くない。

この部屋は二十一号室。寄木の床は黄色い砥粉《とこ》の粉を塗りたくってザラザラしている。両側の壁に寄せて寝台が二つずつ置かれている。歩くところに細長く敷かれた真紅の絨緞。コバルト色のペンキが壁にもドアーにもこってりと塗ってある。高い天井から長々と吊り下る、縁が波打った古風な電気の笠。黄色っぽい光りの大きな丸い電球。洗面台の前の円い鏡には、やっぱり私の顔は映らない。

毛布一枚、タオルと敷布と枕カバーが一組ずつ寝台に置いてある。ところどころ丁寧に繕ってある敷布や枕カバーは、糊がきいて、アイロンが光るほどかかっている。

窓は二重ガラス窓。窓に沿って石造りの棚。棚の前に置かれた机に水差しとコップ。

便所は共同。廊下に出て四室ばかり向うにある。共同便所の扉もコバルト色。この国の人はコバルト色が好きらしい。女便所の用足しをするところには、扉つきが二つ。扉なしが一つ。扉つきの方は洋式腰掛け便器（いままでは腰掛けより、しゃがむのが多かった）。中から鍵もかかる（いままでは鍵がなかった）。手のひらほどの大きさの鍵は、ガッチャリと土蔵をしめるような音を立ててかかった。壁に晒木綿《さらし》の四角い袋が釘で打ちつけてある。電話帳をほぐして作ったトイレットペーパーが入れてある。それに並んでバケツの大きさの籠が下っている。太い針金をねじ曲げて、粗く格子に編んだ簡単な籠。籠にあふれて入っている電話帳のトイレットペーパー。おとし紙は流さずに、ここに入れるらしい。ロシア女の血のしみた布や綿。二ツ折り四ツ折りにする、丸める、もう一枚くるむ、そんなことはしないのだなあ。拭いたっ放し。この方が空気が通って、乾きが速いから臭わないのだ。お互いに天然自然の当り前のことなのだから、恥ずかしいことではないのだ。よくよく考えれば、もっとほかの恥ずかしいことがあるもの。

ゆっくりとあたりを見まわしながら用を足した。便所の中もコバルト色だ。また、この便所に入ることなんて死ぬまでないだろうな——しみじみと感傷的になった。

私が長く長く腰かけていると、タタタタと女靴の音がして、ドーンと隣りの扉を開けて入った。バターン、ガッチャリ、シャーシャー、ブー、シャー、全力をあげきった音を立て、モシャモシャモシャ、またバタン、タタタタタタ、と靴音荒く出て行った。手を洗った音はない。地元の人の元気のいいのには感心してしまう。トルストイ夫人も元気よかったろうなあ。

男便所の前で、銭高老人がさびしそうにしている。私を見て「開きまへんのや」と訴える。五、六歩、助走して弾みをつけ、体ごとぶつかると、扉は開いた。

「ありがとう。ありがとう。御婦人に開けて頂いて恐縮です。江口くんをよびにゆこうかと思てました」

この宿舎の扉は、ゆるすぎてきちんと閉まらないか、かたすぎて開かないか、どちらかである。満身の力をこめても、窓はなかなか開かない。ペンキを塗るときに閉めたまま塗って、そのままにしておくらしく、くっついて滑りがわるいのだ。電気のスイッチにも呼び鈴のボッチにも、コバルト色のペンキが塗ってある。そこだけよけて塗るなどという芸の細かいことはしないらしい。この二十一号室の扉は、真鍮製の把手にもコバルト色のペンキが塗られてしまっている。

「御機嫌いかがかね」竹内さんが訪ねてきた。

「あたしの御機嫌はこの通り。でも武田は御機嫌よろしくない。『アルマ・アタにどうして行けないのかなあ』ばっかり、それぱっかり言いながら、もうねました。旅行に出る前『古代保存官』ていう本、読み返したりしてたの。よっぽどアルマ・アタに行くのが楽しみだったらしい。見てやって下さい。この、しょんぼりとねてる恰好。カマトトにもみえるけど――何だかカワイソウだ」

私はおかしがって話していたのに、カワイソウと発音したら、どうしたんだろう、急に涙が浮んでこぼれた。

「なあに、彼は、誰もまだ行ってないところへ行ってきたと日本へ帰って自慢するタネがなくなったからだよ。アルマ・アタのほかは、たいてい皆行ってるところだからね。日本へ帰って自慢したかっただけ。それだけ。一晩ねればけろりとしているよ」私を安心させるように竹内さんは笑った。

アルマ・アタというところは、どんなところなのだろう。アルマ・アタはカザフ語で「りんごの父」という言葉なのだそうだ。

「こんなことになっても、突然夜中に『アルマ・アタ行の飛行機が出る』などといってきて、それッと寝呆け眼で荷物をまとめて乗り込むというようなことがあるんです、この国では」と、山口さんは言っていたが、旅程の変更を届け出てしまったあとだから、今夜はそれもなさそうである。

六月十五日（よくわからぬ。十五日らしい。日曜日らしい）

とろとろと眼が覚める。雀の鳴く声とひっきりなしの爆音。窓からの朝の光りで見ると、カーテンは柔かい白絹である。主人は起きている。持ってきた機内食のチーズとパンを食べている。待ちかねていたらしく、

「時計は十二時なのに、こんなに明るい。時計がこわれたのだろうか」と、ふしぎそうに訊く。昨夜十二時ごろ、山口さんにいわれて四時間戻して八時にしたから、前の古い時間でいえば、朝の四時ごろかもしれない——と説明しても、

「へんだなあ。夜中の十二時だろう、いま。陽があたってきた」と気味わるそうに言う。

私は三時間しか眠っていない。

「夜中の十二時に陽があたったって、あたしは平気。ロシアなんだから。広いんだから。時計のことはいわないでくれえ。戻してるうちにあたしだってよくわからなくなったんだ。眠くて死にそう。もう一度ねさせてくれえ」

とろとろと、また眼が覚める。午前三時半。ひっきりなしの爆音と雀の声。陽がかっと滑走路に射している。宿舎の裏の空地一面にタンポポが咲いている。タンポポの中で、白パンツ一枚の若い男が、足踏みをしては体操している。（この男は、私たちが朝食をすませて部屋に戻ってきてもまだやっていた。都合五時間ほどはやっていた。ちがう人かとよくよく見たが、同一人物だった）

今日も暑いらしい。窓を開けるとタンポポの綿毛が舞い上って入ってくる。

水をもらいに行くと、係の女は水差しをうけとって奥へ入ったが、そのまま戻ってきてカラの水差しを返して首を振る。何か言っているが何もわからない。〈水ぐらい下さい。水ぐらいあるでしょう。あるにきまってる〉私は水差しを受けとらず、疑り深い眼付をして女の顔を見ている。女たちは三人四人と増え、私をとりまいて討議をはじめる。

「……チャイ（茶）……」と老婆が言ってる。いそいで私も「チャイ」と言う。すると一同は私を囲んで奥の部屋へ連れて行く。古い電熱器の上で煮えたぎっている大やかんを指さして「チャイ？」と老婆は念を押す。私も大やかんを指さして「チャイ　ダイチェ　ムニェー（下さい。といってるつもり）」と言う。しばらく思案していた老婆は、硝子の水差しに恐る恐る湯をたらしてみる。それからゆっくりと、水あめのように細くたらたらと注ぎはじめた。長いことかかって半分まで入ったとき、私は「スパシーバ（ありがとう）」と言った。十人ほどになって見守っていた女たちは溜息をついた。〈大切な水差しがわれなかった。しかも熱湯を入れることも出来た。ほんとにめでたい〉そんな顔つきで、一同は老婆の腕前を口々にほめ騒ぎはじめた。

宿舎の一階は大部屋。寝台がずらりと並んで、野戦病院や難民収容所を思わせる。昨夜、この部屋に泊った少年団が黙々と出発して行く。

朝食（空港食堂）

○パン二枚（バターのかたまりがのっている）

○ゆで卵二個

○ジュース

眼が早く覚めてしまう銭高老人は、今朝も一人で散歩した。

――陽がかんかん照りつける中を、空港建物の共同水道から小さなカンカラで水を汲み、自動車のラジエーターに注いでいる男を見た。滑走路のはるか彼方に停めてある車まで、男は何度もくり返し水を運んでいる。小さなカンカラには孔があいているらしく乾いた地面にひとすじ水をひきながら——。

「それがなあ。車までえろう遠いんでっせ。半分は水は洩れてしまいますがな。車を近くにもってくるとか、もっと大きいもんで汲みよるとか、ありそうなもんじゃが。何度も何度もくり返しやってまんがな。汗流しながら。気の長い話じゃあ。えらいもんじゃあ。何度も何度も、長いことかかりましたんや。わし、汲み終るまで見とったんじゃあ。えらいもんじゃあ。えらい国や。たいした国や。ロッシャはえらい国や。わしゃ、よう知っとった」

暑さでぼんやりときいていた一人が、

「ははあ、四十年前は、そんなでしたか」と、まちがえた合槌をうった。

老人は、

「いまじゃがなあ。今朝のことじゃがなあ。わし、今朝、散歩しとって見たんじゃあ。いまの話じゃあ」と、まどろっこしそうに泣き声になって主張した。

私は銭高老人を日増しに好きになってゆく。

うしろ手を組んで、うつ向き加減に歩きながら、老人は一人呟きつづけている。

「ああーっ、おもしろ。ああーっ、おもしろ」

呟きのようにも悲鳴のようにも聞える。私はあたりをみまわす。おかしなことはどこにも起こっている気配はない。老人の頭や胸の中で湧き起こってきているのは、どんな面白いことなのだろうか。それとも面白がるふりをして、お経のようにわが身をあやしているのかもしれない。八十歳の肉体には、すべては彼方の夢のまた夢で、ほんとはどんなことも、ちっとも面白くなんかないのかもしれない。うんと年とった人は、夜眠るとどんな夢をみるのだろうか。

酒を探して売店をまわる。ウオツカはどこにもない。あるのはシャンパンだけ。外国人専用待合室の高級食堂に行けば必ずあるといわれたが「あすこは高い。バカらしい。昨夜あすこで竹内が買ったコニャックはスコッチウイスキーの値段だ。バカらしい」と主人が反対する。

食品売店兼食堂のカウンターには、分厚い大判のパンにカルパスの厚切りをのせたもの、いわしをのせたものなど、何種類も並べてある。じゃがいものサラダも一人前ずつになっている。まるごとの大きな鳥の燻製は、客の注文に応じて切っている。それらを手渡された客は食卓につくと、ぶどう酒やジュースのコップの上にパンをのせて皿代りにし、食いちぎったり、飲んだりしている。

カウンターの中の女に「酒はないか」と訊ねると、厚化粧の眼をむき、手を振って、まくし立ててくる。酒はないと言ってるのかな？　そうではなかった。酒探しに連れだってきてくれた島さん、坂野さん、それに主人が、揃ってくわえ煙草で私のうしろに並んでいたからだった。

絵葉書七枚、十三カペイク。レーニンのブロマイドがあったから一枚買う。椎名さんへのお土産。ぶどう酒もついに買えた。二本、二ルーブリ九十六カペイク。主人は元気が出た。

午前九時半、宿舎を出る。お猿の電車みたいなものに乗って飛行機の下まで行く。照り返しが暑い。アスファルトはとろけている。

機内は満員。外国人には席をとってあり坐れる。われわれより先にきて暑いアスファルトに長時間立って待っていた地元の人たちが乗り切れずに、多勢断わられている。断わられた人たちは飛行機の下を立ち去らないが、騒ぐこともなく、おだやかな表情も変わらない。

私は左の窓ぎわの席。通路をへだてた並びの席にはロシア水兵が二人腰かけた。その後の席に陸軍将校二人。あとは老若男女子供。幸い乗り込めた地元の人たちは、喜びのあまり声をかけ合っている。一時間後、離陸。アメは一摑みもらっておいたのに、やっぱり離陸の前に食べてしまった。

飛行機は二時間飛んでアルマ・アタ空港着。一時間休憩後、同じ飛行機で一時間半飛んでタシケント空港着。とのこと。

どろんここてこてが蜒々と続く。ところどころ草がある。それはステップというのだと関西の人が教えてくれた。砂漠の中に真直ぐ、ただ一本、定規をあててひいたような道。大きな河が見えたが、それは河ではなく運河なのだと関西の人が教えてくれた。

右の席がざわめく。「バルハシ」「バルハシ」水兵がささやき合っている。黄土の曠野にトルコ玉色の湖が、嵌めこまれたように浮んでいる。毒を溶かし入れたようなバルハシ湖。飛行機は真上をゆっくりと通った。

左の席がざわめく。私の窓に雪の大山脈があらわれはじめた。いく重にもいく重にも奥の奥までひしめき重なり合っている地球の波。その果ては、はるか空に霞んでいる。右窓の人たちは立ち上って左窓に寄ってきた。天山山脈の東のはずれだという。このおびただしい山の波を越えた向うにタクラマカン砂漠があるのだという。ヒマラヤは空に霞んでいるあたりだという。窓硝子に額をぴったりつけて、さえぎる雲一つない大快晴の天空から、天山山脈を見つづける。まばたき一つしても惜しい。息を大きくしてもソン。頂きに真白な雪をのせて、ゆっくりと少しずつ回りながら天山山脈は動き展がってゆく。大昔、煮えたぎっていた熱の玉が一個、まわりながら冷えていったとき、どうしたわけか、ここにばかり皺が偏って出来てしまったのだ。それからずっといままで、四季の移りかわりも人も獣も寄せつけず、死んだように眠っている。何の音もない世界。生きもののいない世界。ガランドウというかカラッポというか——そういう大交響楽がとどろきわたっている。死後に私がゆくのは、こんなところだろうか。

山脈はとぎれたかに見えて、また展がる。島さんは地図を出して天山の位置を教えてくれる。私たちの飛行機は天山のほんの端をかすめて飛んでいるだけなのだ。ロシア水兵二人も立ってきて地図を覗きこむ。「東京に行ったことがある。この辺とこの辺で泳いだことがある」雫のように小さな日本と日本の近海を指す。湿った浅黒い手は私たちのように小さい。先のひろがった短い指は、吸盤がついていそうだ。ひたりひたりと紙の地図の上をたしかめながら撫でまわる。丸刈りにした漆黒の髪。時計の文字盤のように冴え返った白眼と黒眼は鋭い。成吉思汗《ジンギスカン》の末裔だ。日本海大海戦大勝利の絵の日本水兵にそっくりだ。

天山山脈がうしろになると私はお産をすませたあとのような気分になり、眼をつぶった。飛行機は下降しはじめた。十二時過ぎ、もうすぐアルマ・アタに着くという。

十二時二十分、アルマ・アタ空港着。

荷物を機内に残して降りる。空港の外へは出られない。空港食堂で休むだけ。一時間したら、また飛びたつという。

気が遠くなるほどの静けさのなかに、ただただ真昼の太陽がみなぎり溢れている飛行場。

見送りの人、出迎えの人、旅立つ人もまばらだ。

葡萄唐草の彫刻をあしらった二階建の空港待合所は、こじんまりと、元御領主様お邸の雰囲気だ。軒が深いせいか、表は炎暑なのに、二階の休憩室は暗くひんやりと涼しい。回廊風の露台につたわり上って咲き、萎れている無数の朝顔の花。大きな円卓の壺には大輪の白しゃくやくが投げ入れてある。あまりに大輪なので、動物——白い大きな猫が眠っているみたいなのだ。一段と暗い隅の棚に見事なカット・グラス。

昼食

○スープ

○とり肉

○御飯

○杏仁水のようなもの（中には杏のような実が、まるごと浮いている）

前庭のさくらんぼはぎしぎしと実をつけている。真上にきた太陽に、キラキラと輝いて赤い。日除けのついたベンチに無言で休む人。植込みの蔭の水飲み場で、たっぷりと水を飲む男。

宝石のようなところ。エメラルドのようだ。また来ることがあるだろうか。カット・グラスの下にあった署名帳に「東京より　武田百合子」と丁寧に書いて、私はひとり嬉しがる。

足首まである黒ビロードの服、頭に同じ布をかぶり、真紅と緑の花模様を胸のあたりにのぞかせた老婆が、孫娘らしい少女に洗面所で手を洗わせてもらっている。老婆は立っているのもやっとぐらい、衰弱しきっている様子だったが、私が入って行くと突然生き返ったようになり、珍動物を見たごとく眼を輝かせる。便所の番を待っていた二人の少女が、

「旅行者？　どこの国の人？」と小さな静かな声で問いかける。

「日本人」

二人の少女はうなずき、二つある便所の片方を指して、先へ入れとゆずってくれる。しかし、この扉が、やっぱりまたかたくて、いくらひっぱっても開かないのだ。二人の少女と三人がかりでひっぱると、扉は勢いよく開いて、三人は重なり合って壁にぶちあたった。用を足して出ようとすると、やっぱりまた開かないのだ。ドンドン叩いたら急に開いた。勢いよくとびでた私は、待ちうけていてひっぱってくれた二人の少女もろとも、また壁にぶちあたった。手を洗う私を、二人の少女は左右にきて、よくよく観察している。私もよくよく観察させてあげる。美人だなあ、と思っているのかもしれない。そうだと、いい気持だ。

「あーあ。何だかとてもおかしかったね」そういうロシア語を知らないから日本語で少

女たちに言った。少女たちは「パジャールスタ」と言った。少女二人も孫娘も、黒い髪、黒い眼、浅黒い肌だった。

階下には絵葉書の自動販売機があった。お金を入れて出してみたい。いそいそと老婆が寄ってくる。この新式機械について教えてくれたいらしい。5と書いてあるから、うっかり「ゴカペイク？」と訊くと、老婆もつりこまれて「ダーダー　ゴカペイク」とうなずく。絵葉書が一枚無事出てきた。

「スパシーバ」

「パジャールスタ」老婆は含み声の巻き舌で返し、立ち去った。

飛行場の木柵にもたれ、放心している土地の女。女は赤ん坊をつれている。ペルシャ美姫を思わせる、あでやかな「珠をあざむく」顔だちだ。この女にそっくりな顔をみたことがある。赤坂の氷川神社の祭礼の晩、境内に金魚すくいの屋台を出していた香具師の若いおかみさん。赤ん坊に食べさせながら、自分も丼飯を食べていた。

主人も木柵にもたれて、見ることの適わぬアルマ・アタの町のあるらしい方角を眺めている。私もそうする。

――アルマ・アタは人口六十五万、カザフ共和国の首府です。海抜八百メートルの高地にあり、天山山脈の北斜面、広大な草原につづいています。山の雪どけ水は、この地をオアシスとして、古くから町が出来、人が住みました。一八五四年から一九二一年までは、ヴェールヌイと呼ばれた要塞都市でした。カフェドラリヌイ寺院の境内にある木造の寺院は、釘を一本も使っていないのです。一九一〇年の大地震にも耐えた、世界で最も高い五階建木造寺院です。——

何も見えない。ただ広い草原だ。はるばるとやって来た私たちを迎えながら、アルマ・アタの町は青い山々をひきつれて遥かにあとずさり、そのまま深く眠りこんでしまっている。

暑さと静けさがかたまりあい溶けこんでいる滑走路。くしゃみが出るほど暑い。

飛行機には地元民らしい新しい一団が乗りこんできた。黒と白のウズベク帽子の男たち。紫の裾長の服に白布を頭からかぶった老女。三ッ編のお下げを背に垂らしている娘。はちきれそうにころころした荷物を白布にくるみ紐をかけて抱えたり、網袋に詰めこんだ食糧らしいものを両手に提げたり、その荷物の多いこと。トランクや皮鞄などない。バスでちょっと隣り村の親戚まで、そんな感じで乗り込んできた。機内にナマの活気が充ちてくる。

「いよいよ、これからが、この旅の正念場《しょうねんば》になりますなあ」坂野さんは言った。飛びたたないうちは、密閉された機内はうだるような暑さだ。「暑ッアッアッアッ」「アーッアッアッアッアッ」銭高老人は呪文のごとく唱えてやまない。飛びたてば一時間半でタシケントだ。

まだ「禁煙中」のランプがついているのに、主人がうっかり煙草に火をつける。通路をへだてた斜めうしろの席の陸軍将校は、中腰になり肩を触って注意した。「禁煙解除」のランプがつくと、自分が真先に吸いつけて、主人の肩を叩き「もう吸ってもいいのだ」と、自分の姿を見せて片眼をつぶる。軍人の席からは、主人の一挙手一投足がすっかり見えるらしい。食事のとき、ひじ掛けにはめこむ折畳み机がうまく取り付けられないでいると、席を立ってきて取り付けてくれようとする。煙草をとり出すと、ライターを握った手をさっとのばしてきて、火までつけてくれようとする。そのうちに、いつのまにか主人の似顔絵を描いて「やる」という。うまくもまずくもない普通の絵。自分の似顔絵を手に持たされてしまった主人は「百合子。ほら。はやく。何かないか。お礼。お礼」と私を急きたてる。手提鞄から手拭を出す。主人、ひったくって手拭をあげる。しばらくすると、また似顔絵を描き上げて「やる」という。軍人は自分の鼻を指して似顔絵の鼻を指す。今度は自画像だった。もらう。

竹内さんが席を立ってきた。主人が二枚の絵を見せると、ちらっとしか見ない。「武田はすぐ好かれるね」つまらなそうな顔をして言った。

午後二時五十分、タシケント空港へ着く。

着くとすぐタシケント時間に時計の針をまわす。三時間足して午後五時五十分となった。空港建物は回教風。正面の広い石段に、三ッ編お下げの娘。布をかぶって子供を抱いた女。ウズベク帽子の男など、佇んだり腰を下ろしたりしている。

売店でウオツカを買う。一ドル九十セント。絵葉書二組一ドル三十五セント。どこへ着いても、何よりも先に酒を手に入れておくこと。「ダイチェ　ムニェー　ウオツカ」「ダイチェ　ムニェー（下さい）　ヴィノ（ぶどう酒）」

酒の手持ちがないと思うと、思っただけで、あたりの景色は黒白、酒の手持ちがあると思うと、あたりの景色は天然色――主人はそう言う。

バスでホテルへ。ウズベク帽子の運転手は観光客に馴れきっている。車が走り出すとラジオのスイッチをいれた。

チャカチャンチャカチャカチャカチャカチャアアアア　チャカチャンチャカチャカチャカチャアアアアヒラララァピラララァア　ピラピンピラピラピラララアアア

スネークダンスの音楽だ。運転手は肩と腰で拍子をとりながら、大仰にハンドルをきってとばす。みんな浮き浮きしてきた。

ほとんど崩れかかっている泥で造った民家の群落。隣りに鉄筋コンクリートの高層アパート。アパートの出窓に赤い花の鉢植が並べてある。濃い蔭をたっぷり落して続く街路樹。

佇むとも歩くともなくいる、お下げ髪の女、ウズベク帽の男、ターバンの老人。市内電車が走ってくる。白人の女運転手の顔と上半身は真正面を向いて菊人形のようだ。白い太い腕だけがときどき動く。

中央広場の真向いにタシケントホテルはある。

ポーターが出てくる。クリクリに頭を剃った大入道と、クリクリに頭を剃った小柄の男。ユル・ブリンナーの大型と小型の二人は、揃って昇降機に乗り、荷物を運ぶ。

三四七号室。三階の四七号。

窓から中庭がすっかり見下ろせる。部屋の中のむし暑いこと。入口の扉を開け放しておけば、やや風らしいものが、なまあたたかく入ってくる。八時半に食事のため一階に集まることになっている。八時少し前、急いで入浴。

私はオレンジ色の服を出して着替えた。旅をしている間に顔つきが変ったのか、似合わない。元の、黒いところに水色の柄の服を着た。しかし、やっぱり、またオレンジ色の服にした。

一階の待合室も暑い。中庭に出てみる。木蔭を選んで置かれてある緑と赤のペンキで塗ったベンチ。中央に噴水。噴水のしぶきに寄っていると、いくらか涼しい。植込みには柏、ひば、松、ねむの木。ねむの木は葉を閉じかけている。高い垣根へ蔓のように這い上らせたぶどうには、よく見ると緑色の固い房がいっぱいついている。ばらはいたるところに植えられて咲いて、暮れ近く、匂いを吐きだしている。

ホテルで働いている掃除の老婆、ポーター、賄夫などだろうか、かわるがわる中庭に出て、噴水寄りの一番涼しいベンチに腰かける。さっきの大入道も休みにきた。その隣りに竹内さんがやってきて腰を下ろした。そっくりさんの記念撮影をしたい。大入道は竹内さんの頭をチラと見てから、写真機をかまえた私に片眼をつぶってみせる。片眼をつぶってみせてから足を組み直し、悠然と横顔をととのえてポーズをとった。色気がありあまっている。

飛行機の中の暑さにまけて、気分がわるくなった江口さんは、血の気の失せた紙のような顔色をしている。「冷汗です」とハンカチで拭きつづけている。

銭高老人が大分遅れて山口さんと出てくる。

「八時半までに湯に入ろう思うて、裸になって湯を出しはじめましたんや。ところが風呂桶に栓がありまへんのや。どこを探してもありまへんのや。湯はたまりまへん。この国は栓なしで風呂へ入るんか。どうやって入りますのやろ。しばらく考えたがわかりまへん。もう諦めよう思いましたときに山口君によばれましたんや。世話してもろうて湯を浴びてきました。えろう遅うなってすんまへん。しかし、えらい国じゃあ。この国は。風呂に栓がないんじゃあ」老人はひたすら一同に謝った。竹内さんは待ちくたびれてか、一人だけ特に不機嫌である。

別棟のホテル食堂。一番奥まった、楽隊のそばの予約席。

夕食

○ウオツカ二百グラム（特別注文。分量だけもってくる）

○パン（直径二十センチ位の丸い平らなパン。まんなかに胡麻がついている。この丸パンがいく枚も積み重ねてある）

○ねぎの青いところを刻んで敷いた上に、赤黄色く熟したトマトの薄切り。塩をかけて食べる

○うどんと肉のケチャップ炒め

○アイスクリーム

町内会のおじさんの集まりのような楽隊は、褐色の顔と手、黒い髪、黒い服。いまが愉快でたまらないという風に演奏する。歌手はお腹の出た口ひげの男。アイ・ジョージばりの美声。一曲終ったら日本語で歌いはじめた。「恋のバカンス」日本人をみれば、これをやる。

中央広場へ竹内さんと三人で出てみた。竹内さんは私と主人を並べて写真を撮ってくれ

た。竹内さんは写真機を三台持ってきたらしい。今夜は黒白と天然色とを二台、手首に提げている。黒白を撮ったり、天然色を撮ったりするから、二台の写真機の皮の下げ紐はこんがらかってよじくれ、手首を締めつける。ときどき「痛たたた」と手を振る。私と主人を並べてから、竹内さんは画面構成に凝るつもりらしく、あれこれと体をくねらせ、一本脚で立ち、片手で写真機をかまえる。

「竹内の恰好、すごいねえ。凝った恰好だなあ」じっと我慢していた主人はふき出した。

こぼれそうに人を乗せて走っている市内電車、バス。バス停留所には、まだ乗り切れない行列が長々と続いている。

虹色に明滅する電気仕掛に囲まれて高く揚っている広場中央の大噴水は、こういう仕掛ものは東京にうんざりするほどあるからちょっと見ただけで、もういい。地元の人たちは大噴水を囲んで、ぎっしり腰かけ、噴水にみとれながらアイスクリームを食べている。

ソーダ水の屋台。行列を長く作っているのはアイスクリームの屋台。金を取って遠めがねを見せる女。木蔭に力試しの機械を置いて客をよびとめる女。丸い台をげんこつで思い切り叩くと、大寒暖計のようなものの目盛りの針がぐんと上る。ウズベクの少年は右手を一回、左手を一回試し、十カペイク支払って恥ずかしそうにいなくなった。

今日は日曜なのだろうか。普通の日なのだろうか。広場は花火大会か、祭りの晩のように、人がいつまでも去らない。アセチレンガスの匂いも漂ってくる。
竹内「今日、飛行機の中で武田に絵をくれた軍人、あれ、どういうやつかね」
私「武田は無器用でしょう。間違ったことしやしないか、斜めうしろから気になって気になっていたらしい。うまく出来ないときがあったら、すぐにも手伝ってやりたくて、教えてやりたくて、ずうっと見つづけていたらしい。しまいに自分の顔の絵まで描いてくれました。国際親善なんかじゃない。あの人ホモだ、きっと」
武田「俺、エジプトへ行ったとき『十七歳か』ってきかれたからな」
私「若く見えたからじゃないよ。まだ、これから背がのびると思われたんだ」
竹内「武田はすぐ好かれるからな。これはいいことかどうかわからんよ」
主人が眠ってから洗濯をした。洗面台には栓がないから、一枚ずつ、水を流しつづけて洗った。ハバロフスクもノボシビリスクの宿も栓はなかった。
十二時過ぎまで食堂の演奏はつづいていた。音は中庭に流れ出て立ち昇り、露台から入ってきた。「ペルシャの市場」などやっていた。中庭のベンチにはいつまでも人の涼んでいる影があった。いつのまにか眠った。

だ。

六月十六日　月曜

昨日は日曜だったのだそうだ。だから広場はにぎわっていたのだ。今日は月曜日だそうだ。

六時起きる。七時半、階下に集まる。空港へ。

バスはがたがた揺れながら、乱暴な追抜きをくり返す。追越せないと警笛を鳴らし続け、前の車が驚いて避けると先へ出る。

朝食（空港食堂）

○パン、チーズ、バター

○ヨーグルト

○ゆで卵二個

○ミネラル水

どこの土地の朝の食事も、爽やかでおいしい。坂野夫妻と同席。

坂野さんの話

「われわれの住んでいる阪神地区は、東京の人も住んでいるので、純粋の大阪言葉というのをしゃべる人は少ないのです。銭高さんは堺の人で、純粋の大阪言葉です。ちょっとちがいますでしょう。いいまわし方にも何ともいえないひょうきんな、やわらかみと鋭いところがあって。銭高さんのような言葉をしゃべれる人は大阪にも少なくなっています」

そういえば銭高老人の話し振りは、曽我廼家《そがのや》十吾とかいう役者に似ている。

「銭高さんの言葉は大阪漫才の言葉です」

老人の今回のロシア旅行には、家族も親類も会社も、一族一統あげて大反対だったが、言いだしたらきかない老人であるから来てしまった。どうしても、お供なしで、この旅行をしたいといってきかなかった。

「戦争前は、大阪では大名の暮しといわれる暮しをされた御方です。今でも大阪に帰れば、自動車、運転手付き、秘書付き、何一つ自分でしないですんでいられる御方です。お寺を建てたり、寄附したりを決して名前を出さないでしておられます」

銭高老人は、二個ついたゆで卵を一個食べて、一個はポケットにしまわれた。そして隣りの人の残したゆで卵も貰って、ポケットにしまわれた。銭高老人は、私にいってきかせる。

「卵が一番栄養じゃ。卵さえ食べとったら安心じゃ。消化はええし、やわらこうて。方々歩きましたがなあ。満州の奥でもどこでも、卵さえ食べとりゃ安心じゃ。ほかのもんは食べ馴れんで心配でも、卵はどこでも同じ。卵さえ食べとったら栄養じゃ」

私も主人の残したゆで卵を手提鞄にしまう。

タシケント空港、九時三十分発。

今度はプロペラ飛行機。快晴。右窓の席。乾ききった砂漠。乾ききった泥煉瓦の部落。汜濫したまま乾上ってゆきつつある泥水の河。茶褐色のなだらかな山脈。湖だろうか沼だろうか。そこだけが鮮やかなコバルト色。

ミネラル水を少しずつ飲みながら、そんな景色を見ている。

主人は禁煙ランプが消えないうちに、また煙草を吸いだして、ウズベク人の男に注意された。銭高老人も煙草吸いである。飛行機が動きはじめて、ほんの少ししか経たないのに、勿論、禁煙ランプがはっきりついているのに「吸いたい。吸いたい。わしゃ、吸いたい」と騒ぎだす。隣りの山口さん（山口さんは、たいてい老人の隣りに席をとり世話をしている）に「山口君。もう吸うてもかまへんやろ。吸うてもええかどうか、きいてくれへんかい」とせがむ。眠っているときは別として、老人が吸わないでいられるのは一時間がギリギリ限度だという。「八十まで吸い放しできましたんや」

前十時三十分、サマルカンド空港着。

道路のふち、原っぱの土手、墓地らしい草むらに、朱い花が一面に咲いている。バスの中から、それを見ている。「けしの花ね」というと「けしの花じゃない。けしの花なもんか」と、主人はバカに言い張る。ほんとにけしの花なのだが、私は黙っていた。

ホテルゼラフシャン（旧名サマルカンドホテル）

すみずみまで、屋根や森のりんかくのきわまで、濃い真青な空。眼の玉の中に滲み入ってくる白熱の日光。暑い。暑い。トランクの中から麦わら帽子を出してかぶることにした。

午前中に一回と、ホテルへ戻って昼食後、午後一回、バスで市内見物をするらしい。

ガイドが来る。袖なしの赤いワンピースを着た若い娘。痩せぎすでオードリイ・ヘップバーンのような体つき、小さめな顔も似ている。ドイツ語とロシア語を話す。白人との混血らしいが肌は浅黒い。揺れる添乗員席で無造作にふん張った長い脚は少年のようだ。

小高いところにある回教徒の墓地。けしの花が咲いている。赤い服、緑のズボンの少女。泥煉瓦の壁をめぐらした部落。ベールをかぶった長靴の女。ロバに乗った大男。木蔭の水たまりのそばに山羊と羊がねそべっている。陽盛りとなって、すべては、なるたけ動かないようにしている。のろ。のろ。のろ。のろ。

◎ウルグベク天文台

私はしきりにウズベク天文台といっていたら、それは間違いで、ほんとうはウルグベク天文台。十五世紀の中ごろ、この国（チムール帝国）の王様（チムール）の孫のウルグベクさんが造ったのである。ウルグベクさんは優れた天文学者だったが、ほかの人はバカだったので、ウルグベクさんの死後、すぐ天文台はめちゃくちゃになってしまった。

丘のふもとにバスは停まる。茶店風のものがあり、地元の人たちがお茶を飲んでいる。茶店風といっても、天文台まんじゅうや天文台のれんは売っていない。地元の人用の茶店。やぶかんぞう、つりがね草、たちあおいが咲く細道を上りきると、はるかはるか遠くに煙るような大砂漠がひろがっていた。天文台は礎石だけ遺っている。地下に向って石の大きなすべり台のようなものが遺っている。すべり台の底まで降りると暗く涼しい。大きなすべり台は天体望遠鏡の筒の役目をしたのだ。深い地下のここから天空をみつめて星の観測をしたのだ。

展示館には痩せて頸の長いターバンのおじいさんの胸像があった。ウルグベクさんだろう。サマルカンドやタシケントの売店で、このおじいさんの顔のバッジや切手を見た。

天文台の横で、土木工事をやっていた。人夫たちが飲んでいる水飲み場の水を、竹内さんと私だけ思う存分飲んだ。冷たくておいしかった。ほかの人は見ていた。

◎シャヒ・ジンダ

暑い。暑い。ここはチムール一族の霊廟。「シャヒ・ジンダ」とは「生きている王様」ということなのだそうだ。ここに入っている人たちは神の傍で永遠に生きているということなのだ。チムールの姪、チムールの妹、チムールの妃など、廟はいくつもいくつもある。二十ほどある。迷路のような石畳を黙々とめぐる。暑い。暑い。石畳は眩しい。連れられてただ黙々とめぐる。

◎バザール

バザールの入口にはバスが停められない。バスを降りて街路樹の下を歩く。赤い花模様の刺繡のある白い帽子をお下げ髪の頭にのせた女学生が二人、追いかけてきて「どこからきたの?」と問いかける。「私は日本人」立ち止まって、いつものように私は答える。女学生たちは、私の服や麦わら帽子にそうっと触る。こんな親しみに溢れた笑顔や声のかけ方をする若い女に、私は東京で会ったことがない。

山口さんがくすくす笑いながら、いいにくそうに言う。

「奥さんは日本語をしゃべるのと同じに、平然とロシア語を話されますなあ。しかし、奥さんのロシア語は男の言葉です。私は日本人ですと女性がいうときは〝ヤポンカ〟、〝ヤポーニェッツ〟は男がいうときに使います」

「ふうん。それじゃ、あたしは、いままでずうっと『おらあ、日本人だぜ』なんていってたわけか」

バザールの入口の門番小屋には、クリクリ坊主の大男がいた。

山口さんは一行をあつめて「バザールの中では持物に気をつけて下さい。なるたけ、まとまって歩くように」と注意した。

パンの店、布の店、雑貨の店、中央には何列も野菜の店が出ている。コルホーズ（協同農場）のバザールなのだ。

わけぎに似たねぎの束、痩せたにんじん、泥がついたままだ。苺は熟しすぎたり、赤味がなかったり、大きさも形も揃っていない。泥がついたまま、山盛りにぶちまけられている。さくらんぼも、赤黒かったり、黄味がかったり、大きさも形もまちまちのまま、山のようにぶちまけてある。天秤にかけて売る。錘《おも》りは大中小、いろんな形の石ころだ。ここしばらく果物をあまり食べていない私は、立ち止まって見惚れる。

母親に連れられた十歳位の少女は、黒い長い髪を細かく分け、何本もの三ツ編にして、その一本一本の先に真鍮の飾りをぶら下げていた。頭が動くと微かに鳴る。盛装らしい。その子は眉と眉の間を一文字に黒くつなげて描いている。入墨だろうか。癇癖つよく眉をひそめた愁い顔に見える。阿修羅像に似ている。魔除けの呪《まじな》いだろうか。バザールの中で、こういう化粧の娘をいくたりか見かけた。

「暑ツアッツアッツアッ」「暑ツアッツアッツアッ」見物をとっくにすませてしまった銭高老人は、

いつもの呪文を唱えながら、バザールの入口で皆を待ちかねていた。門番の大男が「この人はいくつか」と訊く。「八十歳である。日本から来た」山口さんが答える。まじまじと老人の顔を眺めていた門番は、奥から椅子を持ち出してきて、老人を無理矢理に腰かけさせ、肩に手をかけて寄り添った。老人は腰かけさせられたまま、きゅうりを噛りながらバザールの門を出て行く少年に、上機嫌の声をかける。

「あ!!　御馳走様《ごっつおさん》、御馳走様《ごっつおさん》」

少年は恥ずかしがって、急に駈け出していってしまった。

「今年はこの町が出来て二千五百年記念なのである」門番の大男は老人の肩に手を置いたまま演説口調で言った。

ときどき皮の長靴を履いた若者や壮年の男が、門を入ってくる。なんて男前なのだろう。「この、皮の長靴を履いているのが、天山山脈の麓の民族の特長です」三杉さんは教えてくれた。

昼食（ホテル食堂）

○コンソメスープ（じゃがいも、羊肉入り、月桂樹の葉が一枚浮いている）

○パン

○ハンバーグステーキ風（羊肉の挽肉を丸めて揚げてある。中にゆで卵が入っている。

その肉団子の下に麦飯が敷いてあった)
「マダーム」昼食前、部屋にいると、ホテルの人が花束を抱えてきた。中庭に咲いているつりがね草やばら、マーガレット、グラジオラスを剪ってきたらしい。花瓶がないので帽子のまわりにつけた。

ホテルの売店で。

絵葉書二十五枚入り八十カペイク、記念切手十二枚六十カペイク、絵葉書三枚九カペイク。

売店で絵葉書を見ていると、主人「気分がわるくなったから午後の見物は休んで部屋でねている」と言いだす。午前中、酒を飲んで強い陽にあたりつづけたせいだという。

午後の見物。

◎回教寺院

二階建。階下は教授の住居、階上は学生の住居。ここは回教学院でもあったのだ。修復工事中というが、工事人夫の姿は全く見えない。昔、学生が住んでいたところには、いまはたくさんの鳩が住んでいる。明るい中庭にはばらがやっぱり咲いている。女の子が三、四人、二階に上っていて、次の部屋、次の部屋と、素早く駈け移って遊んでいる。駈けるたびに鳩がとびたち、壁や床が少しずつ崩れる。足もとに落ちていたコバルト色の壁のかけらを私は拾った。手提鞄にしまった。

通りの木蔭には縁台が出て、水売りもいる。老人や男たちがお茶を飲んだり昼寝をしている。行き倒れたように地べたにも昼寝している。小川のほとりで黒と茶の山羊が昼寝している。子供だけがはだしで、ものの影のようにひっそり動きまわっている。

◎金曜日の教会（？）

陽盛り。おびただしい鳩の声に囲まれている。ここもチムール一族の誰かの墓。本当の名前は何といったか——ビビ何とか、という長い名前だった。崩れた外壁のくぼみくぼみには、つばめと鳩が巣をかけていた。墓の前でおじぎをした。ガイドはもう一段下った地下室へ案内する。上の墓はにせ、地下のこの墓が本当の墓だといった。本当の墓のある地下は、富士山風穴のように暗く冷たかった。地下室にもどこかに鳩が舞いこんでいるらしく、闇の奥から鳩の声がして、こだまが大きくひろがっていった。

墓から出てきた私たちに、カペイクをドルに替えてくれ、とはだしの男の子たちがまつわりつく。断わると悪態をつく。崩れた土塀のかげに踞って、はだしの幼女とはだしの母親がみつめていた。

◎中央博物館

鮮やかなコバルト色の門をくぐると、粗末な机、水差しと茶碗を前にして、老婆が二人いる。

「えらいこっちゃ、えらいこっちゃ、あーあっ」銭高老人が騒ぎだした。愛用の双眼鏡と一緒に、いつも首からぶら下げている全財産を入れた皮袋を、いましがた降りたバスの中に忘れてきた、という。バスはわれわれを降ろしたあと、すぐ引き返してしまうことになっていたから、山口さんも顔色を変えて門を出て行った。

関西組はのんびりと話している。

「銭高はんは、いつも持ち馴れんカメラなんか首から下げるさかいに、代りに財布を忘れますのや。双眼鏡で眺めるだけでよろしいのに。皆と同じように写そ思うて。また、あの財布には仰山入れてありますさかいに」

双眼鏡と写真機を首から下げた老人は、門に佇ちすくんで山口さんを待っている。皮袋は無事戻った。二人の老婆は、皮袋をしっかり握りしめて息をついている老人の背中を左右からさすって椅子に腰かけさせ、新聞紙で風を送ってくれる。

「ああーあッ、えらいこっちゃ、えらいこっちゃ、写真機ばっかり気になって。こんなかには全部入っとるんや」

老人は皮袋の口を拡げて扇子をとり出す。二人の老婆は折り重なって袋の中を覗きこむ。老人が扇子を使いはじめると、その扇子に描いてあるものがいかなるものか、よく見究めたくて、左右からぴったり寄り添って、扇子の動きに眼を凝らす。異性銭高老人の出現は、二人の老婆にとって刺戟ある出来事だったらしいが、老人は、背中をさすってくれたのにも、腰かけさせてくれたのにも、新聞紙であおいでくれたのにも気がつかない。夢中だ。ひたすら「えらいこっちゃ、えらいこっちゃ」をくり返しているばかりだった。皮袋の中も、扇子の絵も見せてやろうとはしなかった。

剝製の動物たち。剝製技術は下手。剝製動物たちは気の毒なほどしょんぼりした顔をしていた。山梨県で見た富士山に棲息する動物たちの剝製も、これが熊かと思うほどだったが、それよりもう少し下手。土も水も植物も獣も鉱物も、限りなく豊かなのだ。剝製なんか下手だっていいのだ。

埴輪みたいなものもあった。瓦、矢じり、勾玉、骨箱、古代人の生活の絵（古代人が描いたのではない。古代人はこうして生活していたのではないかなあと、現代人が想像して描いたもの）。日本の博物館にあるのと同じ。古代人はどこの古代人も、同じような服を着て同じような生活をしている。骸骨も同じようだ。古代人は、遠い行末をみつめるような、心配そうな悧巧そうな顔をしている。

「しゃあ……」老人が、おどろきの声をあげた。

「銭高はん。これはネアンデルタール人いうて、猿が人間になりかかったころのお人ですわ」古代人の顔の置物を、江口さんはもの静かに説明した。

一人で見物している私のところへ、老人は思い出したように、ときどきやってくる。

「御主人は気分がわるいだけですかな。病気ではありませんかな」

「朝からお酒を飲んで、陽にあたりつづけましたでしょう。それで気分がわるいのです。マホメット様の罰があたったのだと、自分で反省しております」

「暑気あたりのときは休むがええ。それがええ。そうじゃ。そういうもんじゃ。わしゃ、よう知っとる」

老人は肯いて離れる。また、やってくる。

「さっきのおにんぎょさん、わしらによう似てまんな」

中庭を横切って次の棟へ。緑色のベンチ、白い石畳、水飲み場の蛇口から水が滴り流れている。くっちゃくちゃにこぼれ溢れ咲いている真夏の花々。つきぬけるような青磁色の矩形の空。遅れまいと小走りに歩いていた老人がふっと立ちどまった。

「わし、なんでここにいんならんのやろ」老人のしんからのひとりごと。

私もそうだ。いま、どうしてここにいるのかなあ。東京の暮しは夢の中のことで、ずっと前から、生れる前から、ここにいたのではないか。

丁寧に刺した絨緞を敷きつめた遊牧民族の包《パオ》。包の中にしゃがんで、絨緞を触っていると、地元の人たちの一団が私をとりまく。十歳位の少女を前に出して、私と見くらべて、口々に言い合っている。少女は私が見ても私に似ている。私というより私の小さかったころの写真に似ている。

ロシアに住む各種民族の等身大の人形が、立ったり腰かけたりしている。ルパシカや軍服やウズベク衣裳やグルジア衣裳のや、老若男女、とりまぜてある。子供たちも大人たちも、この人形のところが好きらしい。いままで静粛に見学して回っていた子供たちは、ここにくるとおしゃべりになる。しゃがんだり、跳び上ったりして奥の方まで見たがる。

興奮した子供たちは人なつっこくなり、私の服を触って「ヤポンカ？」と訊く。ヤポンカの人形はどれだ、教えてくれ。といっているのだ。

「ヤポンカの人形はないよ。日本はこの地図にはないよ。こっちの方にはみ出たところにある」手真似と日本語で答える。子供たちは、人間はどの人もロシア人、世界中がロシアでその中に日本もあると思っているのだ。

「日本からスードナ（船）に乗ってロシアに来た。それからサマリョート（飛行機）に乗ってサマルカンドに来た。アフトーブス（バス）に乗ってここに来たよ」

わかったかかな。三人ばかりが肯いて笑う。悧巧な子だけわかったらしい。食べかけのアメの罐を手に持たせる。子供たちは花の絵の黄色い円い罐を、かわるがわる撫でてみてから「スパシーバ」と、かすれた小さな声で言った。「パジャールスタ」いままでに会ったロシアの太ったおばさんたちを真似て、抑揚ゆたかに悠然と、私は発音してみた。

博物館を出て三、四人ずつ連れだって帰った。

「バダーを飲みましょうか」山口さんは、私と江口さんを誘って水売り小屋に立ち寄る。ソーダ水製造機と湯沸しを一緒にしたような器械に蛇口がついている。暑いから水はどんどん売れる。三人の客のあとに並んだ。バダー（水）といっても、味がある。梨、レモン、りんご、オレンジなどの味がうっすらとする。コップ一杯三カペイク。

水売りの口ひげ男は愛想よく笑いかける。

「ジャールカ（暑いね）!!」

山口さんが「ジャールカ　オーチン　ジャールカ」と返すと、

「ジャールカ!!　アッフーリカ!!」アフリカみたいに暑い、と空を仰いで肩をすくめる。ニス色の太い頸に水をぶっかけたような汗が流れている。水売り小屋を写そうとすると、

「写真を撮るのか。待ってくれ。ちょっと待ってくれ。いま洋服を着替えてくるから」と言った。

公園の一隅にゆっくりと回っている観覧車。公園のこんもりとした森の上に、オレンジ

色の箱が上ってきたとき、どこかで見たことのある景色だと思った。ホテルの部屋の窓から、森の上にかかっては消える観覧車が、すぐそばに見えたのだ。ここはもうホテルの近くらしい。

野天に何台も据えた玉突き台で、ウズベク帽子の男たちが玉突きに興じている。

アイスクリーム売りの小屋で、アイスクリーム大盛り一杯二十カペイク。

梅酒瓶の大きさの壺を抱えて、ゆっくりと来た夫婦は、口元までいっぱいに詰めてもらって、また、ゆっくりと広場を横切って帰って行った。

傾いた陽は黄ばんだまま妙に明るい。広場にはいつまでも陽があたっている。ベンチから誰も立とうとしない。老婆一人だけのベンチをみつけて、私たちは腰を下ろしてみた。「ビールでも欲しい夕方だなあ」私のひとりごとを聞きつけた老婆が、いきなり話しかけてくる。白いプラトークですっぽり包んだしわの顔。うす水色の硝子玉のような、水がいっぱいたまっている眼。小綺麗な身仕度。杖を持っている。

「時計はいま何時？」老婆はそう話しかけてきたのだ、と山口さんは言った。山口さんが刻を教えると、そのあとも、空の方に顔を向けたまま、呟くごとく話しつづけている。ときどき首をかしげる。小きざみに振る。嘆息する。山口さんは合槌をうって聞いている。

「昔、彼はいた。彼はいつごろからだったか、いなくなってしまった。いつごろからだったか、どうしてなのか、わからない。私はだから一人だ」それぱかりくり返して言っているのだという。

山口さんは自分の頭を指して「ここがいかれているのかもしれませんな。よくこういうお婆さん、ロシアにはいるんですよ」と言った。

はるか広場の外れに、小型タンクをつんだ車がやってきて、人が行列を作りはじめた。

「あれ、もしかしたらビールかもしれない」

「しかし、奥さん、あすこまで出かけていって水売りだったら、えらい無駄足ですよ」

「でもビールが飲みたいなあ」

「あのタンクはピーヴァ（ビール）か、水売りか」山口さんは老婆に向ってたしかめる。老婆は相変らず、空の方に顔を向けたまま「私は眼が見えないからね」と言う。仕方なく山口さんは立ち上った。

「もし、ビールだったら、タンク車のところから手招きします。そうでなかったら、大きく手を振ります」

山口さんがいなくなっても、老婆は空の方を向いたまま、ひきつづき、江口さんと私に話しかけて止まらない。

怨み呪うような口調から、早口の大きな罵声となり、急に鳩に似た弱々しい声に変り、溜息を長く引いて頭を振る。また、かっと眉間を険しくたて直して、早口で脅しはじめるのだ。

山口さんがタンク車のところから大きく手を振った。ずいぶん遠くなのだ。小さく見える。タンクはピーヴァでなく、クワス（裸麦などの穀物から作った清涼飲料）売りだった。

ここはホテルの近くだというのに、それに山口さんがいるというのに、どうしたことか迷いに迷って、大分遅れて私たちはホテルに戻った。

夕食（ホテル食堂）
○ねぎ、トマト
○丸い平たいお盆のようなパン
○肉うどん
○ケーキ、チャイ（茶）
ぶどう酒を注文して飲んだ。ぶどう酒二本百八十カペイク。

チャイが熱くておいしい。銭高老人はチャイを入れてきた湯呑茶碗を記念に所望した。国家の経営するホテル故、茶碗も国家のものだから、おいそれと簡単には貰えまい、とほかの人たちは言っていたが、いったん奥へ入った女給仕は、にこにこして出てくると、茶碗を銭高老人の前に置いた。

食後、竹内さんと主人と三人で散歩した。夕方からホテルの中庭には食卓と椅子が出て、屋外食堂と変る。地元の人たちは、ここにきて涼みながら、チャイを飲み、シャシリクを食べている。ふいごを足で踏み、火をかっかとおこし「シャシリク‼ シャシリク‼」と尻上りの売り声をあげながら羊肉を焙る男。皿を並べる少女。皿を運ぶ少年。火の前で「コークス?」と訊くと「コークス」と少女は笑って肯いた。

また公園に行く。そぞろ歩きの人はさっきより多い。野外音楽堂で、もうじき演奏がはじまるらしい。軍楽隊が舞台の裏手でトランペットの音合せをしている。耳を上下に揺らしながら広場を横切って犬がやってくる。水飲み場までくると、犬は立ち上って前足をかけ、噴き出ている水を上手に飲み、また耳を揺らしながら立ち去った。ロシア人は手足が長いのに、ロシアの犬は胴長、顔が大きくて足が短い。関節一つ分切ってしまったほど短い。

午後の見物を休んで眠った主人は、すっかり元気になった。ベンチに腰を下ろすと「百合子が食べたアイスクリーム、竹内のと俺のと買ってきてくれ」などと言う。竹内さんは「俺はいらないよ」と言う。午後の見物のときも竹内さんは浮かない顔をしていた。「疲れたなあ」と竹内さんは言った。睡眠薬持ってきたかときかれたので、アスピリンならあると答えた。竹内さんは散歩している間に何度も「疲れたなあ」と言った。

夜遅く、そっとノックする人あり。鍵番（外出の際、鍵を預る係）のおばさんが、ピンクのグラジオラス一本持って佇っている。指先を丸めて鼻に近づけ息を深く吸いこんで眼を閉じ頭を振る。そして人さし指一本立ててにっと笑い「パルファン！」と小声で言う。手提鞄に下げていた匂い袋をおばさんの手の中へ入れる。おばさんのねだり方は見習わねばならぬ。

六月十七日　火曜日　快晴

何かが両眼に刺さって、眼の中に血がいっぱいの夢をみていた。それは、眠っている顔につよい陽があたっていたからだ。窓から高圧電流のごとく入ってくる朝陽に、部屋は気味わるいほど赤く染まっている。ぐったりと汗まみれで眼が覚める。今朝は三時ごろ、一度眼が覚めた。そのときは菫色の空に蛙の声が響いていた。「プールが近くにあるよ。そこを通ったら、ふしぎなほど蛙がたくさんいるんだ」昨夜、竹内さんが話していたから、そこの蛙の声だ。

朝六時半出立。

まだ寝しずまっているホテルの中庭には、陽盛りに気がつかなかった大輪の月見草がひらいている。中庭にきたバスに乗る。

泥の家の前にしゃがんで、七つ八つの少女が往来をみている。関節が目立つ痩せた手足をだらりとさせて。早く起きすぎてしまって、することもなく、かまってももらえず、戸外に出て、ただぼんやりしている。早く起きすぎたから、少し気分もわるいのだ。

午前八時、飛行機に乗り込む。プロペラ機。昨日のサマルカンドは、五十度の暑さだったのだそうだ。うしろの席のウズベク人若夫婦は、生れたてのぐにゃっとした赤ん坊を白布にくるんで、そうっと抱えている。

八時半、砂漠の中に翡翠《ひすい》色のどろりとした湖を見た。

八時四十分、ブハラ空港着。

ブハラはうすぐもり。飛行機を降りた足もとから、ずっと続いて飛行場いちめん、ひるがおが這いずり、とき色の花が咲いている。

ポプラ並木の奥の待合所。通された部屋には、小さな古い四台の扇風機がある。かけたら、カラカラカラカラと音をたててまわりはじめた。

先客にはドイツ人旅行団。運動選手団らしい体格のいいドイツ人たちと、ドイツ語の判る、われわれのうちのいくたりかは、何やら話したりしている。

ジョン・ウェイン、チャールトン・ヘストン――白い大きな男は好かないので、私はよく見なかった。

売店で。ウズベク帽子一ドル四十四セント、バッジ二十セント、茶碗三十八セント。

ブハラホテルにて朝食をとる。

朝食に何を食べたのだろう。どうしても思い出せない。きっといつものように、目玉焼とパンだったのだろう。どうしても思い出せない。

リヤビ・ハウズ、マゴキ・アタリ寺院、昔の城壁、イスマイル・サマニ廟、アンサンブル・ポイカリヤン。

午前中に、こんなに見ました。どれがどれだかわからない。ホテルの玄関には、ブハラの街の大きな地図があって、それに有名なところは書き入れてあり、説明もしてくれたが、さっぱりわからない。このホテルがその地図のどの辺にあるのかもわからない。

ガイドは、髪の短い小柄な娘。

リヤビ・ハウズ（池の岸）は不忍池のようなところだった。どろりとした青みどろの大きな池をめぐって、幅の広い遊歩道、黒ずんだ緑の葉をびっしりつけた枝を、重たげに四方にひろげている大樹。その木蔭の小座敷ほどの広さの縁台には、頭を青々と剃った大男、ウズベク帽子の男、ターバンを巻いた老人が上りこんで坐り、或いは膝を立てて、丼の麺をすすり、チャイを飲んでいる。

麺をゆでている大釜、羊肉を泡だてて煮ている大釜、赤い肉汁を作っている大釜、三つ並べた黒い大釜の下には、火がかっかと焚かれている。麺を笊できって丼にあけ、羊肉をのせ、赤い汁をかける。男たちは行列してそれを買い、縁台へ運んで食べる。「百合子、あの大釜の写真を撮ったか。うまそうだなあ。カラーで撮っとくのだぞ」主人が言う。

私が写真機を出そうとしていると、竹内さんが急ぎ足で寄ってきて「ここでは写真を撮らない方がいい」と言う。いっせいにこっちを見つめているその人たちの中には、片眼をつぶったりして如才ない男もいるが、険しい表情を少しもくずさない老人たちもいた。

◎ミリアラブ回教学院

水玉模様の綿服、ターバンをまいた老人がやってきて、石畳の中央に敷いた一畳ほどの絨緞の前で靴を脱ぎ、その上に膝まずき、体を投げだして祈りはじめた。いままで愛想のよかった寺の管理人は、祈っているこの人を写真に撮ってはいけない、絵に描いてもいけない、と顔つきをあらためて注意した。竹内さんは私のところへきて「百合さん、写真を撮ってはいけないよ。写生もいけないんですよ」と、もう一度注意した。どこへ行く途中だったかなあ。どこかの遺跡か廟まで歩いているときのことだった。関西の人たちは、道から草原へ入り、草をわけて歩きはじめた。何か探しながら歩いている様子だ。遺跡に近いこのあたりには、何かいいものが落ちているらしい。私も真似して草原へ入って歩く。草原の草はトゲトゲのある草ばかりだった。私は古代人のらしい骨を拾った。主人に見せると「犬の骨だ。捨てろ」と怒ったので、捨ててしまった。

その辺りだった。五つ位の女の子と三つ位の男の子が二人だけで、ぽつんと遊んでいた。痩せて眼ばかり大きい女の子は、もっと首の細い弟をひき寄せて、私と眼が合うと、ベソをかいて笑った。チョコレートを手に持たせると、すぐにしゃがんで銀紙をむき、弟の口に入れてやってから、自分も食べた。

林の中にある、チャイハナ（茶店）で休んだ。竈が並び、燃えさかる火に大鍋がかかっている。鍋には羊肉がじゅうじゅう音をたてていた。隣りの大鍋には、にんじんのスープがなみなみと湯気をたてていた。二人の少女がチャイを運んできた。葡萄唐草の粗末な土瓶にウズベクの緑茶が入っている。ガイドの娘は縁台に正座して「ウズベク風のお茶の飲み方はこんな風」と、茶碗を持ってみせる。日本風なのである。熱いチャイはおいしかった。

銭高老人はチャイを飲みながら「わし、なんで、ここにおるんやろ」ひとりごとを言っていた。

昼食（ホテル食堂で）

○スープ（じゃがいもと羊肉入り）

○トマトときゅうりの薄切り、その上に香菜（これはパセリの代りみたいなもの。くさがめ虫の匂いがする葉）
○パン、ミネラル水
○チャイ（おいしい）
○ビール一本（これはまずい。ただ茶色いだけ）
午後の見物
どっちの方角に走っているのか、わからない。ただバスに揺られているだけ。レーニンの大看板に出会うと「あ、午前中にも通った四ッ辻だな」と気がつく。トラックやバスのあげる黄塵をもろに浴びながら、老人が膝まずき、小川の水を両手ですくって、のろのろと頭にかけている。小川の水も黄塵と同じ、どろどろに濁っている。「いいねえ。実にいいねえ。ああいうのが好きさ、俺は」竹内さんは前の席から振り向いて、わざわざ言った。
バスはマキハサ宮殿へ向っているそうだ。砂漠地帯の王様でも、夏はさすがに暑いから、樹の多い郊外のマキハサに別荘を建てたのだそうだ。
◎マキハサ宮殿（夏の離宮）
王様の夏の離宮の門は、ドリームランドのような門。庭を孔雀が歩いている。皆は、それを写真に写す。私は富士スバルランドで放し飼いの孔雀はうんざりするほど見ているから写さない。知らん顔をしていると、「孔雀も写せ」と主人は言う。写す。写真機のレンズをとおして見ても、孔雀の顔ときたら、まったく可愛気がないのだ。

庭に大きな水浴用プールがある。プールを見下ろすための極彩色の木造見晴し台がある。女たちを泳がせて、王様はここから見物し、気に入った女を選んだそうだ。見晴し台には王様専用の手動式昇降機がついていた。プールに釣糸を垂れている少年が二人いた。

いまは美術館になっている宮殿の入口に、ウズベク帽子をかぶった男たちがお茶を飲んで屯《たむろ》している。ガイドの娘は美術館に入ることを交渉したが、なかなか許可してくれない。丁度、昼の食休みか、昼寝の時間にあたっているのかもしれない。からかって焦らすような薄笑いをみせる男もいれば、怒り顔をし突然大声をあげて脅かす男もいて、気の弱そうな娘は、白い頬を上気させて、おろおろする。男たちは、われわれをちらっちらっと見ながら、娘が困るのを楽しんでいる。

外国人と接し、外国人旅行者専用のホテルにも出入りできる、この国の通訳案内業の人たちは、この国の普通の人たちより、大分身なりも上等だ。外国語をあやつり、進駐軍に勤め、舶来品を身につけ、外国人とつき合っている男女のことを、三十年近く前、私も羨望と軽侮の眼で眺めていたことがある。

美術館には、王様がしこたまためこんだ、絨緞、装身具、陶製の壺がいっぱい。王様が使ったというカレンダーもあった。いちめんレースで飾ってある、壁紙もレースで出来ている部屋。いちめん鏡ばかりの部屋。王様は極彩色が好きだったらしい。王様はドリームランド、多摩川園みたいなものが作りたかったらしい。

濁った小川、川のほとりにゆっさりと茂る大樹。向う岸の泥煉瓦の集落に写真機を向けてはいけない、と注意がある。泥の家から女の子が出てきた。女の子が家に入ると、中年の女と娘、幼女二人が出てきて、川べりに居並ぶ。

八つ位の痩せた少女が、三つ位の妹を連れてしゃがみ、ねぎ、赤大根、にんじんを、地べたに置いて売っている。暑いから、泥のついたままの野菜は萎れきっている。屈託もなく少女は妹と遊びながら、売っている。

四ッ辻の大きな二階建は洋裁学校らしい。お下げを垂らした少女たちが、布をひろげたり、いじくったり、ミシンに向ったりしているのが、バスの中から、よく見えた。

夕食（ホテル食堂）

○スープ（ウズベク風。だいだい色のスープ）

○パン

○焼飯（羊肉入り）
ホテルの売店で。

煙草二箱六十カペイク。

ウオツカとぶどう酒五ルーブリ九十七カペイク。

「ダイチェ　ムニェー　ウオツカ、ウオツカ！」「ダイチェ　ムニェー　ヴィノ（ぶどう酒）！」声を大きくしても、さっぱり通じない。飲んで酔払う身ぶりをしたら、すぐ通じた。

食後、あてどもなく、皆はホテルを出る。あてどもなく出たものだからすぐ行き止まってしまった。沼のようなところへくると、道はなくなってしまった。水銀色の沼のほとりの真黒い林の上に、細い白い新月がかかっていた。いまと同じようなことがずっと前にあったような気がする。

「湖北というところ、琵琶湖の北の方——あすこに似ていませんか？」少ししか似ていないのに私は言った。皆、かわるがわる、湖北に行ったときのことを熱っぽく話しはじめた。竹内さんは比叡山に行ったときのことを、一番あとで話した。立ち話が終ると、沼のほとりから引き返した。

ホテル中庭の屋外食堂は、今夕も地元の人たちで盛況。ビールなし、バターなし、売れ残っているのは蜂蜜水だけだという。笑いさざめく中につったって見回してみても、空いている席はない。

なかなか暮れてゆかない夕方だ。部屋へ戻らず、蜂蜜水でもいいから飲みながら、テーブルを陣どって、ここにいたい。

「わし、いつからここにおるんやろ。なんでここにおるんやろ」銭高老人は正気に返ったように呟いている。

六月十九日（らしい。主人の時計の日附はそうなっている）

ブハラ。うす曇り。陽が射す。すると、うわあんと暑くなってくる。

昨夜、ひとねむりしたら、手の先、足の先がかゆくて眼が覚めた。かくと、脛、ふくらはぎ、もも——手首、二の腕、肩、脇の下と、次第にひろがってかゆくなり、地図のように厚ぼったく腫れてくる。しまいには胸もお腹もかきむしる。眠っては覚めて、かきむしる。一晩中、うつらうつらしていた。

そのあいだに、遅くまで騒いでいた中庭食堂の客声もやみ、往来に涼む人たちがかけ合っていた声も、いつのまにかやんだ。

やんだと思ったら、向いの平家で、げえッ、げえッ、ああッ、ごおッ、げえええ、えッ、ェッ、ェッと、げろを吐きはじめた。金属板みたいな菫色の空に、げろ吐きの音だけが、ずい分長い間、響きわたっていた。

あけ方、かゆいのが収まって熟睡したと思ったら、朝陽がねている顔めがけて射し込んできて眼が覚めてしまう。髪の中まで汗みどろ。早寝の主人は、いつものように暗いうちから起きだし、チーズとパンを食べ、ぶどう酒をすすって、陽が射してくるのを机の前で待っていた。

昨夜、げろ吐きをしていた家の屋根に、猿と猫がいる。

朝食

○パンとゆで卵二個

○メリケン粉の薄焼二枚とぶどうの蜜煮

竹内さんは朝食に出てこない。今日は外出をやめるといっているとのこと。

朝食のあと、竹内さんの部屋へパンとゆで卵と梅干を持って行った。

竹内さんは起き出してきて、双眼鏡を貸してくれる。

「カメラも貸そうか。二台あると、カラーと白黒が自由に撮れますよ」

私は辞退して、双眼鏡だけを借りた。

ホテル玄関前のベンチに腰かけて、バスが来るのを待つ。屋内より往来の方が、風が通って涼しい。三杉さんと誰かが「昨夜はダニに刺されて眠れなかった」と話している。じんま疹かと思っていたが、虫だったのだ。

竹内さんの部屋は、その真上の二階である。窓から上半身をみせた竹内さんは「たいしたことはないです。今日は寝ています」と、皆に言う。やわらかい声で、おどけた風に言う。関西の人たちは、竹内さんのにこにこした顔につられて――今日は砂漠へ行くので、サングラスを持ってこなかった銭高さんに、サングラスを貸してやってほしい――と窓へ向って言う。竹内さんは片腕を長くのばして、関西の人たちの上にサングラスをぽとッと落した。

四角い窓から、大きな顔と上半身と片腕を出したまま、おだやかに笑っているが、顔色は紙みたいに白い。額縁の中の竹内さんを眺めているような気がする。眼の中の奥の写真機に、カシャッと私は写した。

八時にバスが来て出発の予定だったが、急にマイクロバスと乗用車の二台に替えることとなり、それが到着するまで、もうしばらく待つのだそうだ。

砂漠に行ってきたという一人旅の日本人の男に状況を訊ねたら、悪路でとても大型バスなどでは行けないと忠告されたのだそうだ。

「昨夜ホテルに着いた彼は、一人で砂漠へ行ったので、四十五ルーブリかかったそうです。

彼はこれから方々まわって、五十日後に日本に帰るそうです」と、山口さんはつけ足す。

タクシーがすっと停まった。日本人の男が一人、あわただしく玄関から出てくる。

「何時の飛行機ですか」

「この国のことです。空港へ行ってみなけりゃ時間はわかりません。飛ぶ、とだけはいってますから、とにかく出かけます」

男は山口さんに重々しい返事をして、トランク二個を積み込み出て行った。私たちは尊敬の眼差しで見送った。

タクシーが戻ってきた。さっきの男がホテルにとびこみ、背広の上衣を抱えて転げるように駈け下りてきて、また乗った。タクシーの運転手は笑って肩をすくめ、発車した。最初現われたときから、背広の上衣をとりに戻り、また出て行くまで、男はにこりともしなかった。

やっとマイクロバスと乗用車（ボルガ）が到着した。

「わしゃ、大きい方がええ」と言い張る銭高老人を、無理矢理ボルガに押しこみ、三杉さんと島さんが同乗した。あとはマイクロバスに。

ガイドは大柄な色のうす黒い娘。白地に緑と黄の花柄のワンピース、頭にナイロンの布をかぶっている。運転手は地元の人ではないらしい。白色人種のロシア人ロシア人した大男。インテリ風というか、教師風というか、ガイドの娘が説明していると、見かねたように口をはさみ、自分が話しだす。

寺院の前でバスを停め、運転手は飲料水を買いに行く。運転手はなかなか戻ってこない。

「銭高はんは、だんだんということをきかんようにならはりましたなあ。よう我儘言わはる」坂野さんが、おかしそうに江口さんに話しかけるのが聞える。

「もう返事せえへんことにしとります。いちいち返事してかもうとったら腹が立ちよりますさかいに。ずっと同じ部屋なら、けんかになりますがな。わたしはねたふりしとります。ねたふりしとれば、ひとりごと言うよりほかありまへんで。昨夜も『江口はん、あんたはようこんな汚ないシャツ着とられますな』言わはりますのんや。言わはってもねたふりしとります」

「道理で。銭高さんは『江口はんはよう眠らはるお人ですな』言うて、感心してはりました。あれはねたふりやったんか」

「そうですがな。最初から言うてありますねん。わたしは体が悪うて気分のすぐれんときがありますよってに、そないなときは、かもとられまへんで。そう言うてありますねん」

後続のボルガから三杉さんがバスにやってくる。

「銭高氏よりの伝言です。『わしばかりええ車に乗っていては、なんとしても相済まん。

御婦人方をお乗せするように。わしは大きい車にかわる』言わはりますねん。行けえ、行けえ、言わはりますさかい、伝令にやってまいりました」

ホテルの前で、銭高老人がごねて叫び続けていたのは、我儘からではなく、私と坂野夫人をいい車に乗せようと、気遣われてのことであったのだ。

ブハラ西郊にある砂漠までは、五十五キロあるという。

運河には濁流。綿畑が続く。驢馬《ろば》に乗って行く男。大男二人に乗られてしまった驢馬は、重さのあまり、かえってはずみがついて小走りに走っている。土煙をあげてとばしてくる車に、老婆や幼児は手足をばらばらにした恰好で逃げまどい、綿畑にとびこんで身をひそめる。

荷台を金網で囲った大トラックが、前を走ったり、すれちがっていったりする。金網に、にわとりの羽のような綿屑がこびりついている。

「コルホーズ」ガイドが指さす綿畑の中の泥煉瓦の家。コルホーズというのは学校のように大きなものかと思っていた。民家と変らない。長方形の殺風景な建物。コルホーズの入口に、木を組んだアーチ。横長の真紅ののぼりがたっている。のぼりのロシア文字は、きっと「レーニン万歳、帝国主義打倒」と書いてあるのだろうと思う。

うす曇りの空、濃緑の綿畑に、真紅ののぼりだけ、風にはたはたしている。お祭りのあと、しまい忘れたのかもしれない。秋の末、ぶどう祭りが終ったあとの山梨の村を通ると、こんな風だ。

綿畑の中に、ずらりと並んでいる、コバルト色のトラック。あれは綿の収穫機なのだ、とガイドはいった。いまはコルホーズに人はあまりいない。八月の取り入れどきになると、どっと人が集まるのだ、といった。

ガイドがまだ何も言いださないのに、窓の外を見続けていた人たちが、そわそわしはじめる。「ゼラフシャンですな」「ゼラフシャン河にやってきましたな」

私「ゼラフシャン河って何？　昔、凶《わる》い事があったところ？」

主人「俺は知らない」

だから私は、猫のように耳をたてて、皆のしている話をきいていた。

――この河は洪水のたびに、いい土を運び流してきてくれたので、大昔からこのあたりには作物が出来、人が住み、町が作られたのである。草原に、ぽつり、ぽつりと見える小高い丘は、二世紀から八世紀ごろまでにあった町の住居の跡である。蒙古族のたびたびの侵略で、人も住居も町も全滅し、また作られる。それをくり返していた――。

河は氾濫した後らしかった。大小の水溜りが皮膚病のようにどこまでもひろがっている。そこには灌木のような丈高い草が繁り、草にはうす赤い花が咲いているらしく、そんな色にどこまでも霞んでいる。

「東南から流れてきて、砂漠の中で、どこあたりでか、いつのまにやら消え失せてしまう河ですねん」

走る。真直ぐの道が一本、地平線に向っているだけ。綿の運搬車をいく度も追い抜く。木も草も少なくなった。

ガイドが左を指さした。運転手も指さした。砂漠の遠くに、ポツリ、ポツリと見えるもの。カザハ族の包《パオ》。車は左折、砂の海へ入って行く。あるような、ないような、タイヤの跡、それが道なのだ。タイヤの跡はほかから合流し、また分れて続いている。悪路だ。車が跳ね上るたびに、運転手は「アイ　アム　ソーリー」と言った。子供のゴム靴が片方ころがっていた。

「飛行機から砂漠を見ると、砂の中に一本になったり分れたりしたかすかな曲線があったでしょう。それがこの道ですわ」三杉さんは言う。

一番手前の包に近い小高い砂丘に、乗用車とジープが停まっている。白人の男二人が車にもたれている。その車に並べて、車を停めた。白人の男女五、六人が砂漠を歩いて行くのが見えた。ドイツの旅行者たちだった。

まあるくかぶさった大きな空の下で、包は二つが一組になって暮していているらしい。見当もつかないほど遠くに、はなればなれに三組だけは見えた。点に見えるのは駱駝《らくだ》だ。

「包が見られるなんて好運だ。まず、写真を撮っていいか私が訊きに行ってくる」

一番近くの包まで、運転手は分厚い背中を見せて、くったりと砂の中を歩いて行く。陽がみなぎり、何の音もない。耳がなくなってしまったようだ。

包に近づくと、中から黒白の斑猫が、ひそっと出てきた。毛並がつやつやしている。猫は見渡す限りの砂漠の海のまん中へ静かに出かけて行った。

包の中はひいやりとうす暗く涼しい。床にはフエルトが敷いてある。招き入れられた私たちは、喜んで靴を脱いだ。ガイドの娘も私たちと同じように正坐した。二十畳間ほどの円い部屋。二メートル位の高さの壁の上に柳のように撓《しな》う木の枝を骨組にして作った円い帽子型の屋根がのっている。葦に似た草で編んだ天井。赤黒白緑、極彩色の絨緞で壁は飾られている。包の外がわは、すっぽりと厚いフエルトで包んだまわりをよしずのように編んだ草で囲い、その上から太い綱を包全体にかけわたして押えてある。

何だか、サーカス団の団長の楽屋へ遊びにきているみたいだ。

われわれの代表は、寄せ集めた菓子を入れた袋を、お土産に差し出す。

十一、二歳と五歳位の女の子が入ってくる。姉の方は、こわれかかった戸棚から土瓶と茶碗を出している。妹の方は、緑色の鼻汁を垂らして、すすり上げたり、横こすりしたりしながら、私たちをみつめている。平らな顔に、つり気味の一皮まぶたの黒い眼。緑色の鼻汁。私は子供のとき、こんなだった。

茶道具を抱えて姉が出て行くと、妹もついて出て行く。観光客には馴れているのだ。私を写してくれようと、フエルトの上でねころんだり、膝を立てたりして、写真機をしっかり握っていた主人が、

「あれ、へんだぞ、この写真機は。カシャッといわない」と言う。押してもシャッターが動かない。

「とうちゃん、こわしたな」

「俺、いま触っただけだよ。いままで百合子がずっといじってたろ」

「さっきまでカシャッといったんだから。いま、とうちゃんが触ったからこわれたの。いじくらなくても、触っただけでこわれたの」

「そうかなあ」

「うちにあるお中元や記念品のライター、みんな、とうちゃんが触ってこわれたんだから。とうちゃんが触ると、うちにある文明の利器はみんな腐ってこわれるの」

私の声は大きかったらしい。

「奥さん。砂漠でそんなことを言わんでも……」江口さんが低い声で言った。写真機がこ

われても、本当は私は平気なのだ。見ているだけの方がいいのだ。羊の乳と砂糖菓子が出る。一つの丼を飲みまわす羊乳は、ヨーグルトの味がする。砂に深く埋めておくのか、もったりと冷たかった。戸棚の上に古びたトランクが三個と、かかとの高い黒皮の女の古靴が一足。

隣りの包を覗くと、さっきの二人の少女と、その姉らしい十七、八の娘がお茶の支度をしていた。こっちの包は台所と茶の間らしい。炊事用具がごたごたとある。壁には絨緞など飾ってない。三人の娘は私をみつめて笑わない。私も笑わない。眼がくたびれかけたころ、両方でちょっと笑った。末の女の子は私について包から出てくる。陽が照りわたっている。客間の包から日本人の話声や笑声が洩れてくる。遠く電波にのって、北京放送か韓国放送が、聞えてきているみたいだ。

包と包の間に綱を張って洗濯ものを干している。獣の皮をなめしたのも並べて干してある。皮はぬめぬめと、まだ、うすい血の色に濡れている。自転車が一台たてかけてある。ゴムタイヤをとった骨組だけの車輪だ。砂の海をこぐにはこの方がいいかもしれない。わずかに出来ている自転車の日蔭に、大きな犬がねそべっている。

犬は私が近寄ると、のっそりと立ち上り、遥か離れた包の方角へ歩きだした。砂を掘って火を焚いたあとがある。古いサモワール（湯沸し器）がころがしてある。見馴れると、遠くには馬や羊もいた。

犬が歩いて行く遠くの包。包のそばに、うぐいす色の長衣、頭に白布をまいた人が佇って、こちらを見ている様子だったが、その人は、やがてこの包をめざして、ゆっくりゆっくりと歩きはじめた。少しずつ姿が大きくなってくる。うぐいす色の長衣が光って、ふうわりと風を孕んではなびく。

「イクツ？　コレダケ？」四本指を出すと、女の子は五本の指をひろげた。女の子は自転車のそばにころがっている空気の抜けたゴムまりを持ってきて、私と遊ぼうとする。遠くまで出かけて行った猫は、とかげをくわえて帰ってきた。客声のする包に入り、ひとわたり客に見せる風情をしてから、くわえたまま、また砂漠のまん中へ出て行く。女の子は急に包に駈け込み、もっと上等なきれいな布を頭にまき替えてきて、仰向いて私にみせた。

ゆっくりと刻が経って、うぐいす色の長衣の人はここに着いた。老婆だった。私たちとそっくりだった。老婆は二言三言姉娘と話してから、客包の戸口に立った。運転手と何か話している。話し終ると、また来た道をゆっくりと、光る緑衣をなびかせて帰って行った。

娘三人を留守番にして、あとは羊を連れて仕事に出ているのだそうだ。

土産に渡した菓子袋の中にチューインガムも入っているときいた運転手は「飲みこんでしまう！」と、台所包へガムだけ取り返しに行く。

駱駝を見に行っていたドイツ人たちが戻ってきた。彼らは日本人の声のする包の中を覗いただけで、また、遠くの包まで歩きはじめる。

磯を伝う蟹に似た爪先立った恰好で、かぶと虫（スカラベ）が右往左往している。砂から湧いてきたように無数だ。よく見ると、みんな、羊か駱駝の糞を丸くして、後肢で蹴上げながら、後退りにころがして運んでいるのだ。糞を抱えていないかぶと虫なんか一匹もいない。

私は包のそばの石を三つ拾い、手提にしまって車に戻った。

ドイツ人たちの車には、見物に出かけない男が二人、車にもたれたまま、砂漠の暑い風に吹かれている。私たちが車を降りたときから、長いこと、そうやっている。体格のいい二人の男の、がっしりした斑らに薄赤い腕にも手の甲にも指にも体毛がそよいでいる。金髪の男が指をのばして、胸をはだけた禿《はげ》の男の手の甲の毛を、一本だけ注意深くつまんでクッと引き抜いた。引き抜いてから、禿の男の顔をじっと見ている。すると、禿の男が、大きな丸っこい太い指をのばして、金髪の男の車にもたせかけている手の甲の毛を一本引き抜く。含み笑いをして金髪の男の顔を見る。金髪の男が、また、ゆっくりと注意深く一本つまんでクッと引き抜く。禿の男をじっと見つめる。禿の男は、抜き易いような按配に手を置いている。禿の男が大きな体をちょっとよじらせて、金髪の男の手の甲に太い指をのばす。金髪の男は手を動かさないで待っている。声を出さないで抜き合っている。顔を見つめ合っている。くり返している。

いつも、チラッ、チラッとしているのは、とかげだ。それは消えるように飛ぶように、素早く動いては静止する。止まるたびに、撓う硬そうな尾の裏を、反射的に背中にあげて見せる。体全体は砂の色で、尾の裏だけが、黒と白の縞だ。そこだけエナメルを塗ったように光っている。丘に立って、見るともなく砂漠いちめんを見ているとき、眼病に罹《かか》ったごとく、眼のはしを、チラッ、チラッと白い閃光になって走るのだ。

ついてくる女の子に小さい化粧鏡をやった。

車に乗り込んで帰る途中、来たときに点に見えていた駱駝が、近づいてきた。父親と子供二人が乗っている。ゆっくり揺れながら、車と同じ方角へ向った。

砂の中を一人で歩いている十四、五歳の少年に、車を停めて声をかけた運転手は、その子を無理に乗せた。鳥打帽子の少年は、われわれと離れた席に身じろぎもしないでうつ向いていたが、あまり嬉しそうではない。二股に道が分れたところにくると、小声で礼を言ってとび降りた。そして、あとからくる父親と弟の乗った駱駝を待ちかねて、砂の中を戻って行った。

「よかったですねえ。明日は包をたたんで、ほかへ移るところだったそうですよ。滅多に、こんな風に包を見ることなんか出来ませんよ」バスの中では、うんとトクをした気分になろうと、確かめ合っている。運転手も得意そうだ。

うまくいったのだろうか。よかったのだろうか。こういう見物をしても、私にはそうい
う感じがない。包の暮しは、ごく当り前のような、ちっとも珍しいものではないような、
ずっと前から判っていたような気がしている。ずっと前に私もしていたような気がする。

銭高老人は、きっと、こんなとき言うのだ「わしゃ、よう知っとった」と。

「コルホーズに入るように、あの人たちには呼びかけているらしいんですな。トルキスタン系の一族は、コルホーズに入ったり、町で暮したりしていますが、蒙古系はなかなか、それが出来ないんですねえ。ああいった暮しを今も続けているんです」

「——私もそうですなあ。もし私だったとしても、コルホーズには入らんなあ。包の生活をとりますなあ」江口さんは呟いていた。

往きに左手に見えた大昔の町の跡へ向って、車はごとごと入って行く。

廃墟。近づくと風の音、鳥のさかんな声がする。泥煉瓦の砦には無数の穴があいていて、鳥が群がっては散っている。

運転手は皆を集めて説明をする。運転手の説明は長い。英語が判らない私は、皆のまわりを歩きながら、聞いているふりをして、ときどき皆が笑うと一緒になって笑った。人の

背より少し高い、灌木のような草が生えている。あるかないかの草蔭に寄って、銭高老人もそっぽを向いている。

泥煉瓦の壁穴を足場にしてよじ上ると、四方が見渡せた。見渡しても、うす白い空と砂漠と草原で、風が渡って行く音がしているだけだ。風はときどき、ひえーんと人の声に似た音をまぜて吹いていた。草原に残っている坂野夫人と銭高老人と主人が奇妙に遠くに、なつかしく見えた。老人はうしろ手を組み、とことこと歩いて行っては立ち止まる。反り身になって双眼鏡をかざし、うす白い虚空に眺め入っている。何が見えるのだろう。

壁をよじ上った人たちは、しゃがんで石ころをせっせと拾った。大昔の人が使った土器のかけらなのだそうだ。私は模様が少しついている壺のかけらを拾った。島さんがかけらを三つ分けてくれた。その中にはコバルト色のかけらもあった。

主人は草原で、ロクロのあとのついている壺のかけらを拾っていて、下りてきた私にすぐ見せた。私が感心しなかったら（黙っていただけ）「こんなもん、ダメだな」と呟き、ぽんと捨てて、すたすたと先に歩いて行った。そのあと銭高老人が歩いてきて「おや」と言って拾い、しばらくひねくりまわしていたが、また、ぽんと捨てて歩いて行った。そのあとから島さんが歩いてきて拾った。

「こりゃ、いい。たいしたもんだ」と、砂を払って鞄にしまった。

「これは何でしょう?」いちめんに、ほやほやと生えている灌木に似た草を指すと、運転手は「サクソール、サクソール」と、噛んで含めるようにくり返してくれた。すぎなを大きくしたような草。幹を折ると、水気をいっぱい含んでいた。

ゼラフシャン河のほとりで車を停めた。橋にもたれて、皆、水を飲んだ。りんごの味がかすかにしている水を、一人一本ずつ飲んだ。綿の運搬車が土煙をあげて走って行く。

この河の近くでは、瓜がたくさん出来るという。それは八月ごろらしい。

また来ることがあるだろうか。そんなことがもしあったら、この橋のところで、りんご水でなく、瓜をたべたい。

泥水がふくれ上って流れる運河を見た。激流に掩《おお》いかぶさって枝を張る大きな樹。枝の先は泥水に嬲《なぶ》られている。

「ああいうのはいいなあ」ぽつりと主人が言っていた。

別れぎわ、運転手は私の拾ったかけらに場所の名前を書いてくれた。書きながら、また説明をしてくれた。判らないのに私は肯いていた。この大きな人は大歯槽膿漏であった。あっというほど臭かった。鼻からも口からも息を吸い込まないようにして、私は肯いていた。

今日の昼と夜、何を食べたのか、忘れた。

「明日は城に行くんだ。その城には拷問牢があるんだぞ」主人は寝床に入ってから、嬉しそうに私に言った。

六月二十日（らしい）砂漠に行った次の日。

城に行ったのは今日だったろうか。

どの方角だか分らない。町の名も城の名も分らない。とにかく城に行った。

何でもここの王様は悪い人だったらしい。私たちは、わくわくして城門にかかる橋を渡った。入ると、すぐに、もう、石の牢があった。こんなに早く見てしまってはもったいない。城見物の大人や子供たちが、体を寄せ合ってひそひそと囁きながら、暗い牢の中を見すかしている。牢は四つあった。はじめの牢に一人、二番目の牢に二人、三番目の牢に一人。老人、中年、若者の男の囚人の蠟《ろう》人形が、うずくまったり倒れたりしていた。四番目の牢の人形は、首を吊ってぶら下っていた。この人たちは税金を納められなくて、こうなったのであった。上半身はだかの背をこちらに向けて横たわっている人形には、背中に皮ムチの血すじがバツの字印にいくつもついている。拷問のあと、牢に放りこまれたところだ。暗さに眼が馴れてくると、石牢には、どこからか、ほんの少し明りが漂ってきていて、息をしない動かない人形たちが凄惨に見えた。真新しい明るい空色の服なんかを着た囚人が一人いた。

城の展望台には風が吹き通っていた。寺院や塔や市場の半球の丸屋根。波のようにうねって続く民家の泥壁。入り組んだ迷路。

小さな博物館があった。王様がかぶった帽子などあった。つまらなかった。城見物の人たちは、すべて石牢の前で息をのんで動かないから、石牢の前だけが混み合っていた。

昼食（ホテル食堂）
○パン
○スープ（じゃがいもと羊肉。油が大きな輪になって浮いている）
○シャシリク
○ミネラル水とチャイ
食堂の隣りの売店で、本とコニャックを買う。コニャック一ルーブリ九十一カペイク。

主人はコニャックを抱えて、これを飲みながら部屋にいる、午後の見物は休むと言う。

竹内さんも、俺も行かないと言う。

午後四時半にはここを発つ。荷作りをしてから、私だけ玄関へ出た。

山口さんは「バザールはここから十五分位のところだから、ぼつぼつ歩いて行きましょう」と言う。

「十五分いうたかて暑いんじゃあ。歩かん方がええ。タクシーをよんでもろたらええがな。ホテルなんじゃ。フロントにいえばタクシーが来るがな」老人が言う。

「それがですな。日本と違って、ここはタクシーがすぐ来んのです。タクシーを待っている間に歩いて行った方が早いと、フロントでもいっております」山口さんは言いきかせる。ほかの人たちも言いきかせる。老人はきかない。

「わしゃ見ておったぞ。タクシーが来て、ホテルから乗って行った者がありますがな。わしゃ、よう見ておったんじゃ」

押問答をしているうちに、老人は、ふっと、おとなしくなり、先に立って歩きだす。私は麦わら帽子をかぶった。坂野夫人はパラソルをかざした。

緑の樹蔭や土塀の蔭を選って歩く。土壁を四角く切りとった小さな窓。窓枠はコバルト色に塗られ、目隠しの白いレースのカーテンがかかっている。バケツを両手に提げて路地の奥へ入って行くはだしの少年。弟を抱き寄せて町角の石に腰かけている六、七歳の女の子。地図を頼りに山口さんは、何度か道を訊ねた。三十分歩いてもバザールまで行けない。銭高老人の頸から上は赤黒く発色して、暑苦しさの余りか、いつもより小走りになってきた。

「十五分だ、すぐだ、なんぞと言いおって——いつまで歩くんじゃい。タクシー!!　タクシーをよばんかい。わしゃタクシーに乗る!!」

山口さんははらはらして、主婦らしい女にまた道を訊ねる。ここを抜ければすぐだという。

老人は、大声で、滅茶苦茶に怒りだした。

「山口君、山口君。山口はどこじゃ。山口君をよんでくれ。山口君、タクシーをよばんかい。山口をよばんかい。山口に乗る!! 山口をよばんかい。タクシーに乗る!!」

バザール。煉瓦造りの大きなクーポル(円屋根)。大きな円屋根のまわりに、子芋が殖えたように小さな円屋根が集まっている。円屋根の下のアーケードに、衣料品屋は衣料品屋ばかり並び、貴金属屋、食料品屋もそればかりかたまって店を出している。生き返ったみたいに涼しい。暗い泥壁に貼ってある男のいろいろの髪型の絵は、床屋の広告。写真屋の広告も貼ってある。貴金属屋でペンダント二個四十カペイク。向いの貴金属屋から、ブハラの一日目に案内をしてくれた小柄な娘ナターシャが、黒い皮の手提を下げて出てきた。今日は休みなので買物にきたといった。

帽子屋。おもちゃ屋。

衣料品屋で赤い布の値段をきいた。三千円位。高いから買わなかった。

銭高老人はうしろ手を組んで歩きながら呟きつづけている。

「わしゃ買わんぞ。わしゃ買わんぞ。見にくるだけじゃ、人や壁を見にくるだけじゃ」ほんとに何にも買わない。

バザールのはずれには、八百屋、鍛冶屋などが、掘立小屋の店を連ねている。ターバンの老人があぐらをかいて、小さな鋸で、板に細かな筋をいれている。見ているうちに梳櫛が出来上る。鋸の先で、ちょんちょんと模様をつけ、ふっとおが屑を吹き払い、袖でこすって、壁の頭陀袋《ずだぶくろ》へしまった。老人のそばで話しこんでいる若者に「これは売りますか」と訊ねた。若者がとりなしても老人は返事をしない。笑わない。こっちを見ない。仕事の手を休めない。「写真を写してもいいですか」と訊ねた。老人は烈しく首を振った。失礼を詫びて店を出た。老人は見向きもしない。

陽なたの石に腰を下ろしていると、銭高老人が嬉し気にやってくる。

「見てみなはれ。壁も塀も門も、よおく見ると、皆、少しずつ、かしいでおりますがな。うまくかしいで建ててありますがな。ここは地盤がえろうやわらかいんじゃ。えらいもんでっせ。地震を見込んで、最初から、かしげて建ててありますのや。やわらこう、遊ばせて建ててありますのや」

「たいしたもんじゃ。えらいもんじゃ。ロッシャはたいした国じゃ。わしゃ、よう知っとった」

話してしまうと、老人はうしろ手を組んで小走りに往来を横ぎり、日照りの辻に立って、双眼鏡でくわしく視察をはじめた。

一番空に高い円屋根には、王冠の形の塔がのっていて、その塔の屋根に、こうのとりが巣をかけていた。こうのとりは、その落っこちそうに大きな巣の中で、ときどき立ち上り、羽のつけ根までみせて、ゆったりと羽ばたき、居ずまいを直しては、またうずくまった。

時計が四時近くなっていた。三杉さんと島さんと江口さんと四人で帰った。アイスクリームを食べながら歩いた。ブハラというこの町の名は、梵語のビハラ（寺院）からきているのだという。

「奥さん。この建物、御存じでしょう」

「いいえ。存じません。有名なお寺さんか何か？」

「これは、ブハラにきた日、一番はじめにきた寺ですよ」

――そういえば、前にも見たことがあったような。――ブハラにいつ来たんだろう。今日はいく日なんだろう。

「タクシーを拾わんと、暑いし、かないまへんわ。誰か会話の本持ってまへんか。タクシー駐車場はどこかいうのん、出来ますかいな」

私たちは、どんな車にも手を上げた。大男の運転する自家用車が、ホテルまで運んでくれた。大男は金を受けとらないのでボールペンを受けとってもらった。仕事中らしく、車をとばして戻っていった。

五時、ホテルを発つ。出がけに売店でバッジを買った。一ルーブリ二カペイク。

六時、タシケントへ飛行機は飛ぶ。

砂漠が見える。コルホーズが見える。細い曲線の砂の中の道が見える。砂漠にある湖から出ている運河。包へ行くときに通ったところだ。夕陽がいちめんにあたっていた。定規でひいたような一直線上に、ぽつんとあるもの。汽車かしら、家かしら、少し動いているようだから汽車かしら。銭高老人はもう見つけて声をあげる。

「汽車が走っとるわ。汽車が走っとるわ。えらいもんや。えらいもんや。こない仰山の砂ん中を。よう走っとる。よう走っとる。ロッシャはたいしたもんや」

飛行機に乗り込んだときから、私の席と前の席の天井から、水がポタポタ垂れていた。前席のウズベク人若夫婦の夫が、スチュワーデスに申し出ると、スチュワーデスは、柔かい紙を大切そうに二、三枚持ってきて与えた。夫は、漏ってくるところに丸めて詰めたが、紙はすぐ漏れて、また雫が垂れてくる。夫は、もうスチュワーデスには申し出ないで、しきりと天井ばかり見ている。

向いのウズベク人の男二人は、とりつけ机をつけて、カードをやりはじめた。

雲の中へ入るとき、雲の中から出るとき、丸い虹を見た。虹を見送ると、また虹が待っていた。しまいには雲が七色に染まっている中を通った。

動揺が激しくなった。下に大きな湖があった。その真上を飛ぶとき、ひどく揺れた。前の席のウズベク人の若い夫人は、夫の肩に顔を伏せていた。

タシケントに着く。

大樹の深い緑に包まれたタシケントは、ブハラから戻ると、文明の都だ。にれ、かし、ポプラ、並木の続く町を走り、ホテルへ着く。三四二号室。便所の便器には木の枠もついているから、腰かけ易い。

夕食
○ハンバーグステーキ(卵がのっている)
○ねぎ、きゅうり、トマトの生野菜
○お盆のようなパン
○レモン水
竹内さんは気分がすぐれず、この食事を断わった。山口さんがお粥を頼んだら、米はあるが粥の炊き方を知らないという。竹内さんは首を振って、ヨーグルトを二杯飲めばそれだけでいい、と言った。

食事のあと、屋上へだけ直通している昇降機に乗る。一階から屋上まで上下しているだけの鉄の函を、超肥満体のおばさんが操作していた。仰向けば、屋上から鉄の函を吊り下げている綱が見えた。このおばさんが乗っているからなおさら不安になる。

屋上食堂では、コックがシャシリクを焼き、女給仕が運んでいる。夕闇の中で、皆、酒を飲んでいた。ギターを持った客の一組は、ギターに合わせ、男二人の間に女が入り、三人肩を組んで踊っている。すり足でゆき、すり足で戻り、静かに揺れている。

「いい感じですなあ」島さんは、しんみりと言った。

また鉄の函で墜落するように下りた。

夜半、雷の音で眼が覚めた。豪雨。主人は起きていて、机の前で煙草を吸っていた。いま三時だと言った。

六月?日

雷の鳴った次の日。

くもり。大雨があったあとの涼しい朝。

朝食に現われた皆は、楽になった、楽になった、とにこやか。

朝食

○パン
○目玉焼（卵二個）
○コーヒーとチャイ
梅干を出してチャイを飲んでみた。

十時過ぎ、バスに乗る。

　バスに乗り込んでから動きだすまでの話
銭高老人「この国の女ごはよう働きまっせ。えらいこっちゃ。朝から腕まくりしよってからに歩いておるんや。ロッシャはたいした国じゃあ」

往来の女たちは、ほとんど袖無しのワンピースを着ている。

誰かの声「腕まくりしているのではありまへん。もともとそういう服やさかい、まくろうにも袖はありまへんのや」

「グッド　モーニング」ガイドの青年が乗り込んできた。濃紺無地の開襟シャツ、青い眼、赤い髪、小作りな体。そのあとから、すべての部分に肉がわっといっぱいの真白な娘が乗り込んできた。赤い髪をアップにして龍宮の乙姫様のように頭の上でまげに丸めている。顔、腕、肩、胸、胴、お尻、肉がいっぱいだ。膝を出した短いワンピースは体に密着していて、つまんだら裂けるのではないか。みるからに白色人種のロシア人ロシア人した娘。

すでにロシアのおばさんの体型になっている。

「この人はナターシャといって、ガイドの見習として同乗いたします」青年がちょっと頬を染めて紹介すると、娘は愛想わるく、鈍重な体を運んで、後部の座席に腰かけた。地元の人ではないように思える。

バスが走りはじめるとすぐ、添乗員席から乗り出して、青年は熱心に話しだした。英語とロシア語を使う。山口さんが、それを私たちに伝える。

——タシケント。タシはウズベク語で石。ケントは都、町。石の都という名のごとく、ここは中央アジア、ウズベク共和国の石の要塞、石の砦として、昔から重要なところでありました。

——ここは七月、八月が一番暑く、五十度を越します。

——この町は、樹を大切にしています。

——タシケントには、黒と白の宝、という言葉があります。黒は石油、白は綿です。

大粒の雨が音をたてて降りだし、止み、陽が輝く。また、降りだす。滴り落ちてきそうな並木の緑をくぐって、バスが走る。橋の下を流れる水は豊かで激しい。青年は立ち上って流れを指し「天山山脈の水です」と、にっこりした。「テンシャン」と発音した。

シェフチェンコ通り。バスの走るその通りの名を告げるとき、青年は山口さんから「ドーリ」という日本語を教えてもらい、シェフチェンコドーリ、と語尾をあげて発音した。そのあとは、プーシキンドーリ、……ドーリと言った。

緑が燃えたつ奥深くに、男の大きな顔の像が置いてある公園。圧縮したみたいな顔。怖しく気難しい顔。髪とひげがもくもくしている。

「ベートーベンでしょうか?」

「マルクスです。ここは革命広場といいます」

途方もなく大きなガガーリンの顔が浮き出た記念碑の前を通った。

三年ほど前(一九六六年)の大地震の跡が、まだそのままの部落の前で停まった。私は写真を撮りたくないのでバスに残った。道に出てきた娘が鋭い眼を私たちに向けてはなさない。

「地震で崩れてもペチカは残ってまっせ。えらいもんじゃ」皆と一緒に降りた銭高老人が、バスに戻ると教えてくれた。

回教寺院中庭の、ばらが咲いている石畳をまわっているとき、ナターシャの黒エナメル・ハイヒールの細いかかとが石畳の隙間にはまりこんでしまってとれなくなった。イヒヒ。いい気味。ガイドの青年は戻ってきて、世話を焼いている。ナターシャは舌打ちをした。

バスに乗り込むと、まわりに集まってきたはだしの子供たちは「今日の奴らはチューインガムをくれなかった」と罵声を浴びせて、車体を蹴る真似をした。ナターシャは眉をしかめる。古い裏町マハラ。はだしの母親や子供や娘たちを見やるナターシャは、汚ないものに出会ったような表情を露骨にする。マハラを通る間、青年はナターシャに寄り添い、なだめあやすように囁きつづけていた。ハイヒールのかかとの具合など、何度も確かめてやっている。ナターシャは、何かというとすぐ舌打ちをする。

のろのろと面倒くさそうなナターシャの乗降りを青年は待っていて、いちいち手をかしてやる。

チャイハナのある公園。細かい緑の苔に赤紫色の草で、レーニンとマルクスの横顔が植え込まれている。その熱心さに一同は感心した。

カンナ、つくばね朝顔、松葉牡丹が盛りの花壇。青年はこの土地の言葉で、花の名前を教える。カンナは、ここでもカンナというのだった。

日本語では何というか、とつくばね朝顔を指した。「アサガオ」青年はおかしそうな顔をした。「アサ、モーニング、カオ、フェイス。モーニングフェイスね」そう言い直してみた。

水飲み場の水は白い泡を噴きこぼしている。私が飲み終ると「冷たいか？」と訊く。

「天山山脈バダー？」水を指すと、満足そうに「テンシャン」と肯いた。

雨が、また、まばらに落ちてくる。見習だから、することもないせいか、ナターシャはつまらなそうである。雨が降ってくると顔をしかめる。髪型やハイヒールばかり気にして舌打ちをしている。青年は、ときどき「ナターシャ」と気をひきたてるように声をかけていた。

見物が終ったとき、皆は、仕事熱心な青年に握手をした。

「スパシーバ。あなたはしんからブスね」私はにこにこしたまま、ナターシャにも握手して言った。イヒヒ。

昼食

○きゅうり、トマト、ねぎ

○雑炊（羊肉、ねぎ、じゃがいも入り。オレンジ色の汁に油の輪が浮いている。かきまわすと飯粒があった）

○パン

食卓に置かれた野菜にかける塩は、今日は岩塩。私は岩塩の味が好きだ。口に含んでいると、ほろ苦い。

午後は博物館に行く。竹内さんは休んだ。

入口に大砲があった。砲身の日蔭に、男がうずくまっていた。街頭の刃物研ぎ屋らしかった。

館内には、耳を澄ますと、ごく小さな音でウズベクの音楽が流れていた。一人だけ離れてぶらぶらしている私に気がついて、老婆が近づいてきた。慰めるような声のロシア語で、私が見入っていた木乃伊《ミイラ》について説明してくれるのだった。木乃伊の耳のあたりの左右に宝石が置いてある。「イアリング？」耳を触って訊くと肯いた。この木乃伊は女なのだ。老婆は、アリストクラート、アリストクラートという言葉をはさむ。あとで主人に訊いたら「貴族」ということだろうといった。貴族の女の木乃伊なのだった。

玄関まで出てきたとき、私だけ地下の便所に行った。私よりあとから入ってきて、先に扉を蹴たてて出て行く元気な女。ロシア人も便所の壁に落書をするのだ。書こうとしているものは同じなのだけれど、その下手さ加減――日本から落書の名人をつれてきて書かせたい。

「こういうところに来ると、必ずうんこが出たくなるんだな」待っていてくれた主人は言った。

夕食は屋上の食堂でした。竹内さんが部屋へ誘いにきたので、三人は早目に予約席に坐っていた。

雪を頂いた天山山脈が、はるかに霞んで真正面に見える。竹内さんは見惚れている。

「いい山だねえ。見飽きないね」

竹内さんが行かなかった博物館と美術館の話をした。

「たいして面白くなかったのよ」

「百合子は博物館や美術館に行くと、すぐ糞しに行くんだ。つまらないとしたくなるらしい。性に合わないんだな」

「俺もミュージアムは、もういいよ」

竹内さんは、夕陽のせいか、血色はいい。午後、眠ったので元気になったらしい。

皆、揃った。最後にガイドの青年が来て、席についた。
○シャシリク（挽肉で作ってあったので歯のない主人にも食べられた）
○生野菜（トマト、ねぎ、きゅうり）
○シャンペンとぶどう酒
○パン
青年は席につくとすぐ真正面の山を指して、テンシャンが見える、と気持よさそうに笑った。

シャンペンで乾盃した。

――ウズベクのウズはマイ、私ということ。ベクは支配者。ウズベク語です。だから、ウズベクとは「自らの支配者」ということなのです。

青年はそう言いながら、服をはらい、威儀を正してみせた。

――ウズベクでも女の人はえらいということになっています。

青年は私を見ていたずらっぽく、そう言う。

――主婦はハジャイカ、男はハジャインといいます。長老のことはハジャといいます。この人はハジャの顔をしています。

竹内さんを指して言った。

竹内さんは、みるみる上気して、にこにこ顔になった。

また、平和のために乾盃。ウズベク共和国のために乾盃。ハジャとハジャイカとハジャインのために乾盃。

「このシャンペンはうまいねえ」と、竹内さんは言った。

行く先々で、タダでもらったり、買ったりしたパンフレット、雑誌、絵葉書など、トランクの中で場所をとりはじめたものを船便で送ることにした。主人が眠ってから、山口さんと江口さんと私は、ホテルの中の郵便局へ出かけた。九時半を過ぎていた。

ロシアでは、むき出しのまま持って行くと、局の方で紙に包んで紐までかけてくれるから便利だ。検閲もかねて、そうなっているらしい。

むき出しのまま差し出すと、局の女事務員は、今日は紙が品切れだから、紙を持ってこなくてはダメ、と言う。山口さんがインツーリストの事務所まで行って紙を貰ってくる。新しいポスターを何枚も気前よくくれた。女事務員は、ポスターを見て肩をすくめ笑いながら、上手に荷作りしてくれる。私の分は多過ぎて三個に分ける。三個目の角が破けると、これはもう一枚、別の紙で包み直さなくてはダメ、と女は言う。山口さんは、またインツーリストの事務所まで行く。今度はもう閉っていて貰えない。山口さんは掃除のおばさんから茶色の紙を貰ってきた。三個の小包料金一ルーブリ五十五カペイク。

局は何時までやっているのだろう。夜遅いのに地元の人が大勢来ていた。長々と手間どっている私のあとに、ウズベク人の男が辛抱づよく立っている。そのあとにもウズベク人の老人と若者が立っている。私が後をふり返るたびに、心配するな、という風に片眼をつぶってくれた。

忘れていた。今日、昼前、私二万円、銭高老人一万九千円、両替しに行った。銭高老人の金額が半ぱなので、両替係の女は不思議そうに首をかしげた。半ぱなので、老人の両替の手続はひどく長くかかった。

花子宛、葉書を出した。そのほかにも八枚出した。一枚に貼る切手は十五カペイク。

夜半、ときどき眼が覚める。窓から中央広場の大噴水が見える。遅くまでホテル前の通りに車が停まり、人が乗り降りし、走り去った。そのたびに甘やかな男女の笑声、話声が、部屋の中まで入ってくる。空気が澄んでいるのだ。夜更けなのに桔梗色の空。

六月二十一日（らしい）
早朝、室内の寒暖計は三十度。外は三十八度ぐらいだという。
快晴。朝食の前、中庭の噴水のそばで涼んでいたら、サーカスの怪力士みたいな男がパンツだけで露台に出た。
九時朝食
○パン、バターとチーズ四片
○大コップ一杯のヨーグルト（白ざらめがシャンペングラスに盛ってある。これをいれて飲んだ）
竹内さんはヨーグルトのお代りを頼んだがなかった。昼食の分を、竹内さん二杯、私一杯を特別に予約しておく。
銭高老人は眼が覚めてしまうと、朝早くても、一人で、そっと部屋を出る。同室の若い山口さんをゆっくり寝かせておいてやりたいためもある。今朝はホテルの隣りでしている大建築工事現場の中まで入って見ていた。早くからクレーン車が動いていた。どのクレーン車も女が運転していた。

「えらいこっちゃ、この国は。この国の女ごはよう働きまっせ。ロッシャはたいした国や」

売店で買物。

バッジ二個四十カペイク、キーホルダー一ルーブリ。

ドルショップで。

煙草四箱六十六セント、ウズベク帽子十ドル、コニャック一ドル九十一セント。

何度もこの赤い帽子を見にきたのだが、高いからやめておいたのだ。今日は、ここを発つので買った。私のだ。すぐかぶってしまう。売店の人は、よく似合うと言った。

縦縞の男物のウズベク服。これも欲しかったが二万円位なのでやめた。主人には似合わないだろう。

私が売店へ出かけようとすると、主人はおいかけて言うのだ。

「ふらふらとムダなもの買うんじゃないぞ。つまらんものは買うんじゃないぞ。バッジと絵葉書は買ってもいいぞ」と言うのだ。

店を出ると、ウズベク人の男が追ってきて造花を一本くれた。

昼食
○パン
○羊肉とじゃがいものスープ
○トマト、きゅうり、ねぎ
○レモン水とチャイ
ガイドの青年も同席。

朝食のときに予約しておいたのに、ヨーグルトはない。竹内さんは不機嫌。

席に顔をみせてはいるが、下痢をしている三杉さんは絶食中だ。

砂漠地方の一人旅は何度もしているが、行く先々で必ず一度は水あたりをし、馴れてくるころ、その土地を離れることとなり、また次の土地で水あたりするのだ、と三杉さんは話している。

「かわるがわるのラマザンですな」ひとわたり、皆、水あたりや暑気あたりをしたらしい。

水差しに貰う飲料水は、主人が全部飲んでしまうから、私は洗面所の水でも、外の水でも、かまわず飲んでいる。洗面所の水をコップに七、八杯、朝起きぬけに飲んでいる。飲んではいけないといわれている水ばかり飲む私が水あたりしないで、水差しの水を飲んでいる人たちが下痢している。洗面所の水には、栄養のあるバクテリアがいるのかもしれない。

午後一時、宿を出て空港へ。

天井の高い広々とした待合室に入ると、はなればなれに腰を下ろした。皆、旅の疲れが出てきたのだ。坂野さんの眼は充血している。

ジェット機の爆音。クリーム色の巨大な円柱の向うに、浅葱色の空が拡がっている。逆光線のせいか、銭高老人がふっと木乃伊のように見えた。一人だけ、ことさら離れて腰を下ろしている。

ガイドの青年が入ってきた。アイロンのきいた、水色とクリーム色と白の縦縞のシャツとズボン。この人は、朝と午後と夜、服を替えてくる。身ごなしが、ちょっと芝居がかってみえるところが可愛らしい。サングラスをかけて、はじめて現われたとき、おや、イタリア映画のおにいさんのよう、と思ったが、サングラスを外したら、模範好青年の顔だった。石鹸で作ったような美青年である。

青年は一人一人に握手してから、少し離れた椅子の背に手をかけて「よい旅を」と、われわれを見まわして、にっこりした。

突然、椅子をひっくり返しそうに乱暴にひいて立ち上った竹内さんは、大股で出て行く青年を追いかけた。

青年の鼻すれすれに、顔をつき出して話しかけている。青年の顔はパッと赤くなる。竹内さんはなおも覗き込んで話しかけている。深く肯いた青年が語りだす。竹内さんはパイプをくわえたまま、耳を傾けて、実に嬉しそうに肯いている。それから握手した。

「彼は、純粋の、この土地の人間だそうだよ。じいさんも父親も熱心な回教徒だそうだ。じいさんは、今も毎日五回祈るそうだ。コーランを知っているかと、俺が訊いたら、彼はコーランの一節をいま暗誦してくれたんだ」

席に戻ってきた竹内さんは言った。主人も私も黙ってきいていた。

「いい青年だねえ。ウズベク共和国の愛国者なんだな。コーランを久しぶりに聴いたよ」

三時、飛行機へ。

「もう、旅のヤマ場は終りましたな」誰か言っているのを聞いたら、急に大きな忘れもののあるのに気がついたのだった。

大きな忘れもの——東京に置いてきた「時間」。旅をしている間は死んでいるみたいだ。死んだふりをしているみたいだ。

機内でのお茶の時間

○パンとチーズ二片

○マーブルケーキ一切れと紅茶

○果汁の中に巴旦杏《はたんきょう》の実がぽっかり浮いているもの。少し薬臭い味が、この暑さには合っている。

午後四時半、トビリシ空港に着いた。

トビリシ。グルジア共和国の首都。

白人の多い空港。外国人待合室には四人のドイツ人旅行者がいる。

「もしホテルが同じだったら、夕食には一杯飲もう」などと、ドイツ語の判る人と、日独親善をやっていた。

空港を出ると、松並木が続いた。松並木がつきると、大えにしだの群落が続いた。えにしだはいま、真黄色の花が盛りだ。燃えたつようだ。見つづけていると鼻のあたりがくたびれてくる。このえにしだは、はりえにしだというらしい。

えにしだが終る。すぐ杉並木、次にポプラ並木、アカシヤ並木、アカシヤの林、柳の並木、柳の林と変ってゆく。

車が混んできた。警官がいる。警官を久しぶりに見た。歩いているのは、皆、白い人。

トビリシは、河を挾んで両岸に延びている細長い町。河に沿った断崖の上の古めかしい家々。森の中に見え隠れする赤煉瓦の屋根。寺院の丸屋根と塔。正面の丘の上には白い宮殿。

坂の多い町。車は上っては曲り、曲っては下る。町を流れるこの大きな河はクラ河。トビリシは、グルジア語で「温泉の湧くところ」。

バスの運転手は、赤い縮れ毛、赤ら顔の太った大きな男。武井武雄の絵本「赤ノッポ青ノッポ」の鬼にそっくりな男。角がないだけ。水色と紺の格子縞の開襟シャツを着ている。車を走らせながら、陽気に惜しみなく、町の案内をしてくれる。それを山口さんが通訳する。それにつれて、私たちが声をあげたり、体をよじって窓外を眺める。すると、ますます案内に熱が入る。熱中のあまり、ときどきハンドルから両手を放してしまう。

空港から二十キロのホテルへ着くまで、案内好きの運転手は、大分回り道をしてくれたようである。銭高老人はすっかり疲れてしまった。何か見つければ歓声をあげる人なのに、何にも言わない。

新築のイベリアホテル。運転手は得意気に、二十二階建だ、と言っていた。十二階建と言ったのかな？　四角くて高いだけの建物。

八一二号室。

流れているのか、澱んでいるのか、暗緑色のクラ河。河にかかる橋。橋を行く電車、自動車。両岸の町を抱く丘。丘の中腹に無数に並ぶ家。右の丘がダビデの丘。ダビデの丘の上にはギリシャ宮殿風の建物が見える。そのもっと遠い丘に見える古い小さな城。

眼の下の緑の中には木造や煉瓦の家。その間の道を人が歩いている。車がのろのろときて曲る。スクーターが現われて消える。木造や煉瓦の古い建物は、いま徐々に新しい建物に変ってゆくところらしい。煉瓦を崩しかけている工事場も見える。

これらはすべて、この部屋の露台に佇てば、パノラマのように見えてしまう。でも私は、露台にそうっと出て、そうっと見ただけである。見えても嬉しくないのである。高いところは気が遠くなりそうなのである。

夕食（ホテル食堂のテラスにて）

広いテラスに出ている食卓。風があって肌寒い。食卓には、日の丸の小旗がたててある。竹内さんは席につくなり、日の丸の旗を指して「イヤだね」と言う。こういうサービスをうけるのがイヤなのだろう。

うまく書けないのか、日の丸の旗は、赤丸がイビツで小さく、梅干のようだ。

○パン（グルジア風のパンだという）

○ビーフシチュー

○ぶどう酒（グルジアぶどう酒）

○りんご水

○パッソーニ（何と説明したらいいか——金山寺味噌だ。大豆、豆のさや、それに藁屑

のようなものが入っている。この藁屑は豆のさやのすじだと思う）

主人はパッソーニを気に入る。あぷあぷと食べ、私のもあぷあぷと食べてしまう。

――トビリシは文明都市らしい。ここまで来れば、ビールの味のビールが、もしかしたらあるのではないか。久しぶりにビールの味のビールを飲みたい――と、皆が言いだした。山口さんは、給仕長らしい厳めしい男のところへ行く。「グルジアに来てビールを飲む人間はバカである。ぶどう酒を飲め」と言われて戻ってきた。

グルジアのパン、グルジアのぶどう酒は有名なのだそうだ。モスクワにはグルジア料理専門店があって、そこはいつも満員なのだそうだ。

皆、グルジアぶどう酒を、いつもよりたくさん飲んだ。「百合子はそのへんでやめておけ」と、いつもは言うのに、自分がたくさん飲んでしまったせいか、主人は何も言わない。私は、つがれると飲み、つがれると飲み、すいすいと飲んだ。

夕暮れの町へ主人と散歩に出た。食料品市場をみつけた。罐詰、煙草、果汁、菓子、チーズ、ソーセージなどを売っていた。夜食用のチーズとパンとぶどう酒を買う。一番奥に小さな魚屋があった。なまの鰊と、なま海老と、燻製の鰊《にしん》を売っていた。

「あの、燻製の鰊を二本買いたい」と、私の耳をひっぱって耳の孔に主人は囁く。それから普通の声になって「百合子言え」と言う。

「ダイチェ　ムニェー、これ（鰊を指す）を、ドヴァー（二つ）。スコーリカ（いくら）?」

老人の魚屋はあとずさりしながら、奥の扉をあけ、おかみさんを呼ぶ。前掛をして出てきたおかみさんと私は、手真似とロシア語と日本語でやりとりする。珍しもの好きらしいおかみさんは、私の財布の中まで覗き、指をつっこんで、小銭を出してくれた。燻製の鰊二本、五十カペイク。

「あの、なま海老も買いたい」主人はもう一度私の耳をひっぱって囁く。「ホテルではゆでることが出来ない」と言いきかせても「買いたい」と、また耳をひっぱって囁く。

「ダイチェ　ムニェー、これもね」

「ひと摑み」の分量の手付をしてみせる。老人はひどく首を振り〈食べることは難しい。買うな〉という表情をする。主人はそれでも、どうしても〈買いたい〉と私をみつめている。魚屋をみないで、私をみつめている。キッと結んだ口の端が震えて、眼がヒカヒカ光っちゃっている。

私はおかみさんに頼んでみる。

「ダイチェ　ムニェー、これ。ムノーゴ（たくさん）はいらない。ニェット（いいえ）のムノーゴ（たくさん）ね。ムノーゴのニェットね」

日露折衷《せっちゅう》語をあやつる私の顔を注意深く見ていたおかみさんは、肯いて「マーラ」と言った。「ニェットのムノーゴ」は「マーラ（少し）」なのだった。

おかみさんに指図された老人は、不承不承「ひと摑み」を秤にかけた。「シェスナッアチ（十六）カペイク。シェスナッアチ　カペイク」ゆっくりとくり返しながら、おかみさんは財布のなかを覗きこむ。おかみさんが言う通りの代金を、私が間違わずに出せるかどうか、今度は手を出さずに待っている。十六カペイクを並べ終ると「ハラショー‼」と言った。

私はロシア語がずい分うまいような気がした。おかみさんは日本語がうまいような気がしたらしい。お互いに、にっこりした。

「スパシーバ」私の手を厚ぼったい両手でぎゅうっと握って「パジャールスタ」と、おかみさんは言った。

通りに出ると「気持がわるくなった」と主人は言う。いま、燥いでいたのに、しょんぼりしている。散歩はもうやめて戻る。昇降機の中でも、うなだれたままだ。うなだれたまま「うんこが出たい」と呟いた。

雷鳴が広い空をわたり、ダビデの丘の向うに稲光りが時折りした。激しく雨が降って、すぐ止んだ。床に入った主人は、いびきをかいている。

竹内さんが部屋にやってきた。

「御機嫌いかがかね」

「御機嫌、二人ともよろしいです。武田はことによろしいです。ぶどう酒をたくさん飲んでねています」

「この夜景は三百万弗《ドル》の夜景だね」竹内さんはにこにこしている。

「神戸の六甲の夜景にも似ているが、それより素晴らしい。六甲が百万弗だから、ここは三百万弗」

竹内さんは、三百万弗であるわけを説明する。稲妻が空を走るのを見ながら、ぶどう酒を飲む。雷鳴は遠のいていって、かすかな稲光りだけが、丘の向うにいつまでも残った。三百万弗の夜景には、赤や青や緑の色どりはない。人が住んで使っている灯の色ばかりだ。深く呼吸をしているように町全体がまたたいている。近くの窓は、部屋の奥まで見える。老婆がアイロンかけをしている。鍋やフライパンが壁にかかっている窓——いま、男が現われて、やかんを火からおろしている。

竹内さんは扉のところから振り向いて「僕の部屋の夜景はもっといい」と言って帰った。洗濯をして床に入った。体があたたまると、ブハラでダニに喰われたあとがかゆくなった。

明け方に起きた主人は、鰊の燻製一本と、なま海老を五匹食べた。

六月（何日か？　トビリシに着いた次の日）
朝食の席になま海老を持っていく、と主人は言う。皆になま海老を食べさせたいらしい。廊下で出会った銭高老人に見せたら、一瞥《いちべつ》「これ食べたん？　これは食べん方がええ。こないなもん食べるなんて、もってのほかじゃ。わしゃ、満州の奥地におったときも食べんかった」と言った。
朝食（ホテル食堂）
九時、今朝も食卓には日の丸の旗。
○パン
○大きなソーセージと、じゃがいもの裏ごし
○グルジアチーズ（硬い）
○胡桃の蜜煮（胡桃のまわりの果肉もついている。種子、つまり私たちのいう胡桃も、そのままの形で不思議にやわらかい。丸ごと食べられる）
○レモン水
この胡桃の蜜煮について——胡桃だろうか、胡桃らしい、どうも胡桃ではない——と言い合っている。山口さんが、女給仕に「これは何であるか」と訊ねる。女給仕はロシア語

の返事。山口さんは、いつも携帯している露和辞典を繰る。女給仕は大きな体でおおいかぶさり、辞書を覗いて指さす。太い腕に金色の毛が生えている。「やっぱり、胡桃ですわ」女給仕の顔の下から山口さんは言った。

主人は得意気に彼女になま海老を見せた。臭いを嗅いで肩をすくめた女給仕は早口でしゃべる。山口さんが通訳する。

「『臭いと色からの私の判断によれば、この海老は腐っている。食べない方がいいと思う』と彼女は言っております」

「わしもそう思う。そういうもんは食べん方がええ」銭高老人が乗り出して力説する。

「もう武田は五四、なまのまま食べています」

皆、気の毒そうに主人を見た。

「海老と一緒に酒も飲んだから、アルコールで消毒したと同じだ。そのあとでワカマツ(下痢止の薬)も飲んだ」私にだけ聞える小声で主人は呟く。

「腐っとるもんは早う捨てたがええ。そうした方がええ」

老人が再び乗り出して促した。主人はいきなり料理の皿へ、海老の入ったプラスチックの容器をカパッとかぶせて海老をあけた。手が震えているから、料理の残りと海老が皿からはみ出て、だらりとこぼれた。

「捨てろと言われたからって、こんなところへ捨てる奴があるかね」と竹内さんはたしなめるように言う。

皿にひろがった海老は、いままで気がつかなかった臭気を放ちはじめた。魚屋の老人が頑なに売ろうとしなかったわけは、これだったのだ。

隣りの席には、さまざまな国の小旗がたっている。席についている五十人ほどの人たちも、さまざまの人種だ。労働組合の国際会議か何かが、この町で開かれているらしい。昇降機を待っていると、隣りの席にいた黒人が追いかけてきて話しかける。

「ベトナム?」

「いいえ、日本人」

黒人は、パナマから来たといった。

前十時、バスに乗る。

ピンク色の半袖セーター、真紅のスカート、大柄な娘のガイドが乗り込んできた。肩までの波打つ赤い髪、くびれた胴と長い手足。奥深い大きな眼をキラキラさせて、私たちを見つめて挨拶する。よく見えないのではないかと思うほど真青な眼だ。英語を使う。笑うと初々しい。

一人、妙なおじさんが乗っている。ソビエトグラフのカメラマンが、観光客の取材に同行しているのだそうだ。

◎クラ河畔の寺院

修復工事中である、とガイドは言う。修復工事の人は一人もいない。大きな寺院はひっそりとしている。庭にある、馬に乗って右手を上げている大きな石(?)像。鉄仮面のような顔、太い腕、扁平足らしい太い足、ただただバカ強そうな大きな人。この人は誰だろう。乗っている馬もトロイの大木馬のようだ。柱のような四つ足を踏みしめている。

いままでに見た、どんな田舎のレーニンの銅像だって、ズボンやコートの皺やひだは、烏賊のようにふにゃふにゃと作ってある。楠木正成の銅像の馬だって、静脈なんかまで浮き上らせて作ってある。これはナマケて作ってあるのだ。

対岸の丘にも、巨大な女の像が、町を見下ろしている。片手に剣、片手にぶどう酒を持って佇っている。町の守り女神様であるらしい。全身、銀色に塗られて、てろてろと光っている。

私「イヤらしいねえ。このおサムライもイヤだけど、あの女神様はもっとイヤらしいねえ。長崎の平和祈念像や大船や高崎の観音様みたい」

主人「出来たてというのは、こういうもんさ。古くなってくりゃ、あたりに馴染んでくるのさ」
竹内「どういうところがキライなのかね」
私「簡単なところがキライ。しわしわやひだひだがないからね。もっとくわしくまじめに丁寧にやってもらいたい」
竹内「モダーン彫刻がわからないんだな」
私「そうね。モダーンでなくても、埴輪やこけしもわからない。どこがいいのかわからない」
主人「百合子は犬だよ。どこへ行っても、臆面もなく、ワン、なんていってるんだ。何にもわからんくせにな」
クラ河畔の断崖に並んで建つ、古い寺、古い民家、古い大きなアパートは、白、ベンガラ色、水色、辛子色。流れないクラ河に、そっくり倒影している。チョコレートやハンカチの函に描いてある絵のほんものだ。
◎町中の小さな寺
六世紀に建ったギリシャ正教の寺。庭に綱を張って洗濯物を干している。中は暗い。蜜色の光りが漂っている。紫の長衣の年とった坊様が二人、暗い片隅で立話をしていた。見向きもしない。老婆、子供、中年の屈強な男など、静かに入ってきて、ろうそくを買い、奉納して祈り、静かに出て行く。
外へ出れば陽射しが眩しかった。

◎ダビデの丘

柘榴《ざくろ》の樹。朱色の花が咲いている。松。えにしだ。バスは曲りくねった道を上る。中腹から見返ると、丘という丘は、えにしだの真黄色な花で埋まり、粉っぽく霞んでいる。

ダビデの丘の上にあるギリシャ宮殿風の柱の多い建物のテラスには、日除けパラソル付きの小卓が並んで、遊びにきた人たちがアイスクリームを食べていた。林の間をケーブルカーが町へ下りていく。はるか真下のケーブルカーの駅の近くに、イベリアホテルをみつけた。

随いてきたカメラマンは、町を背景にした石の手摺にわれわれを並べる。写真機を覗いていたカメラマンは、顔をしかめて首を振り、直立不動の姿勢で並んでいるわれわれのところへやってくる。地元の老婆が二人、混って並んでいたのだ。老婆たちは写りたいらしく、愚図愚図している。カメラマンは荒々しく老婆たちを追いやった。そのときは、とても怖い顔をした。

石の手摺には、名前や日附の落書がしてある。よく見ると便所用の落書もしてある。ここのもやっぱりヘタクソ。

裏の林の中は、歩いていると、何だか匂いがしていた。いい匂いというより、突然、不安になるような匂いだった。見まわすと、あたりの樹が、全部うす黄色い花の房をつけていた。体がふわふわとした。尿意を催した銭高老人は、一人でひき返して行った。

昼食（ホテル食堂）

○パンとレモン水

○ビーフカツ（じゃがいもと米飯つき）

○紅茶（レモンがついたので一同感動す）

○クリームスープ（とりのもも肉入り）

○トマト、きゅうり、ねぎの生野菜

つまらなそうな顔をしている主人。歯がないから、ビーフカツは食べられない。朝食のときの女給仕が、主人の横にきて心配そうに問いかける。

「『料理がまずいか』と彼女は訊いています」山口さんが通訳した。

すると主人は、これ以上の笑顔はない位の笑顔を作って「ビーフカツ、ハラショー‼」と言った。そして、女給仕に向って口をあんぐり開け、歯のない赤紫色の口中を人さし指で示した。

「午後の見物は二時に出発です」食事が終りかかったとき、山口さんは言った。

「俺は、午後は部屋でねている」と主人言う。
「午後の見物は博物館二つです」山口さんは続けて言った。
「俺も午後は部屋でねていたい」と竹内さん言う。

◎博物館

私はイコン（聖像画）をはじめて見た。聖像や聖書物語が浮彫りにしてある。衣服や背景には、トルコ玉、珊瑚、真珠、エメラルドなどがちりばめてある。顔だけ絵具で描いてある。びっくり絵のようだ。

一番たくさん宝石の嵌まった、一番見事なイコンの前で、ガイドは、嵌めこんである真珠を惚れ惚れと指さし、ペルシャ湾の真珠である、と言った。ほかの宝石の名前や由来も、一つずつ指さして語った。

ガイドは、一同が感心しているかどうか、よく見まわしたのち、おもむろに吐息のような声で「イミテーション‼」と秘密を打ち明けて、にっこりした。

イコンの愛好者である江口さんと坂野さんは、陳列されているイコンの目録があったら買いたい、と山口さんに頼んだ。真似して私も、欲しい、と言った。銭高老人も、わしも、と言った。

館内の売店には、確かに、この博物館に陳列されているイコンの目録らしい本が置いてある。しかし、売店の女は、ダメだ、と言う。

「そのケースの係は病気で休んでいる。われわれは、その係でないからいじることは出来ない。従って売ることも出来ない」と言う。

「明日なら、その人は来るか」と山口さんが訊いた。

「それは私にわかるはずがない。彼女の病気の状態による。しかし、多分、明日も明後日も休むであろう」という返事であった。

「イコンというのは、お仏壇かお厨子みたいですね」銭高老人に囁く。

「そうや。そうや。どこの国にも仏壇に金かけるもんがいるもんじゃ」老人は肯いた。そして、「武田さんはお休みかな。病気ではありませんかな。海老のせいではありませんかな」と言った。
◎歴史博物館
　地下へ降りる。厳重に張った綱の前に、拳銃を腰にした守衛が二人。地下には特別室があった。

　黒ビロードの壁。（そうではなかったかな？　でも部屋全体が宝石函の内がわのようなのだ）硝子箱に入れられた金細工の大宝物だらけ。金無垢の全裸の人形には、丁寧にくわしく作った金無垢のおちんちんがついているのだった。

午後の見物はこれで終り。

江口さんと山口さんは町の本屋へイコンの本を探しに出かけるという。私も随いて行く。立売りのレモン水を飲んだ。コップ一杯五カペイク。本屋は満員だった。イコンの本はなかった。

ロシア民話の絵葉書三組（一組五十六カペイク）、写真絵葉書一組（二十六カペイク）、トビリシの案内書（一ルーブリ十八カペイク）。

夕食までの間に、町の骨董屋へ行ってみないか、と誘われる。坂野夫妻、銭高老人、山口さん、主人、私の六人で出かける。

銭高老人は私の横に来て、小声でそっと訊ねる。

「コ、イ、ンとやらの本はありましたかいな」

「ございませんでした」

老人は嬉しそうな顔をする。

「そうじゃろ。そうじゃろ。わしゃ、よう知っとったんじゃ。そういう国じゃ、この国は。ありゃせんのじゃ。問題にしとらんのじゃ」

老人はすっかり愉快になる。

町を歩いている女学生、娘、若い主婦たちは、型にはめたように顔だちが似通っている。

黒い髪、黒い眼、うっすらと桃色がさした陶器のような皮膚。幼女までが、見事な顔だちになってしまって歩いている。エリザベス・テーラーがぞろぞろ歩いているのだ。男はスターリンの顔をしている。

トロリーバスを待つ私たちに、物乞いが寄ってきて手を出す。布を頭からかぶり、子供を抱いた中年の女と娘。断わると、籤売りのところへ行って手を出している。健康そうな体つきの母親だった。母親も娘もはだしだった。ジプシーだという。

トロリーバスは坂を下って行く。私たちは三つ目の停留所で降りるのだ。山口さんは、一人四カペイクの運賃、六人分二十四カペイクを隣りの若い女に渡して、切符を買ってくれと頼む。女は隣りの男に渡し、男は次の人に渡し、切符自動販売機のそばの人のところまで渡ってゆく。自動販売機のそばの人はその金を入れて切符を出し、切符はまた順ぐり手渡されてきて、山口さんのところに届いた。混んでいるとき、ロシアではこうやって切符を買うのだ。

骨董屋の飾り窓の、東洋風の皿、仏像、燭台などは、べつだん面白くもなく値段は高い。店内には、日用品の古物もある。人が群がっているのは、古着のスーツ、コート、ワンピース、古靴の置いてあるところ。中年の主婦や娘たちが、大きな古家具の蔭で、スーツを体にあててみたり、靴を履いてみたりしている。かわるがわる撫でさすり、履き心地を試してみているのは、最もか細い踵、最も高い踵の皮靴だ。大きな古家具の蔭には、酸っぱ臭い空気が溜っている。

　表札や看板を売っている（らしい）店に入る。壁にかけてある黒い真鍮板を欲しいと指さすと「ニエ　クリーチ、ニエ　クリーチ」と、帳簿をつけていた男が言う。煙草を吸う手付をする。売物ではなく、この部屋の禁煙の標識なのだった。奥の作業場から大男が「キタイ（中国）⁉」と叫ぶ。日本人、と返事しても、機械の音で聞えないらしい。大男は、また「キタイ⁉」と叫び、大きな拳をかためて振り上げて見せ、作業台を叩く。ほかの職工たちも、私たちを睨みつけている。大男と職工たちは、ぞろぞろ出てきて私たちをとり囲む。主人は下を向いている。私は財布を出して開いてみせてから、壁の札を指さし、その指をそのまま財布の中に落下させる。何度もくり返す。作業台を叩いて怒った大男は、ねじまわしを持ってきて禁煙の札を外し、並べてかけてある札（これはグルジア文字で禁煙と書いてある）もついでに外し、ズボンのお尻でこすってつき出した。金はいらない、二つともやる、こうやって拭けばもっときれいになるぞ、と手付で語る。別の男が新聞紙にくるんでくれた。私たちを探して山口さんも入ってきた。

　いままで黙っていた店主は、もっと大きな禁煙の標識を奥から持ち出してきて「これは新しい。これは売ってやる。五ルーブリだ」と言った。大き過ぎるので断わった。

手提の中を探すと、折紙の鶴がノートに挾んである。息を吹きこみ、机の上に並べてから、「スパシーバ」と私は言う。先ず大男が自分の鼻を指で押え、まわりを牽制しておいてから、散々選んで金色の鶴を取り上げると、とたんに一斉に手が出て鶴をつまみ上げた。店の窓口に来ていた男も入ってきて、遠慮がちに「欲しい」と言った。大男が許可すると、残りの桃色の鶴を取った。毛の生えた大きな手に鶴をのせて、男たちは躁ぐ。大男は金色の鶴をのせた手の平を、もったいぶって揺らして歌いはじめた。「バダー?」桃色の鶴を取った男は、鶴をそうっと水に浮べる恰好をした。

ホテル近くでトロリーバスから降りると、銭高老人はあらたまった面持で「久しく靴を磨いていない。靴を磨きたいのじゃが」と言い、山口さんに付き添われて交叉路を渡って行った。

夕食

○パンと紅茶

○シャシリク

○パッソーニ

「昨日の魚屋へ行こう。竹内も連れていってやろう」食後、三人で散歩した。

昨日の食料品屋で、ピロシキ二個十六カペイク、ぶどう酒一本一ルーブリ二十二カペイク。魚屋の老人は、また来たなという顔をみせた。鱒の罐詰七十五カペイク。

「これは何？」

「マス。マス」ロシアでも鱒はマスというのだ。

崩れかかった木造建の三階の窓に、グルジア美女の面立ちの少年がいる。少年は私たちが通るのを見ていた。眼のまわりが大きく黒ずんで蠟色の顔だ。病気の西洋人だ。

竹内さんは風邪が一向に治らず咳がひどい。早寝をすると言っている。アスピリンを渡す。

この夜、山口さんはダビデの丘へ上った。ケーブルカーの駅には、町の夜景を観に丘へ上る人の列が長々と続いていたので、往復三時間かかったという。ケーブルカーに乗っている時間は片道十五分位らしい。

ひと眠りした。主人は灯をつけず、夜景を眺めながらピロシキを食べていた。

「クリームが入っていて、うまいよ」

ピロシキを少しもらって、私も夜の景色を眺めてみた。こわごわ佇っていると、露台ごと、どんどん空にせり上っていってしまいそうだった。

六月二十二日　トビリシ

いい天気。泣きたいばかりのいい天気。

存分に泣け、と天の方から声がすれば、私は眼の下に唾をつけ、ひッと嘘泣きするだろう。

淡い水色の空。たくさんの雀、たくさんの鳥、高く舞い上ってきて鳴いている。どうしたのだろう。黄色い蝶々が一匹、ひらひらひらひら、八階のこの部屋の高さまで舞い上ってきている。

クラ河は緑青色に光って流れない。この河はいつ見ても流れていない。橋をのろのろと渡ってゆく車。昨日、電車と思ったが、ゆっくり動いてゆく自動車を見間違えたのではないかしら。

古い大きな木造アパートの回廊を子供が一人、三階から二階へと、順ぐりに回り降りてきて、通りへ出た。

九時、朝食

○パン（グルジア風のパンのことを、グルジンスキー・フレーバ、というそうである）

○チーズ

○オムレツ
○紅茶
売店には煙草がない。地下の酒場で売っているときいて買いに行く。

昨夜遅くまでの喧噪のあと、煙草の吸いがら、コップの散らかったままの中で、コック風の男が食卓に脚をあげてぼんやりしている。煙草はないという。奥の扉から、もう一人の男が出てくる。煙草を吸う手付をすると、奥へ来いという。奥は調理場だった。コック風の男が三、四人いる。勘違いしたかな、と思っていると、調理台の下から煙草を出してきた。これはグルジア煙草だ、という。二箱四十八カペイク。男はポケットを探して、使いかけのマッチもくれた。

調理場の一隅には、古い木の食卓と椅子が置いてある。ホテルの玄関を通らずに表へ出入り出来る扉口があって、ここには土地の人が食事をとりにくることも出来るらしい。肉体労働者風の老人が二人腰掛けて、ぶどう酒をすすり、ギョーザに似たものを静かに食べていた。

ホテル売店で、絵葉書を買う。二組三ルーブリ二十カペイク。

午前十時、バスが出る。

今日は遠くへ行きます――にこにこしてガイドは言う。どこへ行くのか、ムッヘダ、ム

ッヘダ、ムッヘッダ、ガイドの言葉にくり返し出てくるから、多分、ムッヘダというところへ行くのだろう。

彼女は、今日は真紅の袖無しワンピースを着ている。豊満な軀を私たちに向けて腰を下ろし、添乗員席から英語で話しだす。バスが揺れる。彼女の頰もむきだしの腕も上気している。いいですか、皆さんよく聞いて下さい——そんな風な話しぶりをする彼女は、軀の中の水分がすっかり温もり、バスが揺れるたび、声が蒸気となってふきかかってくる。

ジョージア、ジョージア、と彼女はしきりに言う。昨日も言っていた。

「ジョージアさんという人がこの町にいたの？　ここの有名人なのかしら。ジョージアさんのことばかり話してるね」主人にそっと訊いてみる。

「グルジアは、英語だとジョージアだ」

わがグルジアでは、このグルジアは、グルジアに於ける——というような話をしているらしい。

クラ河の河原の丸い小石を敷きつめて舗装された町なかの道を走り、車は石畳の急坂を螺旋状にまわって上って行く。坂の途中には、石造りの古い家がぎっしり並び、その奥にも見え隠れしている。窓と露台に花が垂れ下り、鉄柵からも花が溢れている。

この町にきてよく見かける（昨日も見かけた）裾長の黒衣、黒いヴェールの老婆たちが、鉄の門扉にもたれて立話をしている、杖をついて坂を歩いている、急坂の石に腰を下ろしている。ぶどう畑が展がる。クラ河が右に見える。ダムのようなものが見える。橋を渡る。松。アカシア。栗。えにしだの花はどこにも咲いている。クラ河も町も眼の下となった。風が吹くと金色に光ってうねる一面の麦畑。麦穂の間には、紫色や水色の矢車草、白いマーガレットの花が咲いている。

小さな木橋の欄干に腰かけている四人の少年は、ナップサックを背負い、茶色い毛がふさふさした大きな犬を連れている。バスが通り過ぎるとき、手を振っていた。

翡翠色に照る池があった。池のほとりに馬があちこちを向いて、うなだれていた。四頭いた。

丘の上に建つ古い寺院。広々とした草原にぽつりと小さな店がある。水や菓子など売っている。大学生らしい男女十人ばかりがボール遊びをしていた。速力をましたバスは草原を横切り、警笛も鳴らさず、ハンドルを大きく荒くきって、ボール遊びの輪の中に車をわざわざ乗り入れて停まった。学生たちははじきとばされたように散る。転んだ男もあった。運転手も学生たちも、当然、という顔をしていた。

岩盤の上に石を積み上げて築かれた寺院は要塞を思わせる。昔、本当に要塞の役目をしていたのだという。

わずかの天窓から中天にきた陽の光りが一筋入ってくる。暗いお堂の中心に据えられた石の祭壇は、長い年月、あげられてきた蠟燭の蠟と煤が沁みこんで、黒々と油光りしている。マッチ棒の短さになった蠟燭の黄色い燃え残りの芯が、無数に祭壇にへばりついている。黄色い寄生虫のようだ。

ガイドは絶壁の上の露台に私たちを連れ出し「アテンション　プリーズ、アテンションプリーズ」とくり返してから、はるか気が遠くなるほど眼下の、地図みたいに見えるクラ河の分岐点とその周囲の集落を指して、小学校教師のように説明をはじめた。きょろきょろ、ふらふらする人があると手を軽く叩き、また「アテンション　プリーズ」を間に入れる。

それから、ニーナさんだか、アンナさんだかが、何かをしたらしい話をしてくれた。一番うしろにいた私は小声で主人に訊いてみた。

「何の話？」

「ニーナさんがどうかしたらしい」

やっぱりニーナさんが何かしたのであった。

銭高老人は、ガイドの話をまるで聞いていない。首から吊した双眼鏡で、そっぽを眺めている。この土地でとれる石を切り出して積んだという床や壁に、眼鏡をかけた顔をくっつけて、撫でたり叩いたりしている。ときどき大きなおならをしている。

そういうことを知っている私は、老人と同じ位、ガイドの話を聞いていないということだ。〈アテンション　プリーズ〉のとき、私はいつもうしろの方にいる。すると、誰かがおならをする。歩いているときも聞えることがある。

「わが国の人は、よくおならをするねえ。西洋人はしないらしいねえ」つくづくと旅に出てからの感想を洩らすと、

「短い足で、西洋人の体向きに出来ている広い通りを一生懸命歩いてるんだ。おならも出る」と主人は言った。

◎もう一つの寺院（名前はよく分らなかった）

内壁は修復中だという。足場がかかっている。修復工事の人はいない。銭高老人は足場を叩いて検分し「木の使い方が乱雑や。足場のかけ方がヘタや」と言う。修復工事の足場がかかっているところを、ロシアにきてから何度も見たが、どこのも気に入らなかったらしい。老人はいつもそう言っていた。

蠟燭売りの老婆から、蠟燭一本を買った。三カペイク。礼拝の人たちに倣って火を移し、供えて手を合わせた。

三杉さんの話

「ここを御覧なさい。修復工事をして剝がしていたら、中から壁画が出てきたのです」

薄茶色の染みのひろがる漆喰の壁が剝げ落ちたところから、極彩色の絵が浮んできている。曼陀羅のような絵らしい。その鮮やかなトルコ玉色の部分を指で撫でてみた。なまあたたかい感触だった。

ここを出ると輝きわたる眩しい真昼。通りを横切って、小さな雑貨屋で煙草一箱を買ってくる。十八カペイク。

ガイドは腕時計を見て、時間が余ったから珍しいところへ連れて行こうと言う。

小高い山の手に、こじんまりとした民家が並ぶ、その中の一軒。鉄柵に番地だけ出ている。

足を踏み入れると、樹だらけ、石だらけ、苔だらけ、花だらけ、緑だらけ。庭は土が見えないほど、草や苔がはびこり、葉をふっさりつけた大樹や灌木の枝々から、さらに珍しい植物の鉢が吊され、その鉢からは軟体動物のような緑色の茎や葉が垂れ下っている。蔓状の植物は木から木を伝って空間にのび、頭上にも緑が覆いかぶさり、その間から、ちらちらと、眩しい夏の空が見える。緑の洪水だ。緑色のビニールをすっぽりかぶせたような庭は、湿って青臭い匂いと花粉の匂いがする。

鉄線の紫の大輪の花が、朝顔のように、やたらにぽかぽかぽかぽか咲いている。鉄砲百合が、やっぱり、ぽかぽかぽかぽか咲いている。大輪のばらも、滅多やたらに咲いている。百合もばらも咲きくたびれ、匂いを吐きくたびれて、ぐんなりしている。

熔岩が、さも大切そうに置いてある。何十種類の苔が生え、苔も繊細な花をつけている。好きなものを好きなように植えて、どんどん植えて水をやり、どんどん可愛がっていたらこうなったという庭だ。個人の持物の庭だというけれど、公開しているらしく、私たちのほかにも学生風の男女が入ってくる。葉洩れ陽で、庭にいる人たちの顔は、一様に蒼ざめている。

庭の正面奥のぶどう棚の下に、若い男に付き添われ、真白な詰襟の服をゆったりと着た大柄の老人が佇っている。九十六歳で、この家の主人だという。スターリンがもっと年をとるまで生きていたら、こうなりそうな顔だちだ。老主人は客にゆるゆると目礼している。この庭を人に見せるのが嬉しいのだろう。

八十歳の銭高老人が代表となってぶどう棚の下に行き、握手をした。私たちは拍手をして、二人の姿を写真に撮った。私だけ写真を写すのがのろかった。銭高老人が握った手を放そうとすると、老主人は私の方を指さして〈まだ撮れてない人がいるから、もう少し握手を続けていよう〉と銭高老人の手を両手で包みこみ、芸能人のようにポーズをとっていた。

銭高老人は握手を続けている間、「やあ、めでたい。めでたい。あんたも長生きをされて。おめでとうさん。おめでとうさん」と、それぱかり、震える声でくり返していた。老主人は泣いていなかったが、銭高老人の眼から、どんどん涙が流れていた。

私は手提の中の折鶴を一羽、老主人に呈上した。老主人はきょとんとして嬉しがらなかった。竹内さんが新幹線の立体写真絵葉書（絵葉書を動かすと新幹線がこっちに向って走ってくるように浮き上ってみえる）を一枚出して老主人に呈上した。老主人は顔をくしゃくしゃにして嬉しがった。付き添っていた若い男も鼻を指さして〈俺にもくれ〉とせがんだ。竹内さんはポケットからもう一枚出して渡した。家の戸口に佇ってそれを見ていた中年男――二人とも老主人の孫らしい――もやってきて、竹内さんにせがんだ。竹内さんは「ハイハイ」と返事しながら、手品のようにポケットからもう一枚出した。何枚も持っているらしかった。

その家の向いの小さな原っぱからは、トビリシの町が見わたせた。クラ河が帯を解いたように、のったりと見えた。先に出てきた私が原っぱでしゃがんでいると、竹内さんがきた。陽がさんさんと漲って汽車の音がしていた。静まりかえった家々の庭には、ぶどう棚があって、虫のとぶ羽音がしている。つやつやした茶色の胴に紫がかって光る黒い尾のにわとりが三羽、原っぱにやってきた。

「このにわとり、卵の函に描いてあるにわとりね。小さいころ、病気していると田舎のおじさんだのが見舞に卵持ってきたとき、そういう函に入ってた——」

「昔はそうだったね。病気見舞は卵だったな」

「極彩色でね。真横向きのにわとりがいて、背景は真赤な朝日ね、軍艦旗みたいな。函には金紙《きんがみ》の帯がかかってたっけ」

「その金紙はしわが寄っているような金紙だな」

竹内さんはのびをしてから「九十六歳か。こんなところで暮してみたいものだなあ」と、ひとりごとのように言った。そんなことを思ってもいなかったので、私は黙っていた。

后一時、昼食（ホテル食堂）
○パン
○シャシリク
○トマトときゅうり（紫蘇が刻んでかかっている）
○おじや（羊肉入り。トマトケチャップの味）
少し離れた席で、ガイドが同僚らしい美少女と昼食をとっている。その少女は、黒髪、白い陶器の肌、ピンクの頬。ほっそりと小柄だが、美術館にある肖像画の貴婦人が抜け出してきたようだ。人間ではない気さえする。それが笑ったり、スープをすすったりしている。

午後は休息。食品市場へ出かけて、ワイン一本、一ルーブリ二十二カペイク。魚屋の老人は私が市場を出るまで心配そうについて歩いてくれる。こんな風に馴れてくると、この町を発つことになる。

午後四時半、ホテルを出る。

ガイドはバスのステップに立ったまま、バスが動き出すまで見送ってくれる。

「彼女は二週間後に結婚することになっているそうです」と、山口さんが言った。

「おめでとう」口々に言って拍手を贈った。

「皆が拍手をしているのは、貴女の結婚を祝っているのです」

山口さんが告げると、ガイドは眼の中まで赤くなるほど頬を染め、何度も肯き「サンキュー」と小さな声で言った。

「何かお祝いにあげるものはありませんか」

坂野さんが夫人を促したが、トランクを出してしまったあとで何もない。私も自分の使っていた扇子までトランクに入れて出してしまったのであげるものがない。拍手だけたくさんして、彼女のキラキラ輝く大きな眼を見つづけていた。

ムッヘダの草原を、陽を浴び、燃えるような赤い髪を風に嬲らせて、長い脚で豊かな軀を運ぶとき、彼女は女そのもの、牝ライオンみたいだった。

トビリシ空港。

滑走路の見える柵にもたれている老若男女。出迎えか見送りか、出発する人か、わからない。一人の女の足もとには黒豚の仔が布にくるんで転がしてある。顔だけ出ている仔豚は、あたりに響きわたる大声で鳴く。女は手ではたいたり、足で押えつけたりしながら、滑走路を眺めつづけている。

外国人待合室には、西ドイツフットボール選手団が着いていた。この町で明日試合があるという。満員なので別の待合室へ入る。テレビがあり、映画がうつっている。ナチスの話らしい。ヒットラーにそっくりの男が出てくる。ナチス断末魔の話をやっているらしい。主人は喜んで見入る。女が入ってきて、画面と主人を見比べ、カチャッとチャンネルを切り替えて出て行く。今度は、白人ソプラノ歌手が声をはり上げている画面。そのうちに劇中劇「お蝶夫人」になって、その歌手が相撲とりみたいなお蝶夫人となって出てくる。主人はナチス断末魔の方にチャンネルを戻す。戻したとたんにまた女が入ってきて「お蝶夫人」に切り替える。女がもうやってきそうもないと思われるころ、見計らって主人はチャンネルを戻そうとしたが、ソプラノが出てきたり斜めの線が入り乱れたりして、ナチスはとうとう出てこなくなってしまった。彼女は、日本人がいるので気を使い、ナチスから「お蝶夫人」に切り替えてくれたのかもしれない。

「ウオツカ　ワンボトル」私がそう頼んでいるのに、売店の中年女は私にレモネード一本をつき出す。

「ニェット。ウオツカ　ワンボトル」女はレモネードをひっこめて、ミネラル水一本を出す。島さんがきてとりなしてくれたら、ウオツカの小瓶を出した。女子供が買うものではないということらしい。

「ニェット。ボリショイ　ワンボトル」大瓶の方をくれと私が言う。女はきびしい表情をして、ダメと言う。

「小瓶はいくら?」と訊くと、一ルーブリ七十五カペイク。ヘンだ。小瓶なのにいままでより高い。いぶかしげな私の顔つきを見て、女は紙に数字を書きつける。〝65〟。グイと口飲みをする真似をしてから、口から火を噴く恰好をする。このまま飲めば大へんなことになるのだ。

この瓶を二倍に薄めれば三十度の大瓶となるわけだから、これを買う。

しばらく経って、また売店に行き、ウェファースに似た菓子を買う。今度は酒買いではないので女は愛想よく「バッフリー。バッフリー。ショコラード・バッフリー」と名前を教えてくれる。お前はあの酒を飲んではいけない、この菓子を食べていろ、といっているように。

ショコラード・バッフリー、六十五カペイク。これは歯が痛くなりそうに甘く、くどく、二枚食べたら水が欲しくなった。

午後五時半（モスクワ時間に直した五時半である）、ヤルタ行の飛行機は満員で飛びたつ。

家族連れ、一族連ればかり。兄弟姉妹で噪いでいる。母親は仁王立ちとなり、座席のわりふりを大声で指図している。少女が萎びたきゅうりを丸ごとうまそうに嚙っている。

白い雲の上ばかりを飛び、七時少し前、下降しはじめる。黒海が見えた。

后七時、シンフェローポリ空港に着く。滑走路には強い風が吹きわたっている。

后七時半、夕食（空港食堂にて）

「みんな、よう見てはりますなあ」銭高老人が呟く。家族連れがとても多い。席について食事が運ばれるのを待っているわれわれを、一せいに注目している。私も、私を見ている人をじっと眺めている。

○牛ステーキ（きゅうり、米飯つき。肉の下に御飯が敷いてある）

○ゆで卵とトマトのサラダ
○パンとぶどう酒
山口さんの配慮で、主人だけ、ステーキの代りにコロッケが出る。給仕は大女ばかり。相撲とりのようだ。赤髪、金髪。眼は茶、青。皮膚は真白でつやがなく、鼻の下に髭が生えている。冷蔵庫の前に荷物を置いた主人に「置いてはいけない。どけろ」と、命令調で言う。隣席の家族連れが怖る怖る何か注文したら長押問答となり「自分で出せ」といわれたらしい。冷蔵庫から自分で瓶を出してきて、水か何かをコップについでいた。

インツーリストの中年女が来て、ホテルがきまったという。オレアンダホテル（アルエンダと女はいった）は、ここから百キロほど離れているという。ここがヤルタかと思っていたら、シンフェローポリはヤルタではなく、バスで二時間のところにヤルタはあり、ヤルタにオレアンダホテルがあるらしい。女は腕時計を見て、十分ののちにここに迎えにくるといって去った。きっちり十分後に女は迎えに来た。

マイクロバスとボルガに分乗。「今度は大きいのに乗る」と銭高老人はきかない。竹内さん、銭高老人、江口さん、山口さん、主人、私がバスに乗った。インツーリストの女もバスに乗った。

シンフェローポリの町をバスはとばして行く。天然ガスのタンクが見える。そこに働く人たちのアパート大団地が見える。夕暮れの中に、明るい白、水色、ピンク、煉瓦色、思い思いの色どりの家が、生垣や低い石垣に囲まれてひろがっている。これは茶畑作りの人たちの住宅。人影はまばら。遠くに佇んでいる人がぽつりぽつりと見える。説明をしていた女は途中で降りて行った。女の家は、この連絡停留所からトロリーバスに乗って行くのだそうだ。広々とした道に出る。右折。ここを左折すればこの道は真直ぐにモスクワまで続いているという。モスクワまでは千九百キロあるという。東京から九州の果てまでだろうか。

「この道をずっと走って小さい丘を越えるとヤルタです。二時間ぐらいです」と山口さんが言った。バスがひどく揺れる。揺られながら〈そうか〉と山口さんの話を、皆ぐったりとして聞いている。

ロシア人はシンフェローポリ空港からヤルタまで行くのにトロリーバスを使っている。トロリーバスは十分おきに出ているらしく、走っている車といったら、同じ方角へ向うトロリーバスばかりだ。

バスは車体が解体しそうな速力で、トロリーバスに追いついては抜き、追いついては抜いて、だだっ広い道を走り続ける。

今日は日曜日だったのだそうだ。外出した人たちが、暗くなってゆく並木の下を、ゆっくりと帰ってくる。

人家が尽き、外灯もない真暗闇の峠を越えはじめる。どんよりとした灯のともる車内にロシア人を満員に詰めこんだトロリーバスを、また上り坂で追い抜いた。銭高老人、沈黙。うとうとしている人もある。竹内さんも沈黙。竹内さんはときどき、ため息を洩らして苦しそうに腰をかけ直してみたりしている。

上りきって下りにかかると、紫深い闇がひろがる。海らしい気配。半月が出ていた。次第に入江が現われ、点々と灯が見えた。夜、箱根をぬけてきて伊豆の海を見たとき、こんな風だ。

「熱海ですな」「温泉がある感じですな」疲れたあげくの声を絞って、無理に浮き浮きと、皆はしてみたが、しかし、ヤルタはそこではなく、バスはまたもう一度、真暗闇の二つ目の山の中に吸いこまれてしまう。竹内さんは今度はため息ではなく「ああーあ」と声に出した。二つ目の山をぬけて下りはじめると、暗い坂道を歩いている男女。立話をしている主婦。ガソリンスタンド。ロシアにきて、はじめてガソリンスタンドを見た。今度は間違いなくヤルタの灯が見えてくる。バスは町の灯に向って突っ込むように急坂を下りはじめた。眼下のヤルタから、人の匂い、食物の匂いがたちのぼってくる。船橋ヘルスセンターへ近づいたときみたいだ。

にぎやかな灯の町に入り、くねくねと曲り、ポプラに囲まれた裏門に着く。バスは暗い中庭の噴水をまわって停まった。

終始、黙りこくっていた銭高老人は、真先に降り、中庭のことさら暗い蔭に向って、つまずきながら入って行った。仄白い花が乱れ咲いている花壇の向うから、ちょろろろん、と用足しの音がやがてした。

ホテルの中からは、はりさけそうなジャズ音楽が洩れてくる。硝子戸越しに覗くと、赤い絨緞、赤いカーテン、すべてが真紅の部屋で若い男女が踊りまくっている。

部屋わりがきまるまで、待合室の椅子にうずくまっていると、そこから真紅の部屋のダンスがちらちら見えた。

ホテルの従業員らしい、頭の禿げたロシア男が二人、待合室を出たり入ったりしている。片方はフルシチョフにそっくりである。フルシチョフに似た人は、こちらに背を向けてしゃがみ、戸棚の中のものをいじくっている。主人は私の肘をつついて、私の耳に口を寄せる。

「竹内は困るねえ。何やってるのかなあ。ホテルにきて、いきなり戸棚なんかひっかきまわして。どうしたのかなあ」

私はギョッとしてしまう。あれは竹内さんではないのに。竹内さんは、とうちゃんの右隣りに腰かけているのに。

「竹内さんは、とうちゃんの隣りにいるよ」皆、眠気と疲れで、錯覚したり、放心したりしている。

ボルガで先に着いていた坂野さんと三杉さんが階段を降りてくる。

「先に着いてしまいましたが、英語の判る人がこのホテルにはいたので助かりました。部屋に落ちついたところです」

「あんたの部屋は、どんなですか」坂野さんが三杉さんに訊く。

「まあまあです」

竹内さんは三杉さんの返事をきくと、

「睡眠薬、持ってるか」と、主人に訊ねたそうである。

二四〇号室。古めかしい質素な二階の部屋。病室に入れられたようにしんみりしてしまう。窓にはポプラらしい枝がせまっている。葉の間から、すぐ隣りの明るい灯をつけた娯楽場らしい建物が見える。

「館山寺温泉みたいだ」と主人言う。ぶどう酒をひっかけて主人はねてしまった。

便所には白いトイレットペーパーがあった。洗面所には栓がついていた。ゆっくりと洗濯をした。私は風呂に入る。熱い湯が出る。タオルも、いままでいちばん大判だ。

六月二十三日　月曜日　昼ごろ俄雨あり。

冷んやりとした朝。セーターを出して着る。

昨夜、想像したとおり、窓の外は丈の高いポプラ並木である。ホテルの表玄関の前は、ヤルタ海岸であった。昨夜は裏門について中庭から入り、すぐねてしまったので、ホテルが海岸通りの真只中「お宮の松」のようなところにあるとは知らなかった。

朝食の前に泳ぐ、と主人は私を急かせる。

朝陽があたりはじめた海岸通りには、ぞろぞろ、続々と人がくり出している。つば広の麦わら帽子、布の帽子、三角の陣笠形の簡単な帽子（これは海岸通りの屋台で売っている）、ピンク、オレンジ、白、黄、緑の帽子をかぶり、サングラスをかけ、ゴム草履をつっかけている。女たちはサングラスから三角形の白いプラスチックを吊して鼻にかぶせている。鼻が高いのも因果なものだ。

漬物石ぐらいの石がごろごろしている、砂浜の少ない狭い海岸に、抱えてきた、胴体ほどの大きさのすのこ板を置いて、日光浴の場所を陣どっている。

一刻も無駄にせずに日光浴を楽しんでいる大あざらしの群の中を、すのこ板とすのこ板の間を縫って、わり込める場所を探す。海水パンツにはき替えている主人に、目の前の大男が何か言って首を振る。言ってから、そそくさと帰って行く。「水が冷たいからやめろ」と言ったらしい。私はいそいで脚を投げ出し、大男のいた場所を陣どった。

陽が射しているのに黒ずんだ海には、泳いでいる人は三人。私は石に腰かけて、ズボンの番をしている。ねそべっている人たちの間を歩いていって、脚を水につけ、胸に水をかけ、肩まで浸り、眼鏡をかけたままの顔だけとなり、やがて泳ぎはじめた主人を見ている。石の間には桜桃の種子、煙草の吸いがら、マッチの燃えさしがつまっている。便所臭い。

私の足先にごろりとしている黒いビキニ姿の超肥満の老女は、身動きも不自由らしく、ほんの少しずつ体の向きをずらせて陽を浴びながら本を読んでいる。探偵ものらしい。女がびっくりしているそばに男が中折れ帽子をかぶって佇っている挿画がある。老女の投げ出された脚のふくらはぎには静脈が太いみみずのように浮き上り、ところどころが瘤になっている。足の甲と指はコンクリートでかためたように変形して紫色を帯びている。

すのこ板で陽を浴びつづけるビキニ姿の女たちは、ほとんどが私の三、四倍はある巨体の老女、中年の女だ。下着用のブラジャーをそのまま着け、旦那のものらしい、前だてのある裾口がひらひら拡がったパンツを穿き、すのこ板からのっそりと立ち上って手を振っている中年の女。足をひろげて踏んばり、小手をかざして海を眺めたまま、微動だにしない横綱のような老婆。堂々としていて、私は好きだ。

主人が波打際から私を呼ぶ。

妙に冷え冷えとした海だという。もう上るから黒海で泳いでいるところを写真に撮ってくれという。

もう一度水に入っていって、肩を沈める。海岸には日光浴の群がひしめいているのに海には誰も入っていない。黒々とした、とろりとした海の中から首だけの主人がこっちを向いて笑った。私は写真を撮った。

海水パンツ姿で、はだしのまま帰ってきた主人に、帳場の男が「ハラショーか」と訊いた。「オーチン　ハラショー」と主人は答えていた。

朝食（ホテル食堂）

○パン

○オムレツ（卵だけのオムレツ。皿いっぱいにふくれ上った大オムレツ）

○ヨーグルト

○紅茶

竹内さんは姿を見せない。午前中は寝ているとのこと。たっぷりバターを塗ったパン（山口さんが塗ってくれた）とヨーグルトのコップを持って、竹内さんの部屋に行ってみる。

このホテルの造りは複雑で、一階の食堂から二階へ上り、廊下をしばらく歩いて、別の階段を降りないと、竹内さんの一階の部屋には行けないようになっている。あちこちにそっくりの階段があり、左手にパンを、右手にコップを持って上り下りをくり返しているうちに、どこを歩いているのか、さっぱり判らなくなってしまう。さ迷う間に銭高老人が向うからふらふらと歩いてくるのに二度も出会った。

「いましがた、お目にかかりましたようじゃが」

「はい。竹内さんの部屋を探していたら迷いました」

「わしは便所を探しとりますすんじゃ。なんぼ歩いてもいきつきまへん。便秘が年寄りにはいちばんの毒ですさかい、いちじく浣腸を、ほれ、こう、持参しとりますすんじゃ。大阪におってもいちじく浣腸で一日一度は気持ようしとります。タシケントはなあ、水が悪うて下痢気味でしたさかい、いちじくは使わんでもよろしおました。見物に出かけてから気分がわるうなれば、皆さんに迷惑がかかりますよってに」

「ご自分でお出来になれますか。御一緒にまいりましょうか」

「ありがとう。ありがとう。馴れとりますさかいに」

老人と私は、こんな立話をして別れた。

竹内さんは床に起き上るとヨーグルトを一気に飲んだ。

「昨日のバスは長かったね。あれで参った。睡眠不足だ。午前中は寝ていますよ。彼は元気かな」

「あの人は眠れないということはないの。今朝は朝御飯の前に海に入って泳ぎました。黒海で泳いでいるところを写真に写せなんていって、御機嫌よ」

「午前中はどこに行くのかなあ。どこに行くといってました?」

さあ、私は返事が出来ない。毎回、朝食のとき、山口さんが本日の行動の予定を話してくれるのだが、私はものを食べているときは耳に入らないのだ。

「……よく聞いていなかったけど、大したところへは行かないらしい。いつもと同じようなところでしょ。ミュージアムかもしれない」

そう返事すると竹内さんはトクをしたような笑顔になって、

「そうだ。そうにきまっている。またミュージアムだ。僕は休みます」と言った。

前十時半、マイクロバスで出発。

ガイドの娘は金髪、肉づきがよくて小柄、真青な眼、西洋ゴム人形のようだ。洋服も、白地にピンクの小花模様のふわりとスカートがふくらんだ、西洋人形が着ているようなのを着ている。私は英語で案内します、と彼女は言う。ゆっくりと話してくれ、と誰かが頼むと、ジス、イズ、ア、ペン、という調子で話しはじめた。

クリミヤ半島の南端にあるヤルタは、ウクライナの宝石、クリミヤの宝石である。五月から十月までの間、クリミヤ半島の海岸は、ロシア全土からの保養客で賑わう。このクリミヤ半島の海岸地帯は、昔はロシア貴族の別荘地であった。一八六〇年に皇帝はヤルタに夏の離宮を造り、リヴァディア宮殿と名をつけた。いま、その離宮は勤労者のサナトリウムになっている。レーニンは「貴族の宮殿や別荘は、すべて人民のサナトリウム、またはホテルとして使う」と宣言した。その言葉はプリモルスキー公園に行くと、大理石の板に刻んで遺されている。ヤルタにはサナトリウムが八十ヵ所、三万人を収容出来る臨海の保養地として、呼吸器、神経系統、心臓病等、国立の医療設備が完備している。ロシア人は医師の診断と指導をうけてここへやってくる。また、ロシアの勤労者は、労働組合からの証明書を持ってくれば国費で保養出来る。しかし、一年に百万人を超える保養客がくるので、申し込んでから大分待たなければならない。革命後ロシア人たちはヤルタへヤルタへとやってきた。宮殿は足りなくなったので宮殿に似せた建て方のサナトリウムがたくさん造られた。

海岸に山がせまっている。坂ばかりだ。伊豆に似ている。バスは坂を上って行く。坂の両側には緑の大樹に囲まれて家が並んでいる。夾竹桃が溢れ咲く垣の間から、女、男、母親、子供、老人が出てきて坂を下りていく。みんなビニールの網袋をぶら下げている。海へ海へと続々と下りて行く。オレアンダホテルのオレアンダは夾竹桃のことだという。

◎リヴァディアサナトリウム

百年前に造ったロシア皇帝の夏の宮殿。見物の人多し。団体もきている。すずかけに似た大樹。炎の形にそそり立つ糸杉。月桂樹の並木。広大な前庭には、真紅なばらばかり咲いている。

この宮殿は大理石で出来ているという。大理石の壁を掌でさすり、叩き、額をくっつけて舐めくりまわさんばかり仔細に調べた銭高老人は、

「たいしたもんでない」と言った。

二階の露台の手摺を、老婆と若者が塗り替えていた。

中庭に入ると、ピアノが聞えてきた。鋤を持った若い女たちが、花壇の手入れをしている。チューリップを植えている。

硝子戸越しに覗くと、広い部屋には誰もいない。いくつもある食卓に食事の支度がととのっていた。「レストランですか」と訊くと「この宮殿はいまはサナトリウムです。保養の人たちの食卓です」と言った。

庭に向けてテラスに置かれている大理石のベンチ。ヤルタ会談のとき、チャーチルとルーズベルトとスターリンが腰かけた椅子。この椅子に腰かけてみてもいいらしい。か

わるがわる三人ずつ腰かけて、お互いに写真を撮り合った。

私「それでは日本をどういう風に分けますか。真二つに分けますか。三つに分けますか。そういう話は部屋の中でやったんだろうねえ。この椅子に坐ったときは、ぼんやり庭を眺めて休んでいたんだろうねえ」

主人「そうでもないかもしれない」

中庭の外れに小さな聖堂があった。ヤルタ会談のときに、チャーチルが泊った部屋だといった。覗いてみると、椅子が整然と並べてある奥で、中年の女教師が少女にピアノを弾かせていた。中庭に洩れてきたピアノの音は、ここからだった。

卵の黄身色をした二階建の家。ここは従者の家である。皇帝は千人の従者と千人の憲兵を従えて、この宮殿に遊びにきたそうである。どの窓にもレースのカーテンがかかっている。レースを透かして、フラスコ、試験管、薬瓶、点滴用の硝子医療器具が見える。人は見えない。いまは医療所である。

◎アイペトリ山

巨大な一枚の不思議な屛風のようなアイペトリ山が、いまにも倒れかかってきそうなその麓。雨が降りだしそうになってくる。山の頂きを、薄い雲が勢いよく往来している。

シンフェローポリ空港からヤルタへ向うバスの中で、アイペトリと書いて矢印のある大きな立札を何度か見た。暗闇の峠道の草むらに、バスのライトに照らし出されて突然浮び上ってくるアイペトリの矢印もあった。

アイペトリって山のことだったのだ。ペトリカメラの広告かと思っていた。日本の写真機もたいしたものだと思っていた。

あっちからもこっちからも大岩が押し寄せ重なり合ってしまっているから、どうにも仕方なくその間を縫って歩いているだけの庭。岩の間を水が流れてきて池となっている。ガイドは「キャビア・マザー」と水中を指す。黒い長い大きな魚が、するりするりと背をひるがえして濁った水中に消える。キャビアの親、蝶鮫だ。

岩の間からのびたさるすべりの巨樹は、幹が奇妙に赤い。あんまり赤いので動物のようだ。

博物館の入口には行列が長々とつづいている。絵葉書を立売りしているおばさんは、混雑の中からわれわれを目ざとく見つけて「オ買イナサイ。オッカイナサイ」と節をつけて叫んだ。バスに乗ると雷が鳴った。激しい俄雨の中を坂を下り続けてホテルへ戻った。

海岸通りに屋台を出していた絵葉書売りの老夫婦が、雨を避けてホテルの軒に店を移しているところだった。老夫婦から、絵葉書一枚六十カペイク、地図三十カペイク、絵本十六カペイク、を買った。

昼食（ホテル食堂）
○パン
○スープ（羊肉入り）
海岸にいた人たちがホテルに駈け込んでくる。雨宿りを兼ねて昼食をとろうと行列を作りはじめた。食堂は満員。濡れて火照りだした体から立ちのぼる匂い。白い大きな人の皮膚の匂いと息の匂いと、雨の匂い。

竹内さんは元気になって現われた。ヤルタ会談の城に行って椅子に腰かけた感慨を誰かが言った。

「えッ」と、竹内さんは、ひどく驚いた。そして、つくづくと言った。

「午前中に行ったんですか、もう。残念だなあ、それは。あそこには行ってみたかったんだ。今度の旅行の目玉だったんだ。残念なことをしたなあ」

竹内さんは、もともと、やわらかい声なのだ。ひどく落胆して涙声に聞える。犯人は私だ。私は手にしていたパンを放り出して、どこかへ駈けて行ってしまいたくなる。

ホテルの売店で、銭高老人は木をくりぬいた小さな壺を買っていた。大阪に帰ったら茶会を開く。そのとき、旅の話代りに、これを棗にして使うのだ、と言っていた。

二時過ぎから午後の見物。

遊覧船に乗るはずだったが、天候が急変したので晴れるまで船は出ない。船を待つ間、チェホフの家に行った。バスに乗って坂を上ると海が見えてきた。白く塗った鉄柵の中の、糸杉に囲まれたチェホフの家。

住居と展示館がある。展示館には小、中学生位の団体がきている。敷地全景の模型。医者の鞄や道具。戯曲が上演されたときのポスターや舞台写真。日本で上演されたときのポスターもある。家族と写した子供のころの写真。チェホフ夫人の写真。ここを訪ねてきたトルストイと写した写真。ゴルキーと写した写真。

額に入って壁に並んでいる写真の中には、白い布がかけてあるのがいくつかある。怖る怖るめくってみると、誰だか判らない人の写真だった。

昔、小学校では、天皇の写真には紫の布がかぶせられたりしていて、まともに見てはいけなかった。ゴシンエイホーハイ（御真影奉拝）と号令がかかると、校長先生の次の次、三番目にえらい先生が白い手袋をはめて紫の布をそろそろとめくった。

「この人たち、粛清されちゃったの？」

山口さんにそうっと訊くと、山口さんは無造作に布をめくって見てから、

「どこにでもこういう風にした写真がありますよ。窓の近くにある写真は太陽光線で変色

しないようにしてあるんです」と言った。

住居の方へ歩きかけると、展示館の人に呼びとめられる。

「大きな荷物を持って住居へ入らないように。預けてから入るように」と。

庭の隅にはワイセツな感じのする大きな甕が転がしてある。雨水を貯めるものらしい。陽のあたる場所には、すべておびただしいばらの花。チェホフはばらが好きだったのだ。

玄関脇にはブルドッグの置物が番をしている。色も大きさも、ほんものそっくりに出来ている。チェホフはブルドッグが好きだったのだ。

食堂の食器も椅子も食卓も、そのままだ。寝室の枕もとの小卓に蓋付き茶碗がのっている。茶碗むしのときに使う日本製の食器だった。

書斎の机には、眼鏡、ペンなどが置いてある。つい、いまさっきまでチェホフが仕事をしていたように。庭先を探せば、仕事に倦んだチェホフが海でも眺めているのではないかと思う。あるじがいない間に書斎に入ったときの、無神経なわるいことをしているような気持。

庭の石段を上り、別の扉から、今度は靴カバーをはめて入る。いま見てきたのは夏使う部屋。これから見るのは、冬の部屋。

帽子をとるように、とガイドにいわれる。主人は帽子をとって、隅の古風な帽子掛にかけた。

チェホフがサハリン紀行のときに着た皮の大きなコート。夫人のものらしい、レースとリボンを縮らせた襟飾りのついた裾長の真黒な服。寝室と食堂。冬の食堂と寝室は暗い。トルストイやゴルキーと写した写真。

階段や踊り場の手摺があまりに華奢なので撫でてみる。ガイドは私の手を押えて、いけない、と首を振る。チェホフはもの静かな人だったのだ。酒飲みではなかったのかしら。ロシア人の体で勢いよく上り下りしたら、へし折れてしまいそうな手摺だった。

晩年、この小さな家を建てたチェホフは、この家で「三人姉妹」や「桜の園」を書いていたのだという。

バスが走りだしてから、帽子を忘れてきたことに、主人は気づいた。

「よかったじゃないか、武田。チェホフの家の帽子掛に帽子を忘れて」竹内さんは言ったが、帽子をかぶらないと頭の先が不安である主人は、浮かない顔をしていた。

海岸通りを船着き場まで歩き、三十分ほど待って遊覧船に乗る。

ゆるやかに移り過ぎる海岸、丘の中腹の大きな西洋菓子のような家々を、海上から眺めている。緑の中から幻のように現われてくる城。

「山口さん、あれは何?」

山口さんはガイドに訊ねる。

「なんとか、なんとか、なんとかサナトリウム」ガイドは答える。

――元は貴族の別荘です。革命後サナトリウムになっているそうです――そんなやりとりをくり返している。

「なんじゃい。これもサナトリウムでっか。へえッ。またサナトリウムかいな。なんでもかんでもサナトリウムにしよる。えらい国じゃ、この国は」

銭高老人はつまらなそうである。

老人がホテルの売店で木の壺を買ったときのこと――釣銭がないから、代りにこれを持っていけ、と、売店の女は天然色の絵葉書を一枚差し出した。

「なんじゃい、これは」老人が訊き返すと、女は「サナトリウム」と言ってもったいぶった笑い方をした。有名なサナトリウムだぞ、という風に。

「サナトリウムの写真なんて、わし、いりまへんがな」老人はそう言って、強硬に釣銭に代えさせていた。

海につき出てそそり立つ断崖の上の王冠形の白い孤城。塔のいちばん高いところに水色の服を着た人がいる。水色の服は風にひるがえる。女の人だ。

「塔に女の人がいる。動いている」

私が知らせると、主人は見えないという。竹内さんも見えないという。

「あれは『燕の城』といいます。しかし今修理中で危険だから立入禁止となっていて誰もいないはずです」とガイドが言う。

「でも、います。歩いているらしい。水色の服が見えたり消えたりしているもの」

修理中だというのにそんなことはない、と誰もが言う。

「燕の城」の岬をまわって、黄金海岸に船は寄る。淋しい海岸だ。水が冷たいらしく人影は少ない。山に囲まれた入江は日没も早いらしく、すでに暮れかかった色だ。

次の入江、ミスホで船を降りる。

桟橋近くの海中から頭を出した岩に、人魚とも思える女の像がのっている。女は左手に子供を抱き、岩に右手をついて体を支え、乗りだして遠くを見ている。

——このミスホの海岸にある泉に、婚礼を控えた美しい娘が水を汲みにきた。泉の蔭で見ていたアリババは娘をさらい、海を越えて、あるサルタンに売った。サルタンの後宮へ入れられた娘は子供を生んだが、やはり海の向うのミスホへ帰りたいと嘆き続け、子供を抱えて海に身を投じて人魚となった。この銅像は人魚となった娘が、ミスホの方角を眺めているところ。海岸にある泉には、水汲みをしている娘とアリババの銅像がある、という話。

よくよく見ると、人魚には太腿が二本、脚も二本ある。足の先だけが魚のひれに変っている。お尻のあたりには鱗があるようにも見えるが、これは藻がわいてそう見えるのかもしれない。足の先だけがひれなのは、なりたてのほやほや、人魚になりかかりつつある姿を作ったのだろうか。

海岸通りのピロシキ売りの少女から、ピロシキ三個を買った。三個十八カペイク。ピロシキ三個を皿にのせてビニールをかぶせた見本を首から吊して立っていた少女は、足もとの木箱の蓋をとってみてから、ためらいがちに見本の皿のピロシキを紙にのせてよこした。日暮れ近くて売り切れていたらしい。失敗した。見本のピロシキは三個とも硬い。

大きな岩が積み重なり合った間から水がバシャバシャとわざとらしく落ちているアリババの泉。泉に手を差しのべて汲んでいる長いスカートの娘の銅像。岩の上から、ターバンを巻いたアリババの銅像が娘を覗き見している。

岩をよじのぼっていった少女がアリババの銅像と並んで坐り、父親が記念撮影をしていた。

泉のそばには写真屋も出ている。見本の写真の中に、海上の人魚が正面からはっきり大写しにされているのがあった。拡大された人魚の顔は美しくなかった。若いしっかり者の女の顔をしていた。力仕事に向いた健康そうな腕と手で、子供を顎の下にかき抱いている。

かえって哀れを誘う。

船着き場へ戻って行くとき、竹内さんは忘れものをしたのか、どうしても買いたいものがあったのか、山口さんに付添ってもらって、海岸通りへ引き返して行った。船着き場から振り返ると、ミスホの海岸には、バドミントンをしている若い男女ばかりだ。海岸通りのそぞろ歩きの群を縫って、竹内さんと山口さんが全速力で走って行く。手持無沙汰の私たちは、舞台の上手から下手へ駈け抜けて行く役者を見るように走る二人を眺めている。大きな頭の竹内さんが先、小柄の山口さんがあと。犯人が逃げるあとから刑事が追っているように迫力がある。こうやってつくづくと（客観的というのだろうか）眺めると、日本人の恰好ってヘンだ。坐ったまま走っているようなのである。自分のことは見えないから、気がつかなかった。

夕暮れの船上は寒かった。陽がかげった海は、異様に黒く、油を揺らしているようだった。

山口さんは船員に頼んで、銭高老人を特別に船室へ入れてもらった。睡気甚し。肩を叩かれる。船に並行して、いるかの群がとんでいた。

船がヤルタに着いたとき、船室の扉がかたくて、なかなか開かなかった。銭高老人は泣きそうになって中から叩いて怒った。

海岸通りで、ウズベク帽子と衣裳の三ッ編お下げの娘たちとすれちがった。おだやかな眼付をして、そぞろ歩きを楽しんでいた。

夕食（ホテル食堂）

○パン

○コロッケ

○アイスクリーム

食事が終るころ、竹内さんが、大きな丸い草加煎餅を一人に二枚ずつと、緑茶を提供した。熱い湯をもらって日本茶を入れた。両手でお煎餅を持ち、前歯で少しずつ齧って喜ぶ皆を見わたして、竹内さんは至極満足そうだった。またたくまに二枚平らげてしまった私に、

「一人二枚ずつ。早く食べても、もうありません」得意になって、竹内さんは言う。

歯がない主人の二枚をもらって、私の明日の分として手提にしまった。しゃぶって一枚を食べ終った銭高老人は「一枚は残しといて、明日の飛行機の中で食べる」と、鞄にしまった。

主人が眠ってから、海岸通りを一人で歩いてみた。人通りは昼間より多い。一体どうしたことか、と思うほどだ。夜の散歩にくり出した人たちは通りの幅いっぱいにひろがり、

足音がとどろいて、そぞろ歩きというより行進だ。

本屋のマイクロバスに、子供や若者が乗り込んで本を見ている。太った娘が、木蔭に置いた体重計に乗っている。体重計り屋の中年女は、体重を記した紙を娘に渡して、娘の目方について説明や注意をしているらしく、娘は神妙に肯いている。連れの娘もその紙を覗きこんで肯いている。

食堂と食料品屋だけが夜も店を開けている。どの食堂も満員だ。入りきれない人たちが行列を作って待っている。食料品屋にも行列だ。ヨーグルト売場も行列。酒も行列。ソーセージ、サラミ売場も行列。飴玉の売場だけ行列がない。どの行列ものんびりと楽しそうに待っている。

立売りのアイスクリームを買う。

「二十カペイクか。ニジュッカペイクか」自分にいいきかせながら小銭をつまみ出していると「ニジュッカペイク。ニジュッカペイク」と真似して私の顔を覗きこむ老婆がいた。好奇の眼を輝かせている。「アタシハニホンジンデスヨ」老婆の顔に言うと、世にもおかしな発音の言葉を生れてはじめて聞いた老婆は「アタシ」「アタシ」と笑いころげ、もっと何かしゃべってみてくれ、どんなおかしな言葉が出てくるかな、と、私の口もとから眼を放さない。どこかの共和国から保養にやってきているらしい。

大きな白い船が横づけとなり、タラップを降ろしている。船全体に灯がともり、笑い声や歌が洩れてくる。

暗い浜には、犬と一緒の盲目の大男、老人夫婦、家族連れなどが、海に向って脚を投げ出している。ギターを抱えた男が混っている五人連れの前を通ると、キタイ？　ベトナム？　と声をかけられた。日本人だと答えたら、早速「恋のバカンス」を歌いはじめた。わるいから並んで坐って歌い終るまで聞いていた。

「パジャールスタ、ヤポンスカヤ……」

日本の歌を歌ってくれないか、といっているのかな。何故だか、私は恥ずかしくなかったから、美空ひばりの「越後獅子の唄」を歌った。アンコールしてくれたので、ちょっと考えて、もう一曲、美空ひばりの「花笠道中」を歌ってしまった。

夜遅く、山口さんが部屋に来た。遊覧船の船賃の集金。

山口さんは用事が済むと、

「竹内さんのことで、ちょっとお話したいのですが」と言う。主人を起す。

「どうしても明日、黒海で泳ぐと言っておられます。ここの水は日本の海とちがって冷たいのです。風邪をひいておられましたし、ひどくでもなるといけませんから反対したんですが、まるで言うことをきかれません。ここの海では、よくよそからきた旅行者が、急に水に入って事故を起すのです。明朝の食事のときに、武田さんからもとめて頂きたいんですが。武田さんが今朝泳がれたから、どうしても泳ぎたいと頑張っておられるらしいんですな。心配です。海に入られることだけはやめて頂かないと」

「じゃ、足だけ海につけて写真を撮ればいい。黒海で泳いだ証拠の写真だけ撮って、やめにするようにいいますよ」主人は少々甲斐甲斐し気であった。

夜、十二時を過ぎても、窓外のポプラの向うに見える小さな映画館チャイカ（かもめ館）の表には灯がついていた。こもったような大きな音で表に流れてくる音楽。妙な節――どこかで聞いたような。耳を澄ますと「会津磐梯山」であった。終ると「荒城の月」をやり「サクラ、サクラ」もやった。それは休憩時間の音楽らしかった。映画がはじまると、トーキーの音が洩れ流れてきた。虎かライオンのガオーッという吠え声が響き、キェーッと逃げまどう人間の声が混じる。ジャングル映画らしかった。

やがてはねると、澄んだ子供の声、低い大人の声、口笛、靴音が溢れ、一刻して絶えた。

夏休みの海岸で見た、野外活動写真大会を私は思い出している。七つ、八つのころだった。弁士の声は波が砕けるたびに消え、銀幕代用の白い大きな布が夜風にふくらむと、そこに映し出されていた家や道や人の姿は突然ひしゃげた。あれは「只野凡児」という題の無声映画だった。かもめ館の見える窓ぎわの机で日記をつけながら、いま、そんなことを思い出している。

六月二十四日　快晴
八時、朝食
○パン
○ヨーグルト
○ゆで卵三個
○いわし燻製油漬（大へんおいしい）
○紅茶

銭高老人は、三個食べきれない人の卵をもらって食べている。そして自分にとも、人にともなく、今日も呟いている。

「卵だけは間違いありまへんで。卵ならいくつも食べますんじゃ。消化はええし栄養じゃ。満州におるときもそうじゃった」

私も主人の卵をもらって食べる。

坂野さんが提案した。旅も終りに近づいたので、添乗員の職務とはいえ、骨身惜しまず面倒をみてくれた山口さんへ、一同の感謝の志をあらわしたい。一人五ドルずつ醵金《きょきん》して差し上げたらどうか。坂野さんに二人分十ドルを預ける。銭高老人は最もよく面倒をみてもらったから、一人で十ドル出した。

廊下を歩きながら、主人は竹内さんに話しかけている。

「なあ。昨日の朝、泳いでみたが、ここの海は冷たいぜ。失敗した。俺も風邪をひいたらしい。今日は俺は泳がんぞ」

竹内さんはじろりと見て「泳ぐよ」と言う。

「足だけ入れて、百合子に写真撮らせりゃいいだろ。それだけにしておけよ」

三人で海岸に出て、足だけ水に入れて遊んだ。竹内さんの写真を撮った。しばらくすると竹内さんは、

「この恰好（ズボンをまくり上げている）ではイヤだ」と言う。

「黒海で泳いだようにはみえない。海水パンツを穿いてくる。着替えてくるから待っていてくれ」と、ホテルへ戻って行った。

ドラム罐の大きさの金網籠に、三角の紙函に入った牛乳（日本のよりずっと大きい）をぎっしり詰めて、立売りしている男。それを買う行列。ピロシキ売りの前に並ぶ行列。水売り。紙帽子売り。水飲み場にやってきて、さくらんぼを入れたビニール袋に水を溢れさせてはこぼして冷やす少女。少女がこぼす水をうけて、きゅうりを洗う少女。

青白い痩せた男の子を、マットの上で体操させている老夫婦。六歳位の男の子は泣き顔で体操している。

厚く切ったカルパスをのせた黒パンと、赤黄色く熟しきったトマト、形のわるいきゅうり、さくらんぼなどを、籠からとり出してひろげる家族連れ。

ひたすら、じいっと日光浴を続ける、中、老年の巨体の女たち。

紫がかるほど色白の、痩せ細った水着姿の若い母親が、これも透きとおるばかり白い痩せ細った男の子の手を引いて、波打際にすくんでいる。

海岸一帯は拡声機を使ってはいけないらしい。浜を埋めつくしている人たちのあげる肉声は、発せられればすぐ広い高い天空と海に吸いこまれてしまって、耳に栓をかっているような奇妙な静けさだ。

竹内さんが、パンツ姿、頭に真黄色のタオルをターバンのごとく巻いて、ホテルの玄関から出てきた。アラブ石油王おしのびの海水浴姿のよう。もう一度、黒海に足をつけている写真を撮った。

海岸通りの公園にはゴルキーの銅像があった。ルパシカを着たゴルキーは、左腕にマント、右手で帽子を摑み、長髪を風になびかせて立ちどまっている。男前だ。

私「チェホフの家にゴルキーの写真が何枚もあったけど、ゴルキーはチェホフの家に遊びに行くほどチェホフが好きだったのかしら」

主人「チェホフは好かれていたらしいな」

私「トルストイが訪ねてきた写真もあったよ。トルストイにも好かれていたのかしら」

主人「チェホフは誰にも好かれたらしいなあ」

竹内「武田みたいだな。え？　皆に好かれて」

主人「…………」

私「チェホフの方が上品だ」

ゴルキーの銅像の前で、竹内さんと主人の記念写真を撮った。

ホテルの売店で。

チェホフのバッジ二個、ヤルタのバッジ四個、チェホフの写真が貼りつけてある白樺の壁掛、を買った。

バッジばかり買っている。

前十一時、マイクロバスとボルガに分乗、ホテルを発つ。

坂を歩いている松葉杖の婦人、小児麻痺らしい少女、戦傷者らしい片腕の男、義肢の男を見た。

ヤルタの海は右手はるか下になった。緑のこんもりした岬を指して、マイクロバスの運転手が話しだす。

――三頭の熊が、棄てられた小さな女の子を育てていた。娘に成長しても仲よく暮していたが、或る日、人間の青年に出会った娘は、熊のもとから青年と逃げ出し、この海岸から船に乗った。追いかけてきた熊は海の水を飲み干して娘を取り戻そうとした。神様がいいきかせると、二頭の熊はやめたが、一頭だけは、どうしてもあきらめず、いうことをきかないで海水を飲みつづけているから、神様は怒って山に変えてしまった。あの岬がそれだ。

見晴らしのいい草むらの前でバスを停め「ここから見ると熊の形に見える」と運転手は皆を降ろす。

この峠を越えてヤルタに来たときは夜だった。海岸と町の灯だけが見えていた。帰るいま、白昼だ。大快晴。濃い紺青の黒海はキラキラと眩しい。峠の道には真盛りのえにしだの花が続いている。草むらはうす桃色の大輪の野生のばらに囲まれ、ばら香水の匂いがこもっている。

そういわれれば、口を海面につけ、お尻を高くして、水を飲み干そうと一心な熊の姿に似ている。でも、それほどは似ていない。

「こないな暑い土地に熊がおったんかいな。えらいこっちゃ。たいしたもんや、この国は」

銭高老人は熊の岬をちょっと見ただけでバスの中に入ってしまった。

峠の頂上で運転手はまた車を停めた。

「ここからも熊山がよく見える。ここから見ると、いちばんよく似ているのだ」と言う。皆、また見る。

そういわれれば、さっき草むらから見た熊より、口のあたりにしわがあり、お尻のあたりにかがみ込んだたるみのような影が出来ている。

峠道では交通取締りをやっていた。トラックが停められて調べられていた。道の測量もやっていた。女の測量技師は、海岸で日光浴をしていた女たちと同様に、サングラスをかけ、白い三角の鼻カバーをはめていた。男たちは鼻カバーをしていなかった。

しばらく走ると運転手はまた車を停めた。

「ここからも熊山が見える。熊山はこれからあとはもう見えない。ここが最後だ」と言った。誰も見ようとしなかった。

白い石垣の続くアカシヤ並木の下を、自動式の車椅子を操って、オレンジ色の服の老婦人がのろのろと行く。すぐあとを白い犬がついて行く。犬は植込みがあると中に入ってとびまわり、蝶々にじゃれたり、草を嚙んだりして遊び、また車椅子を追いかけ、寄り添ってついて行く。

踏切りで停まる。モスクワからきた汽車が通る。線路に沿って、野生の赤いけしがどこまでも咲いている。

シンフェローポリ空港への矢印を左折。

昼食（空港食堂にて）
○パン
○ボルシチ
○牛肉ステーキ
○トマト、ねぎ、卵のサラダ
○アイスクリーム
二人の軍人が食事をしている。ひそひそと言葉を交しながら肯き合っている。美貌だ。皇帝の密使という雰囲気だ。人待ち顔をしている若い男。そこへやってきたのは男だ。やってきた男は席につくなり、食卓の上の若い男の手に手をかぶせて、そのまま話したり、食事の注文をしたりしている。同性愛なんだ、きっと——。まぜてもらえない私は眺めている。

陽にたっぷりとあたりすぎ、遊びすぎ、眠りすぎた家族連れ。老婆も子供も母親も父親も、気抜けしてぼんやりと食事をしている。天井のまんなかに吊り下った大きな黒いプロペラ扇風機がのろりのろりとまわって、生ぬるい風がくる。待合室の窓からビールの立飲みの行列が見える。買ってきてくれと主人が言う。

ジョッキ一杯十八カペイク。行列につく。五人ばかり前の老人はフラスコ形の細長い口をした硝子瓶を持参している。それに入れてくれといっている。ビールが三分の一も入らないうちに、あとは泡ばかり細長い口までつまってしまう。老人は〈この泡はいらない。ビールだけを入れてくれ〉と文句を言っているらしい。売り子の男は、泡が一つつぶれると、ひとたらしつぎ足し、また泡がつぶれるのを待っている。老人も行列している男たちも、それをみつめて辛抱づよい。出発時間がきたのであきらめる。

后三時、飛びたつ。

機内は、ヤルタで陽やけした家族連ればかり。

ぶよぶよに熟したトマトをボール箱にいっぱい。きゅうりをビニール網袋にいっぱい。さくらんぼを網袋にいっぱい。網棚にはヤルタの土産ものがのっている。電気医療器具ものっている。萎れた百合の花、ばらの花の小さな束を大切そうに持っている。

后五時半、レニングラード空港着。

涼しい。涼しいのではなく寒い。ヤルタ帰りの家族連れは、セーターを着込んだり、コートを羽織ったりして飛行機から降り、急ぎ足で散って行ってしまった。柵にもたれて飛行機を見ている子供たちは、毛の外套を着ている。大人は毛のスーツ、レインコートをひっかけている。

はじめて空港らしい――地図や時間表が掲示されている空港にきた。

スポーツ団体らしい青年男女たちが、外国スポーツ選手団を見送っている。ばら、しゃくやくの小さな花束を一人ずつに渡し、抱き合っている。

私の隣りにロシア青年が腰を下ろした。長い白い指の大きな手をだらりと膝に置いて話しかけてくる。

「ムスメサン。アナタハ、ニホンノコトバデキマスカ」

「出来ますよ」

「アンナイショ、モッテマスカ」

この青年は、日本語を勉強している大学三年生で、インツーリストの係員であった。青年は山口さんと打合せしてから消え、またやってくる。

「アナタハ、コーヒーヲノムジカンガアリマス」

「ありがとう。コーヒーは飲まないで、ここに坐っております」

大学生は日本語を使ってみたいらしい。間を置いて、

「レニングラードハ、キノウモ、コンナテンキデアリマシタ。オトツイモ、コンナテンキデアリマシタ」と言った。

大型バスに乗り込むと、大学生はまたきて、

「シンパイアリマセン」と言った。

ソビエツカヤホテル。

新築高層のホテル。部屋がきまるまで長いこと待たされた。

昇降機はなかなか来ないからいつも満員になってしまう。濃い化粧の若い娘が運転している。その娘だけ椅子に腰かけている。

一〇一六号室。十階。

部屋の南側は大きな一枚硝子の窓。把手を持って、二人がかりでやっと開けたら、すさまじい風が吹き込み、はるか下の電車通りの音が上ってきた。

夕食（ホテル食堂）

ダンスホールを囲んだ食卓。食卓は満席。ダンスがはじまっていた。楽団の演奏は間のびがしていて、行進曲を吹奏しているようだ。でも、実に楽しそうに踊っている。

主人はコニャック、私はぶどう酒を飲んだ。

黒の袖無しワンピース、つり鐘形に肥えた、アメリカ人らしい老婆が、左手を腰にあて、

右手に緋色のスカーフをかざして、ゆーらゆらゆーらゆら踊り出てくる。カルメンみたいに花までくわえている。歓声があがる。老婆は酔払っていて、一人浮かれてゆーらゆらゆーらゆら踊りまくっている。

「いいなあ」酔いを発している主人は鼻がつまったような声を出した。

柔道試合のように、主人と私は踊る。踊りながら主人は何度も訊く。

「やい、ポチ。旅行は嬉しいか。面白いか」

「普通ぐらい」

ホールを横切って、ロシア人らしい青年がくる。セニョリータなんとかと言う。（あたしのことを美人だなあと思ったからやってきたのだ。いい気持だ）はいはい、と私は踊った。

ロシア青年は眼を輝かせて「ベトナム？」と囁く。吊し上って踊る私は「ニェット。ヤポンカ」と答える。青年は少しすると、また、ベトナム人だろうと念を押す。ベトナム人でも中国人でも、私はかまわないのだ。うん、ベトナム人だよ、と言ってやりたい。でも「ベトナム？」と寄ってくる人たちの顔つきは特別なのだ。尊敬しているというか、いたわるというか、そういう眼差しなのだ。うん、そうだよ。などと言っては、まるでサギではないか。青年は踊る間「ベトナムだろう」「ベトナム人は大へん小さい。あなたも大へん小さい」と言い続けていたが、だんだん判ってきたのだろう。踊り終ると、つまらなそうに戻っていった。

「この辺のもの、まだ残っているから食べたい」と私が言うのに、また踊ろう、と主人は肘を摑んでひっぱる。なぜ、こんなに踊りたがるかというと、自分だけはすっかり酔払ってしまっているからだ。

「百合子。面白いなあ。面白いと思うか。楽しいか」

「普通だよ」

私はぶどう酒をちょっと飲んだだけだ。料理だって、ちょっとしか食べていない。竹内さんは、踊らず、ひと言も話をせず、全くつまらなそうな顔で、パイプをふかしている。

上機嫌で燥ぐ主人が、何曲目か踊っているとき、ホールのまんなかで突然動かなくなった。「帰る」と棒立ちのまま元気なく言う。

「うんこしたい。うんこが出るう」と大きな震え声で訴えだす。コニャックを飲んで、体をくにゃくにゃさせたからだ。二人だけ先に失礼する、と竹内さんに耳打ちすると「俺も帰る」と、竹内さんも席を立った。

主人は床に入ると、すぐ眠ってしまった。

「レニングラードは白夜なんだなあ。ぼくは眠れないのが困るなあ」竹内さんは眠っている主人を見ながらそんなことを呟いていた。

ほんとに白夜だ。顔は眠くなっているのに、内臓が眠たくならない。ずっと起きていた。

六月二十五日

寝過す、九時の朝食に遅れる。

「いつまで経っても食堂にこないから」と、三杉さんがよびにきてくれる。時計が三十分遅れていた。九時四十分に食堂へ。「時計が三十分遅れていました」皆、食べ終って席をたつところだった。黙々としている。

銭高老人だけ、この遅刻の話が、おかしいらしい。ひとりで喜んでいる。

「はっはーん。こりゃ愉快じゃ。あーあっ、おもしろ。あーあっ、おもしろ」

○パン

○サラミ

○オムレツ（卵だけ）

○コーヒー

十時にバスに乗るので、いそいでのみこむ。

「声をかけてやりゃ、よかったなあ」竹内さんは坐って待っていてくれる。

十時過ぎ、バスは出発。

リーザというような名前のガイドは日本語を使う。青灰色のアイシャドウ、まつげを濃く塗っている。つやのある脂っぽい金髪をひっつめて結び、スーツをかっちりと着こなしている。服にも化粧にも神経が細かく行き届いていて、ロシア女のどこか古めかしくゆったりとした感じはない。アメリカ映画に出てくる、小金も貯めこんだ老練の女秘書風だ。客の扱いも運転手への交渉も手馴れている。

橋も家も道も、すべて石と煉瓦で出来ている町だ。うす曇っている。風があって寒いらしい。歩いている人は少ない。花売りの老婆が抱えているのは、うす紫の花である。

バスはネバ河畔に停まる。そこはエルミタージュ（冬宮）の裏口だった。河に浮ぶ島を指して、ガイドが話す。

あれが、うさぎ（？）の島。

あれが要塞の島、牢の島。ドストエフスキーもゴルキーも入れられました。

ワシリエフスキー島の高い塔には金色の海軍の錨の印がついている。レニングラードは港町なのだ。

ねぎ坊主形の金色の屋根が曇天にいくつも浮んでいる。やがて雲間から太陽が出ると、ねぎ坊主屋根という屋根は、黒ずんだ黄金色のまま、どの屋根もこってりと憂うつそうに輝き出した。どこかで鐘がなったから仕方がない、それを合図にいっせいに光ってやっているのだぞ、という感じだった。河畔には七台ほど観光バスが停まっていて、人々は降りて私たちと同じ方角を眺めていた。

ガイドは流暢な癖のない日本語で、要領よく説明する。

レニングラードは学生の町、学校の町、文化の都である。工業、文化、科学の中心地である。一七〇三年、ピョートル大帝が町を造りはじめ、セント・ペテルスブルグとよばれ、首都となった。いま、ソ連で一番盛んなものは、夜間学校と通信教育である。昼働いて夜勉強する人が多い。医科大学も何十とか（聞いていたのだが忘れた）あり、世界的に有名な何とか（聞いていたのだが忘れた）先生もここの大学にいる。また、もう一人世界的に有名な何とか先生は、ここの大学の出身である。学生の寮の家賃は一ルーブリ五十カペイクである。（ぶどう酒一本の値段なので感心した）学者も三十万人も住んでいる。以上。

学者が三十万人だって？　三万人の間違いではなかろうか。気持わるい。そんなにたくさん学者がいるなんて気持わるい。ガイドは常にモスクワと比べてレニングラードを自慢した。モスクワは田舎であり、粗野であり、伝統のある文化がない、モスクワ住民は田舎っぺ、という調子で話した。成上り者を軽蔑している口調であった。レニングラードは京都のようなところで、モスクワは東京であるらしい。あまり引き合いに出しては仄めかすので、私はまだ見ぬモスクワが鷹揚な面白いところであるような気がしてきた。

◎デカブリスト広場

ロシア革命のもととなった反乱は、十二月にこの町から起った。デカブリストというのは「十二月の人」という意味なのだそうだ。そんなこと、まるで知らなかった。

この町を造ったピョートル大帝の銅像がある。ピョートル大帝はマントをひるがえし、楠木正成のように馬に乗っている。灰色の雲の浮んだ前方の空へ向って、馬は前肢を高く揚げ、後肢で長々とした大蛇を踏んでいる。蛇は踏まれて苦しいから、うねっている。私はこの銅像が気に入った。植込みいちめんに咲いているけしの花。濃いオレンジ色の大輪のけしの花は、真黒いあざのような花芯をみせて開ききっている。毛の靴下をはき、毛糸の帽子をかぶって遊んでいる子供。私たちも寒くて重ね着をしている。街灯の電球を替えている老人を見上げていたら「……‼」ロシア語の罵声がした。公園の管理係らしい中年女が仁王立ちになっている。彼女がにらみつけている方角の芝生の中を、短距離走者のように横切って主人が必死に逃げて行く。柵をとび越して向うの道へ逃げきった。

広場の南の聖イサク寺院の大きな太い石柱には、この町が包囲されたとき、ドイツ軍が撃ちこんだ弾のあとがいくつもあった。

ニコライ一世の銅像のある広場で、ガイドはレニングラード攻防戦の話をした。

――第二次大戦では、ドイツ軍から包囲封鎖されること、九百日に及んだ。鉄道は断ちきられ、食糧は底をついた。モスクワに援けを求めたが、モスクワからは、自分たちの力で戦ってくれ、とだけ返事がきた。六十三万人が餓死した。戦死した者を合わせると百万人となった。三千のビルディングが全壊、七千のビルディングが損傷、町の七十五パーセントが破壊された。戦争が終ってから、昔どおりの古い型の建物に復元した。元ドイツ大使館はセミコンダクタ（何だか知らない）になっている。よく戦ったこの町の名誉を記念して、レーニンの名前をもらってレニングラードという町になったのです。レニングラード封鎖の話は熱をおびる。彼女の父親、母親、伯父の話などもする。モスクワから見放された件《くだ》りでは、ドイツも憎いが、モスクワのやつにも恨みがあるという話しぶりだった。

トロリーバスの乗車賃は四カペイク。バスは五カペイク。タクシーは一キロ十カペイク。地下鉄五カペイク。これをきいておけば大丈夫。忘れないうちに書いておく。

◎宮殿広場

エルミタージュというのは、フランス語なのだそうだ。日本語だと、隠居所、ということなのだそうだ。

午後からここへ入るので、いまは広場から緑色と白の冬宮を眺めている。すべての窓の上には、一つずつ獅子の顔。その獅子の表情は、がっと口を開けたり、つぐんだり、憂愁の思いにとらわれていたり、泣きそうであったり、一頭ずつちがうのだ。人獣の顔らしい。顔がくたびれるばかり仰向いて私は見惚れた。

広場をへだてた向いの建物は、昔、参謀司令部、いまは事務所。

――こっちの方(事務所の方)から銃を持ってエルミタージュに攻め入りました。ケレンスキーはアメリカの車(?)に乗り、アメリカの看護婦に化けて、アメリカに逃げました。いまも生きています。

いまも生きている、というところで、皆はごく親しかった昔の知合の思いがけない消息をきかされたごとく、びっくりして、ざわめきはじめた。私と銭高老人はびっくりしなかった。

「するともう、しわしわのおじいさんですわなあ」

「もう生きてたかて、何もでけしまへんで。捕まえまへんのやろ」

すると銭高老人はおもむろに肯き、

「そういうこっちゃ、この国は。えらい国でっせ。わし、前から知っとった。よう知っとった」と言った。

◎ピョートル大帝の小さな家

公園の中の「ピョートル大帝の小さな家」と名付けられている小さな家の前で、ガイドは、ピョートル大帝の話をする。

――ピョートル大帝は、皇帝大工とよばれるほど、家を造るのが好きで、うまかった。ピョートル大帝は二メートル四センチも背丈があった。

この町の人たちはピョートル大帝が好きらしい。彼女はピョートル大帝の話をするときには子供っぽくなる。

◎有名なバレリーナが、王様に気に入られて家をもらった――というその家の前をバスが通る。

昔、美しい女は、すぐ王様から家をもらったりしたらしい。家といっても御殿のようなものを。美しい女ばかりでなく、気に入った男にも、王様はすぐ家をくれたがったらしい。王様は気紛れだから、家でなく、銅像をくれたがるときもあったらしい。銅像の方をくれられてしまった人はつまらなかったろう。

◎スモールニー寺院

バスの中から見る。昔は修道院であった。スモールニーというのは樹脂という意味。

松やに寺ということかな。
◎血の流れた場所に建つ教会、という名前の教会堂
　血の流れた場所、というのは暗殺のことらしい。
◎芸術広場
　上野の森のようなところ。バレーや音楽会など催される。バスから降りて、ちょっと眺めて、またバスに乗った。
◎ネフスキー通り
　レニングラードの銀座。ここには十八世紀から二十世紀までの建物が並んでいて、その建物を見物するのが面白いのです、とガイドは言った。バスの窓から見た。

　部屋は、すっかり掃除されていた。洋服は洋服ダンスに、トランクはトランク棚に、ちり紙、インク、ボールペン、原稿用紙、ワカマツ錠、フォーク、肥後守などは、机のひき出しへ、きちんとしまわれてある。スリッパはスリッパ置きに。

　どこに何があるのか、一々探さなくてはわからないほど整頓してくれてある。お前たちは間違っておる。このようなものは、ここに置くべきである、と教え訓されているような整頓ぶりだった。私たちは寝台の使い方も、まるで間違っていたらしく、訂正してくれてあった。

昼食（ホテル食堂）
○とりのコロッケ（じゃがいも、キャベツ添え）
○ピロシキ（大きい。出来たてで熱い）
○コンソメスープ（大カップ一杯）
午後、エルミタージュの見物。

入場料は三十カペイク。

——ルーブル博物館と並んで世界最大の博物館です。五つの建物が廊下でつながれていて、ゆっくり見ていたら一週間はかかります。ゆっくり見ない。立ち止まって見ない。皆一緒になって迷わず歩き続けて下さい。

三百も陳列室があるのだそうだ。

私が覚えているものを書いておく。
◎孔雀石を細かく切ってモザイクした大きな飾り壺。それは人をいくたりも詰め込めそうだ。エメラルド色にもコバルト色にも光るその壺は、ずい分たくさん作ってしまったらしく、どの陳列室にも、どおんと置いてある。たいしたものではありませんのです、という風に部屋に入るたびに、どおんと置いてある。
◎扉の立派なのがあった。巨大な仏壇のような扉。その扉の飾りをめくったら、またその奥に扉がありそうな扉だった。
◎いるかと子供が、さも親しそうにしている彫刻
◎ピョートル大帝が使っていた事務机の大きいこと‼
「この机は立ったまま、お使いになったのですか」

「もちろん、椅子に腰かけて使いました。なにしろ、ピョートル大帝は二メートル四センチの背の高さでしたから」ガイドは答える。馬みたいに大きな机だった。
◎ピョートル大帝の機織り台
ピョートル大帝は、自分で布を織り、服を縫った。その服も、ピョートル大帝の裁縫箱とミシンもあった。
◎ピョートル大帝のテーブル
笛を吹いている天使と人間がこねこねに絡み合っている金色の彫刻が四本の脚にしてある。しゃがんで覗いたら、テーブルの裏にも天使と人間が絡み合っている。

立ち止まらず、ゆっくりしなかったら、予定よりずっと早く出口にきてしまった。迎えのバスは来ていない。ネバ河畔に佇って待つ。河の風は寒い。ドストエフスキーが入れられていたという要塞島の方を、ぼんやりと眺めている。

エルミタージュを出てきた労働者風の中年男が寄ってくる。

「日本人？」

「日本人」と主人が言う。

男は上衣の内ポケットから一枚の絵葉書をとり出す。くれようとする。引き退がる主人の胸に押しつけ、ちょっと手を振り、エルミタージュから吐き出されてくる見物人たちに混っていなくなった。

セピア色に変色した明治時代の上野停車場の写真絵葉書だった。駅をめざして人が集まってきているところ。女たちは日本髪を結い、羽織、肩掛をしている。人力車に乗った女もいる。男たちは、はかま、二重まわしなど着て、ステッキをついたりしている。大きな信玄袋やバスケットを提げている。ほとんどの男は中折帽子をかぶっている。何となく、烏賊のような軟体動物が続々と集合している異様な光景だ。裏を返すと、鉛筆で子供のいたずら書がしてあった。

六時、夕食（ホテル食堂）
○パン
○鮭の燻製
○白身の魚バター焼
○ビール（ロシアのビール。飲まなくても飲んでも同じようなビール）

バレー見物へ。

服を着替えた。男たちはネクタイをした。予約してあるタクシーはなかなか来なかった。劇場まで三人ずつ分乗した。二百二十九カペイクだった。二百三十カペイクとチップ代十カペイクを出した。

劇場前のバス停留所にはバスを待つ行列。私が通り過ぎるとき、行列の中の男が、ゆらりと仰向けに倒れた。うしろの人がたすけ起したが、蒼白な顔、うつろな眼付でぐったりしている。ウオツカの匂いがした。

バレーを観にきているのは、ほとんどが外国人の観光客らしい。成人式の振袖みたいな白っぽい和服に帯を背負った若い日本の女が二人、手を口にあててくすくす笑いをしながら、前かがみで小走りにきて席に着いた。猥褻。ネグリジェの女二人が紛れこんでいる。

レニングラード白夜祭番組（色々な踊りのサワリだけをやるらしい）

㈠レニングラード攻防戦

幕があがると、ターザンのごとき男が出て踊りまくり、次にナチスの兵隊が出てきて踊りまくるのであった。私のうしろの大男（アメリカ人らしい）は、もう眠っている。いびきをかくから、つれの男が気にして起しているが起きない。

㈡ショパンの曲で踊る

デコレーションケーキのような踊り。白人の踊子は、ほんとに色が白い。切っても切っても白いという白さ。

㈢スペイン風物詩

フラメンコを踊る。ロシア人はスペインの踊りを踊るのが好きらしいが、体格がよすぎて似合わない。ことに男の体格がよすぎる。体温の高い感じがしない。ナマケものが熱狂しているようにみえない。色気がない。よく練習した体操を見ているようだ。日劇「春の踊り」や「夏の踊り」の県洋二振付のスペイン踊りの方が私はずっと好きだ。

㈠も㈡も㈢もよくない。一流や二流は外国興行に出かけていて、留守番の踊り子が踊ってみせているらしい。ソンした。

はねたのは、后十時半だった。外は明るいうす浅葱の空。「地下鉄に乗ってみますか」と、山口さんが言った。

轟音をたてて、深い地の底へ、ひたすら吸い込まれるように急降下するエスカレーター。二人並べる幅のエスカレーターの右側に一列に並んで下って行く。左側はあけておくのだ。急いでいる人が、急降下するエスカレーターの左側を駈け下りて行く。ロシアにも急ぐ人がいる。四つ目の大理石で出来ている駅で乗り換え、次のブリツカヤ駅で降りた。

地上は、かすかに赤い夕焼がしていた。人は不思議なほど、まばらだった。銭高老人のために、タクシーはないかと訊ねたら、駅員は「ホテルは見えているではないか。歩いて行く方が早い」と、夕焼の空に一つだけ四角くそびえているホテルを指した。

緑の濃い木蔭には、かならずベンチがあった。椅子に腰かけている人の銅像の下で、二人の老婆が、話に熱中している。バイオリンケースを抱えた少女と青年があいびきしている。

こころもち弓なりに運河にかかる橋を、水兵がギターを弾きながら、少女二人、若者一人とつれ立って渡って行く。

寝る前、髪をとかしていると、山口さんが集金に来た。明日、ネバ河で乗る水中翼船の船賃一ドル五十セントを預ける。

十二時、空は、うす浅葱色から青色に変った。南いちめんの大窓の右端に見える煙突の上に大きな月がかかった。黄金色の月。半月より日が経っていびつにふくらんでいる。サマルカンドの夕方、沼のほとりでは、よくよく眼を凝らさないとわからないほどの、うすい白い新月だったのに。

六月二十六日　晴　昨日より暖かし

朝食の前に洗濯。

食堂の扉に大きな古めかしい錠前がおりている。開くまで待つ。

「この国は大きな錠前の好きな国でんな。どこへ行ってもごっつい錠前がかかっとる。門でも店の扉でも全部や。わし、散歩しとってよう知っとりますんや。それにしても、何で外からかけますんやろ。何もならしまへんがな。たいした国じゃ、ロッシャは」銭高老人は皆に意見を述べた。

○パン（クロワッサンに砂糖がかかっていて、中にジャムが入っている。おいしい。このほかに、白パン、黒パンも出ている）

○ゆで卵二個

○グレープフルーツジュース（コップに半杯。しぼったままのもの。澱んで濃い）

○紅茶

今朝は銭高老人の隣りだった。銭高老人と話をしながら食事をした。

老人は煙草吸いだ。一時間までが吸わないでいられる限度だ。それ以上は我慢できない。ロシアに来てから、煙草で一日に三、四回は叱られている。昨夜も地下鉄の構内で煙草に火をつけていると、お巡りさんに叱られた。叱られても何をしたので叱られたのか、すぐには判らず、煙草を吸いながらキョトンとしていると、親切な警官は隅の方を指し、煙草をあそこに捨てろ、と教えてくれた。今朝は食堂へくるとき、昇降機の中で吸って、運転係の女に叱られた。

「銭高さんは、大阪では誰からも叱られないで暮しておられるんでしょうね。ロシアに来てから毎日叱られ通しね」

「ほんま。あなたのおっしゃる通り。わし、大阪におったら、誰も何も言わんがな。この国に来て、ほんまのこと言われて叱られ通しやがな。あっはあ、おもしろ。あーあッ、おもしろ」

いつものように今朝も早く老人は一人で散歩に出た。ホテルの玄関の植込みに敷いてある砂が光っていた。

「何じゃろ。どないなもん混ぜるんやろ。ちいとすくって持ち帰って調べてやろか思いましたんや。すくいとうて、すくいとうてな。不思議で。不思議で。わし、じいと我慢しましたがな。また叱られてもいかん思うて我慢しましたんや。やめましたんや」

今日はこれから船に乗る。水上は寒いといわれて、セーターをとりに部屋へ戻った。中年の女が掃除中だった。清掃用の薬剤、器具などをつっこんだバケツを持ってきている。太り返った女性は、踏台に乗って息使い荒く、天井近いところまで壁を拭いている。廊下では、廊下においてある椅子を、これも太った女が拭いている。椅子の背を拭い、片手で軽々とひっくり返し、裏、脚の一本一本に丁寧にから拭きをかけている。大切そうに。

売店（ドルショップ）で、アメリカ煙草三箱九〇セント。不足分は日本円で百円足した。

午前九時半、ペトロドヴァレツ（ピョートル大帝の夏の離宮）行。

ネバ河畔より、水中翼船に乗る。満員だ。ネバ河を西へ三十キロ、フィンランド湾へ向う。河幅は海のように広々としてくる。驚くほど増えてきた鷗は、鳴き交し、とびかい、黒々とした波に浮くブイにとまる。嘴を少し開いた横向きの鷗の顔は凶暴だ。ロシアの鷗はぽったりと肥えていて大きい。先ず羽をひろげてから急に力を抜いて、襲いかかるように船近く舞い下りてくるのを、船室の硝子越しに見上げている。灰色と白のぼかしの胸もとや羽のつけ根が、女の二の腕や脇の下を見せられたようで、はっとする。

船着き場にはピオニール（少年団）が群がっていた。

ピョートル大帝は、ここから宮殿の真下まで真直ぐに運河をひいた。たいした遠さではない宮殿まで歩くのがいやだから、自分だけ専用の小船に乗り換えてきたそうな。私たちは船着き場で船を降り、運河に沿って庭園を宮殿へ向って歩く。

ガイドが私の横に来たとき、さっき買ったアメリカ煙草を三箱差し出した。ガイドは表情を崩さず受けとると、一箱はポケットに、二箱は手提をあけて素早くしまい、口金をパチンとしめた。

彼女は煙草好きである。

バスに乗り込むと一服。食事のとき一服。すぐ火をつけて何本もたてつづけにふかす。バスの添乗員席から斜めに空を見上げながら、煙の輪を作り、輪の中へ勢いよく煙をふき入れる。食事の席で、ロシア煙草でない煙草を吸っている者があると「一本頂けませんか」と言った。そして、うまそうに何本か吸った。男は「お持ち下さい」と、たいてい言った。彼女は「すみませんね」と、するりと手提に入れ、パチンと口金の音をたててしまう。そして自分のロシア煙草を出して吸った。家に帰ってから、ゆっくりと吸うのかもしれない。彼女の煙草のねだり方は悪びれていないから、私は好きだ。

ガイドは煙草をしまうと、

「私の日本語は、皆さんにわかるでしょうか」と、いつもとちがう気弱な調子で訊く。

「あなたの日本語は、ほんとにきれいな標準語です。あたしの言葉より、ずっときれいです。あたしたちは自分では標準語を話しているつもりでも、どこかにクセがありますから。標準語というのを話している日本人は少ないでしょ」

彼女は満足そうに肯くと、すました顔をして足早に離れた。

パリが憧れであったピョートル大帝は、ヴェルサイユ宮殿に似たものを造りたかったらしい。そう思ったら、思ったとおり、何でも造ってしまった。八百ヘクタールの庭には、二百の彫像と百二十五の噴水がある。この巨《おお》きな人は、全部自分で設計し、四十年かかって造りあげた。

宮殿の正面中央にあるアンサンブル噴水。天使。若い男。少年。いるかと少年。鯱《しゃち》と遊ぶ少年。亀に似た怪獣を従えて龍にまたがった勇士。ギリシア神話に出てくる神様。獣と人がからみ合ったり、闘ったり、戯れたりしている姿。ライオン。壺。運河の終点である宮殿の真下の広々とした池のまわりや、宮殿への階段に、それらの彫像は全部金色に鈍く光って、午前十一時の噴水開始時間を待っている。

私たちは噴水が見渡せる、石造りのあずまやに腰を下ろして待つ。写真屋もやってきて、大きなパラソルを開いて店拵えをしている。

十一時、宮殿の拡声機から「妙なるメロディー」という感じの音楽が、あまりいい音ではなく流れ出てくる。芝生にねころんでいた人たちも、遠くの噴水を見に行っていた人たちも、池のまわりや展望台にざわざわと押し寄せてくる。やがて、金色の魚の口から、金色の人の差しのべる手の指の先から頭から、金色の蛇の口から、水が湧き、だんだんと噴き上り、水音が立ち、アンサンブル噴水のすべての彫像が金色と水で輝きわたる。

噴水は高く、低く、烈しく、よわく、噴き上る。空に向って弓なりにゆるやかに水を投げかける噴水。透きとおった大きなばらのように渦巻いて湧きこぼれる噴水。金の壺からも水がこぼれている。

私の腰かけているあずまやの屋根についている金の飾りも噴水だった。そこからも水はあがって屋根を濡らして落ちてきた。

樫の林。白樺の林。黄色い花をつけている林の下草。木下蔭には蛾も虫もいない。ピョートル大帝が自分で植えた菩提樹は百五十年経っている。

クローバ、三色すみれ、野花菖蒲、赤いけしの花が咲く、りんごの木に囲まれた小さな家。大宮殿を建てることが好きなピョートル大帝は、ときどき、気が変ると、急にサンルーム風の小さな家を造り、そこで暮してみたりしたのだ。

海の見える木蔭の銅像はネプチューン（海の神）。ネプチューンは、しょぼしょぼした顔をしている。

――このネプチューンの顔をごらん下さい。神様のような強い偉い顔には見えないでしょう。何故かといえば、ピョートルはこの宮殿を建てるにあたって寄附をたくさんした大商人の顔をモデルにしたからです。

大枚の寄附をしてくれた礼代りに、大商人を海の神にしたてて嬉しがらせてやったのだ。私も王様だったら、そうするだろう。

アンサンブル噴水のほかにも、噴水狂のピョートル大帝は、考えついた噴水を造りに造った。仕掛噴水もある。
◎一本のほんものの木そっくりの噴水。その下を歩くと木の枝先、葉の先から水が噴き出した。
◎茸の形のあずまやがある。そこに入って休んでいると、軒から雨のように水が噴いて出られなくなった。
◎石を敷いた小径を歩く。その中のある石を踏むと、水が噴き上ってセーターまで濡れた。
ピョートル大帝は、ことのほか、この石の噴水が気に入っていて、外国の使節を招待しては、石の径を歩かせ、びしょ濡れにしてびっくりさせた。

――「ピョートルのびっくり噴水」とよんでいます。

噴水の絵葉書を買った。このほかの面白い噴水も、みんな絵葉書にある。それを見ればよくわかる。絵葉書みたいにはうまく書けない。

庭を歩いていて、いい匂いがしているのは、リラの木がたくさんあるからだった。陽が射してくると北の海辺の庭園も暑くなってきた。銭高老人が腰にぶら下げている万歩計は、この王宮の庭の中だけで二万五千歩も歩いていることになっていた。

王宮の陸路の門から出て、帰りはバスに乗った。

限りなく続く田園、大きな農家がときどき見えた。別荘として使っている家もあるという。眠くなる。

五十分ほどでレニングラードの町に入った。町には、寒天色の綿のようなものが舞っている。どんよりと垂れこめている。どんよりと漂っている。道の隅、建物の陰には、ふんわりと、いくつもの毬となってたまっている。ポプラの花が終り、綿毛をつけた種子となって散っている季節であるそうな。

「わし、今朝散歩しとって、この近くに紡績工場でもあるんかいなと思とったんじゃ」と、銭高老人は言った。

ホテルの玄関にも広いロビーにも、ポプラの綿毛は舞ってきていた。十階の部屋の窓をあけると、入ってきた。

昼食(ホテル食堂)

○パン

○じゃがいもにハヤシライスのハヤシがかかっているもの

○サラダ（海老が入っていた）
○ボルシチ
○桃のジュース
竹内さんは午後からの見物を休んだ。

午後の見物
◎聖イサク寺院
　四十年もかかって造ったそうな。塔の先の十字架までの高さ、百二メートル。見上げると気が遠くなってくるドーム。

　暗い地の底にいる、目のないみみずか三葉虫なんぞのように、私たちは、ひょろひょろ、ひょろひょろ、と、光りの届かない暗いお堂の床を頼りなく歩きまわって出てきた。怖いところだ。もう来なくていい。
◎革命戦士の墓。リラの花盛り
◎博物館
　聖者拷問のさまざまな絵。聖者の胃袋まで丁寧に描いてあった。ほかの陳列物はよく見なかった。何度もベトナム人かと問われた。

「昨夜のバレーはどうでしたか」ガイドが添乗員席から問いかける。一同は口ごもっていた。誰かが申訳なさそうに「二番目のショパンのがよかった。いちばんはじめのレニングラード攻防戦のは、どうも……」と答えた。

「ああ。あれは難しいですからね」あごをしゃくって彼女は煙草をふかす。

私は窓の外を眺めている。〈何言ってやがんだい。難しいだって？　あのぐらい簡単明瞭なよくない踊りはないや。踊りのよしあしぐらい、こっちにだってわからあ。ロシアのバレーばかりが踊りじゃないよ。歌舞伎の踊りも日劇ストリップも盆踊りも踊りだあ〉心の中で、そう言っている。

六時、夕食
○パン（おいしい菓子パンもついている）
○じゃがいもサラダ
○魚白身バター焼（じゃがいも添え）
○紅茶
○ミネラル水
白夜祭バレー見物、第二夜
七時、マルイテアトルへ。
タクシーは、竹内さん、主人、私が同乗。タクシー代、一ルーブリ三十カペイクとチップ代十カペイク。

十九世紀はじめに建った劇場。華やかで古めかしい。西洋映画で、貴婦人と芸術家または軍人との恋物語などのとき、こういうところが出てくる。

二階の売店で、主人は、一九七〇年（来年）の日めくりカレンダー（四十カペイク）、絵葉書（七十カペイク）を買った。

便所で手を洗っていると、若い女と中年の女が入ってくる。中年の女はやにわにスカートを胸までまくり上げ、くい込んでいるガードルを外し、どういうわけか、下穿きと靴下をはき替える。私の方を向いて、悠然とやっている。だから私も、蛙みたいな下腹をすっかり見た。

私たちの周囲は、外国人観光客席らしかった。ロシア語は聞えてこない。英語・ドイツ語らしい話声が聞えてくる。若い娘たちは軽装だが、中年、老年の女たちは、白、水色、うす緑、赤、とりどりのワンピース。うすく透ける布やレースで出来ているそのワンピースの背中はうんと開いていて、首に巻いた乙姫様のひれのような共布を背に垂らしている。肘までの手袋をはめた老女。実に華やかだ。

主人が日めくりカレンダーを見せびらかすと、島さんと江口さんと三杉さんは、開幕前に急いで売店へ買いに行った。

シャンデリヤが暗くなる。

「バフチサライの泉」がはじまる。

王様（白人ではない。成吉思汗のような王様）と白人の美少女（ロシア人）と、王妃（白人ではない。色浅黒く黒髪）の三角関係の物語。

銭高老人のそばのアメリカ人らしい老婦人が、ときどき痰のからんだ咳をする。咳こみだすととまらない。水を打ったように静まり返ってしまった観客席に咳だけが遠慮がちにしばらく響く。咳がはじまるたびに、銭高老人は席から乗り出し、上半身をのび上らせ、首をまわして、周囲の人たちに顔を見せる。〈私が咳をしているのではないですぞ。これ、この通り。咳をしているのは、この隣りのおばはんですぞ〉という風に。

竹内さんは終始つまらなそうだった。休憩を待ちかねていて、問いただす。

「幕があがる前に、幕の前に大きな本を抱えて出てきた老人、あれは何者だね。本をめくって、手を頭の上にあげて、すぐひっ込んだろう。あのじいさんは白人だね。すると白人の美少女は孫なのかね。それにしちゃ、あのじいさんは、あれっきり出てこないな」

「あれは登場人物とは関係ないんだな。これから幕があがると、こういう物語がはじまりますよ、ということを言ってるわけだ。セレモニーの役だな」

「セレモニーか。しかし、この筋立てなら、あのセレモニーは必要ないと思うがね」

「おじいさんの抱えて出てきた大きな本ね。『バフチサライの泉』が書いてあるのね、きっと」

十一時に劇場を出た。タクシーは拾えず、ネフスキー通りまで歩き、地下鉄に乗り、工科大学駅で乗り換え、一つ目で降りた。地下鉄が好きになったら、明日はこの町を発ってモスクワへ行く。

ブリツカヤ駅に出ると、今日もうす赤く夕焼がしている。駅の前で大学生らしい二人の男が争っている。一人が手を振りあげて緩慢に殴ってかかると、一人は呆気ないほど、ふらりと倒れた。男が二人来てたすけ起し、まだ殴りかかり縺《もつ》れかかろうとする相手からひき離して、駅の構内へ連れ去った。人はまばらにしかいない。物音ひとつない。争う男たちも、とめに入った男たちも、声をあげず、足音もない。高速度撮影映画を見ているようだった。大学生二人は酒を飲んでいるらしかった。

遠くから揺れながら近づいてきて、すれちがって行く肉体労働者風の男たちは、ウオッカを飲んでいるらしく、顔が赤い。

水兵の多い町だ。水兵が公衆電話をかけている。水兵が女と別れている。水兵が女と歩いている。背に垂らした水兵襟の水色は、薄暮の遠くからでも、鮮やかに見える。

椅子に腰かけている人の銅像の下、昨日老婆二人がいたベンチに、若い男女五、六人がウオツカを飲んでいる。女は赤い顔をして声高に笑っている。若い男女が腰を抱き合って、足早に歩いて行く。その女の友達らしい少女は、女の隣りに並んで、三人でふざけながら歩いて行く。

市電は大へんな速力で、軌道から外れそうになって走る。

ホテルの裏手の入口に、プラチナブロンドの少女と、ジャンパーを着た少年がうろうろしていた。ホテルの中のダンスホールに何とかして紛れ込もうとしているらしい。ボーイが錠をあけ、私たちを入れたすきに少年と少女は滑りこむ。ボーイが見逃してやると、二人はダンスホールのある食堂の方へ駈けて行った。中庭へ通じる扉の外にも、ジャンパーをひっかけた少年少女が七、八人いた。ボーイの姿を見た少年たちは硝子を叩いてせがんだが、ボーイはそのまま通り過ぎた。外へも洩れているらしいホールの音楽に合わせて、中庭でゴーゴーを踊っている少年少女もいた。

月が赤く出た。洗濯して入浴して、午前二時になった。

ブリツカヤ駅を出て歩いているとき、竹内さんは「あのガイドはいやだな」と言った。「下司なところがあっていやだな」と言う。

こんなことがあった。あれも竹内さんには不愉快だったろう。彼女が同席した食事のとき、彼女は達者にしゃべり続けるうちに「竹内さんのようなえらい方は——」と、二度ほど言った。竹内さんは黙って笑っていた。ひとしきり、また彼女はしゃべって、終りの方で「――竹内さんはたいしたもんです」と言った。竹内さんは不機嫌な顔になった。

でも、彼女は仕事熱心である。今朝、スーツの襟に、こけしのブローチを飾ってきた。日本のこけしが二つ、金色の安全ピンにぶら下っている子供向きの安物のブローチは、彼女の洗練された出で立ちには、まるで似合わなかった。日本の観光客から貰ったブローチを、彼女は思いついて、私たちのためにしてきたのだろう。

しかし、そんなことなど、私は言わなかった。私は竹内さんが話すのを聞きながら、黙って歩いていた。私でない女のわる口を聞いているのが、いい気持だった。

六月二十七日
私の眼が覚めないうちに、雨がひとしきり降ったという。濡れている屋根と道。寒い。
九時、朝食
○パンとグレープフルーツジュース
○ソーセージバター焼
○紅茶
山口さんに立替えてもらっていた金を返した。

ヤルタで乗った船の不足金。レニングラードのビール、二十カペイク。ペトロドヴァレッの噴水絵葉書一組、四十カペイク。地図、十カペイク。

午後にはモスクワへ発つので、バス見物ない。竹内さんと主人と私は、山口さんの案内でネフスキー通りへ出る。通りにひらめいている赤旗は高校祭の赤旗なのだという。橋の欄干にもたちならぶ赤旗。この橋のたもとの四隅に、馬と若者を組み合わせた銅像がある。

この銅像の話を山口さんがした。

——みてごらんなさい。銅像は一つずつちがっているでしょう。はじめは同じものが四つたっていたんです。気紛れの王様は、外国の使節がくると、お前にこれをやる、と一つくれてしまう。そして同じものを作らせてのせる。別の外国使節がくる。丁度そのとき機嫌がいいと、王様はまたくれてしまう。そして、また同じものを作らせてのせる。銅像を作る人はイヤになってしまって、しまいにはまるでちがうのを作ってのせた。それで四組の馬と若者の銅像は、いまでは一組ずつちがったものがのっているのです。若者が馬から転がり落ちている銅像もあるのです。

若者が落馬している銅像の下で、私は大きな声で笑った。尻餅をついた若者の顔は向うむきで見えなかったが、とても痛そうな背中つきと腰つきをしている。写真を撮った。

橋の上にも、河面にも、公園にも、電車の軌道にも、ポプラの綿毛が浮遊している。くらげのような半透明のぷわぷわした綿毛は、空のずい分高みまで上っていっている。そして、そのまま漂っている。見つめていれば、ほんの少しずつ少しずつは、落下してもいる。ネフスキー通りに並ぶ石の建物も赤旗も、佇む人も歩く人も、寒天ゼリーを透かして見ているようだ。

「レニングラードでは、これを『夏の嵐』というんです」

開店時刻を待って、行列を作っている人たち。その店は食器や花瓶を売る店らしかった。街頭の切手屋で、主人は切手を三枚買った。十八カペイク。

百貨店に入ってみる。けげんな面持で男物の靴下を眺めていた竹内さんは、「中古かね？」と、ふだんより甲高い声で指さす。それは新品なのだが、日本製の靴下のように、土踏まずのところに金色のハンコも押してなければ、一足ずつきれいなつるつる紙をあてて綴じてもない。悪い洗剤の使用前使用後の見本みたいに、片方が二センチも小ぶりだ。「これは仕上げがしてないだけね。履くとのびるから同じ大きさになるわ」私が説明する。振り返ると、主人は二人の若い男に挾まれて、うっすら笑いを浮べて歩いてくる。「カイタイセイコー　買いたいソニー」「カイタイセイコー　買いたいソニー」男たちはかわるがわる同じ言葉をくり返していた。

歩いてくる軍人や女学生に、山口さんは道を訊ねる。軍人も女学生も首を振る。この近くにあるはずのプーシキンの家を誰も知らない。

雨が降ってくる。本屋に駈け込む。

絵本五冊、一ルーブリ七十カペイク。版画（童話の）一組、一ルーブリ二カペイク。

雨がやんだ。通りのベンチに坐ってみる。向いの歴史博物館の植込みに咲いているのはリラの花だ。「愉快だ」と竹内さんは言う。横浜から船に乗ってからの毎日のうちで、今日が一番嬉しそうにみえる。竹内さんは主人にも「愉快だな」「いい気分だな」と、顔を見て念を押す。私はベンチで話している二人を、前から写したり、うしろから写したりしていた。

タクシーの女運転手は「タクシーに乗るな。プーシキンの家は歩いて行くのが一番早い」と、山口さんに教えた。

運河に沿った石畳を歩いて行く。運河には小さな古い橋が、いくつもかかっている。橋の形も欄干の飾りも一つずつちがっている。どの橋も渡って触ってみたい。しかし、皆は立ち止まらないから、眺めて行く。

雨がまた降ってきた。濡れるほどの雨ではない。ひびわれたような石畳が、いつのまにか色濃くなって、脳味噌の皺のように見えてくる。向うから人が歩いてくると、山口さんは走り寄って訊ねる。プーシキンの家は知らないと、誰もが答える。

鳥打帽子をかぶり、レインコートを着た竹内さんは、赤いナップサックを左脇に抱えて右手を振り、右側を歩いたり、ふたふたと斜めに横切って、運河沿いの左側を歩いてみたりする。

「この道がいいねえ。雨が降ってきた、というのが、またいいじゃないか」

竹内さんは元歩兵で、歩くのは苦にならないのだ。

荷車を曳いた馬が中庭から出てきて、門の蔭で停まった。脚が太くて短い茶色の馬は、体のわりに顔がバカに大きくて、眼にかぶさってくる金色のふさふさした長いたてがみに、赤いリボンを結んでいる。主人は馬のそばに駈けていって、こっちを向いて姿勢を正した。写真を撮った。

手をかざして雨を避けながら、中年婦人が二人連れ立ってくる。山口さんは近寄って行く。

「プーシキンの家は十二番地だ。私たちは、いま行ってきたところだ。ここを真直ぐに行って右側。大へん混んでいる」

運河沿いの石畳通り、12と石壁に記してあるところ。中庭へぬけられる暗い入口には、小学生の団体が待っていた。明るい中庭にたくさんの花が咲いて、プーシキンの佇ち姿の小さな銅像があるのが見えた。一定人数だけ、それもごく小人数ずつ区切って家の中へ入れているらしい。外国人である私たちは、小学生たちより先に入ってしまった。

家の中はどこも暗かった。玄関も廊下も客間も食堂も、どの部屋も暗かった。食堂には真紅の水差しとコップが置いてあった。

三方の壁に書棚をめぐらし、まんなかにもう一つ書棚を置き、ヨの字形の書棚にぎっしりと本のつまっているプーシキンの書斎には、ヨの字の間に机が置かれ、チェホフの書斎と同様、机の上には、本だの紙だのペン皿だのがある。背もたれの大きい安楽椅子の前に、いま読みさして部屋を出たばかりのようにひろげられた本が一冊。もう一つの小さな机にも、ひろげられた本が一冊。花瓶に挿した真紅なばらがひらききって、がさりと花弁を落しそう。裸の人が佇って両手を頭に上げている形の燭台。夕陽が射しこんでいるような蜜色の灯がともっている。とろりとした書斎だ。

机と椅子の間を縫って、ヨの字形の書棚をヨの字形にまわって、天井に近いところの本も、床近くの本も、くわしく検分した竹内さんは、プーシキンの大きな机の前につったってぼんやりとしていたが、

「いいねえ。こういう書斎で仕事をしたらいいだろうなあ」と、うっとりとした声で言った。

あるじの留守に忍びこんでいるようで、うしろめたい気分がしてしまう私は、窓ぎわに

すくんだままでいる。窓からは中庭が見えた。でも見渡せるというほどには見えず、暗いところから、かいま見るという具合に、明るい中庭の様子が見えた。プーシキンは仕事がイヤになったとき、この窓から外を見ていただろうに。プーシキンの気持になることは出来なかったが、明智小五郎の気分になって、私は中庭をちょっと見ていた。

主人が写真を撮ってくれと言った。書棚を背景にして一枚撮ると「次は上着を脱いでいるところ」と言って、紺色の上着を脱ぎかける恰好をしたまま、写真機をみつめた。そのあと「竹内も撮ってやれ」と言った。「ぼくはここがいい」竹内さんは、わざわざ机の向うにまわって、机と一緒に撮った。

書斎を見終った二人が通り過ぎていってしまう、次のもっと暗い小部屋は、プーシキン夫人の部屋だった。刺繡の道具と、刺しかけの布をはったままの刺繡台を見ていると、蹲《うずくま》るように隅にいた老婆が立ってきて、小卓に立てかけてある、額に入った女の肖像に、スタンドの小さな灯を向ける。

「ジェナー（夫人）。ジェナー」

老婆は、私の耳に口を寄せ、口臭とともに囁いて、にっこりする。こわばった指をのばして、額をさも愛し気に撫でる。私もかがみこんで額の女の人をよく見た。美しい人だ。

「クラサービッツァ（美しい人）‼」

老婆の耳に囁き返す。すると老婆は〈そうなのだ。この人は美しいのだ。わかったかね〉そんな風に満足そうに肯いた。ほんとに、花の精かなんぞのようだ。クラサービッツァだけでは、ほめ方がまだ足りない。〈本当に美しい人〉と思っているよ、と老婆に伝えたい。覚えたありったけのロシア語の中から、こうつけ加えて、囁く。

「プラウダ（真実）ね。プラウダですね。プラウダのクラサービッツァ」

老婆は「スパシーバ。スパシーバ」と、くり返し、痰をごろごろさせて喜んだ。〈お前も撫でてもいい。特別に撫でさせてあげる。撫でてみるか〉と、額を私の手に持たせようとした。廊下のプーシキンの胸像の前には、見物人が置いたらしい白とクリーム色のばらが萎れていた。

署名帳に名前を書いた。また来ることがあるだろうか、そのときにはあの部屋番の老婆は死んでいるだろうな――名前を書く間、そんなことを思った。

プーシキンの家を出ると、急に激しく雨が降ってきた。肉屋の店先で雨宿りをした。

エルミタージュの裏口まできて、今日も河畔の石の柵にもたれて休んだ。ドストエフスキーが入っていた牢屋の島を眺めた。若い男がそばにきて、指先に煙草を一本立てて、「火をくれ」と竹内さんに素振りする。竹内さんは吸いかけの煙草をつき出す。一瞬、とまどった表情になって火を借りた男は、そのまま竹内さんと並んで煙草を吸っていたが、離れて行った。

「時計を買いたいときは『いま何時か』と訊きますね。ライターが欲しいときは『煙草の火をくれ』というんです」山口さんが言った。

電車、或いは地下鉄、或いはバスを使ってホテルまで帰るには、どういう風にしたらいいか――山口さんは通行人をつかまえては、持ってきたレニングラードの地図をひろげて訊いている。でも、このあたりを通りかかる人は、ロシア人の顔や姿をしていても、地元の人ではない。お上りさんは笑いながら、逆に質問したりする。

「私もレニングラードにきたばかりです。ここは、この地図のどの辺に出ているのでしょうか」

少年を連れた軍人が教えてくれた。軍人はロシア語で教えてから、

「ニホン人ですか。トウキョウにおりましたことがございました。コンニチワそしてサヨナラ」と挨拶して歩き去った。

革命戦士の墓がある公園まで歩いた。墓には「永遠の灯」というのが燃えていた。アイスクリームを買った。一個十九カペイク。

「彼女は間違ったロシア語でも平気でしゃべるでしょ。なあんにも知らなくても彼女は平気なんだね。ついこの間まで、マルクスとエンゲルスは同一人物だと思ってたんだ。姓は

マルクス、名はエンゲルスという……」

墓のそばでアイスクリームを食べながら、主人が山口さんに話している。何か面白がることを言いたいと思って、そんなことを話している。山口さんは仕方なく、具合わるそうに笑い顔だけしている。主人が離れて歩きはじめてから、山口さんは小声で――マルクスはこういう顔をしていて、こういうことをした人。エンゲルスはこういう顔をしていて、こういうことをした人――と、判り易く手短に説明してくれた。

そこから市電に乗った。一人三カペイク。

広々とした交叉路を、杖を持った義肢の若い男が横切ろうとして、自動車に轢かれそうになった。気味わるい急ブレーキの音がし、よろよろとしてから倒れたが、男は起き上って杖を拾い、何事もなかったように交叉路を渡って行った。自動車の方を見もしなかった。自動車も平然とそのまま走り去った。

午後一時半にホテルに戻った。

昼食（ホテル食堂）

○パン

○バター（どういうわけか、どっさり出ている）

○うどん入りとり肉スープ

○蝶鮫のフライ（長ねぎとじゃがいも添え）
○オレンジ一個
ガイドも同席した。彼女が遅れて食堂に入ってきたとき、顔から金髪が浮き上っていて、寸法の合わないかつらか帽子をかぶっているように見えた。近づいてくると、彼女の生来の茶色い毛髪が根元一センチほどのびていたのだった。彼女は疲れている様子だった。いつものように座持ちよくしゃべらなかった。食事が終りかけるころ、オレンジに手をつけていない私に、

「これはアフリカから輸入しているオレンジです。まだおいしくないかもしれませんが、食べてごらんなさい」とすすめた。食べてみるとおいしかったので、主人の分ももらって食べた。彼女は満足そうに笑い、自分はオレンジを食べないで手提にしまって席を立った。

午後三時半にホテルを出る。「夏の嵐」の町を走りぬけて行く。バスの中では、うつらうつらとしている人が多かった。

空港で待っていると、主人は便所に行きたくなる。近くの便所へ出かけると、どの便所の扉もかたくて、私が助走して体当りしてもビクともしないのだった。銭高老人と竹内さんは、隣りの建物の便所まで出かけて行った。隣りの建物の便所の扉は、すうっと普通に開く、という。しかし、主人は首をひどく振って、腰かけたきり動かない。竹内さんは、

半ばおかしそうに、

「また、大の方が出たくなったんだろう。大の方でも、ズボンをちょっと膝まで下ろして出来る癖をつけないと困るぞ。行ってこい。行ってこい」と促す。銭高老人もそばにきて言いきかせる。

「暖房がしてありまっせ。夏というのに。隣りの建物だけ暖房がしてありましたで。便所も、なんやこう、暖こうおました。何でやろ。あの建物だけ暖房がしてあるというのんは。ロッシャいう国は不思議な国でんな」

午後五時、飛行機に乗り込んだ。一時間ほどで、空から見ても、森がふかぶかと多いモスクワに着いた。

空港に働く制服の女たちは、年寄りが多い。

空港を出るとしばらくは、右も左も大白樺の林。遠くにひろがる麦畑。農家。また、大白樺の林。この土地も白夜なのだろうか。限りもないだるさが、先ゆき待ちかまえていそうな夕方。同乗した若い娘のガイドは、たどたどしく懸命に日本語を使う。ゴルキー通りを走り始める。モスクワの町へ入ったのだ。

「左側に見えるあの店は、シャンペンとアイスクリームを売る有名な店です」山口さんが指さした。ガイドはほっとしたように、

「そうです。シャンペンとアイスクリームを売る有名な店です」と、言った。そこにはロシア人が長い長い行列を作っていた。

何列にも並行して走っていたおびただしい前方の車たちが、溶け流れるように方角を変えて行く。眼の前に「赤の広場」が現われた。眼をほじくって確かめてみても、絵物語の光景が、忽然とそこにある。

ナショナルホテル。「赤の広場」のすぐ前。

昇降機が降りてくる。金モール服の銀髪の老人が恭々しく運転している。キンキラキンの彫刻で飾った昇降機の中で、うつけた顔の私が、三方にはりめぐらした雲母板のような暗い鏡に浮んでいるのに気がつく。猿に似ている――。

一階が両替と売店と待合室。二階が食堂と酒場。三階から上が客室。

二六一号室は四階。扉を入ると石段、廊下や扉より下って部屋がある。浴室、便所、洗面所、洋服ダンス、その奥に寝室。椅子が四脚ある。洗面所には鏡がないが、洋服ダンスの扉の裏に、小さな鏡がついているのを見つけた。しかし、この小さな鏡も、やっぱり高いところについていて、私はとび上っては顔をうつす。

窓からは、ホテルの裏手でしているらしい建築工事現場が見下ろせた。

松下さん（筑摩書房。モスクワ在住）が玄関に来ている。竹内さんを迎えている。竹内さんは玄関に脚を少しひろげて立ったまま、喜色満面、大得意、御機嫌、手放しの状態だ。今日の午前中、プーシキンの家を訪ねたときよりも、もっと愉快そうになっている。

夕食（ホテル食堂）

ロシアともお別れだ。皺を気にしながらトランクに入れてきた、あやめが描いてある新調の白い光る服を、私は着る。ロシアにお礼の心をこめて——。（何となく、消防自動車に乗っている人のようではないか？）着てみてから不安がよぎり、元気がなくなる。廊下に出て歩きはじめると、

「宇宙探険隊みたいだなあ」と、主人がおどろいた風に言う。笑うまいとしている。

「着替えてくる」

「しっかり者に見えていい。百合子はいつもくったりしているから、たまにはこういうのもいい」と、面倒くさそうに言い直した。

レニングラードのホテルより、ずっと狭く、田舎くさい食堂は、かえって落ち着く。正面の一段高いところに、ごたごたと楽団がいて、演奏がはじまっている。盛んな手拍子と歌が起っているのは、ブルガリア人の席で、男も女も、酒をがぶがぶがぶがぶ飲んでいる。

「ブルガリアの人は、酒を飲むためにモスクワへ旅行にくるんです」酒飲みツアーが流行しているのだと山口さんが言った。働いていて、すぐそのまま飛行機に乗って出かけてき

たような服装の人ばかりが、おだやかに食事をしているのはウズベク人の席。父親のそばに十二、三歳の三ツ編お下げの少女が、夢うつつのごとく料理を口に運んでいる。
○パン
○タンシチュー
○魚のホワイトソースかけ
○シャンペン
○ビール、ぶどう酒
○紅茶
土産品の琥珀の箱をあけて見せ合っているアメリカ人の席。

坂野さんは、周囲を眺めわたして、

「いい旅行でしたね」と言う。そして、料理を食べながら――レニングラードあたりから、そろそろもち上っていた関西組の相談ごと――というのを、ゆったりした調子で話してくれる。

――銭高さんの体が心配だから、モスクワまでの旅程を終えたら、老人だけモスクワから飛行機に乗せて日本へ直行させよう――という相談ごとだそうだ。モスクワ見物が終ると、坂野夫妻は欧州をまわる。江口さんはドイツに行く。三杉さんと島さんと山口さんはシベリア鉄道で戻り、ナホトカから船で日本へ帰る。竹内さんと主人と私は、ストックホルムへ行く。モスクワでこの旅行団は解散になる。しかし銭高老人は、まだまだずっと一緒に旅を続けたいらしい。これ以上は体が心配だし、そうかといって、シベリア鉄道で長時間かかっているらしい。老人は江口さんと一緒にドイツに行くことに、ひとりできめて戻るのも、体が心配だ。モスクワから飛行機に乗せて、無事に日本へ送り届けたい。

「しかし、それを私どもは言いだせないのです、なかなか。銭高さんは今度の旅行が気に入られて、とても面白かったようです。大阪では一人天下で暮しておられるお人だから、かえってこんな旅行が出来て嬉しかったのでしょう。あんなに喜んでおられると、なかなかきり出せんもんですわ。弱りました」その話をする役に誰もなりたくないのだ、という。

今夜、少し離れた席で、老人はにぎやかにしゃべっている。そのうちにシャンペンがつがれた。山口さんが立ってきて伝える。

「いい旅行だった、楽しかったから皆さんにシャンペンを、と銭高さんが言われました。これは銭高さんの奢りです」

皆、老人の方に向けて盃をあげ、飲み干した。

今夜は坂野さんもぶどう酒をずいぶん飲んでいる。私もたくさん飲んだ。

ブルガリア人の席は、いよいよ酔いが進んでいる。〝ここは遠きブルガリア、ドナウの彼方〝日本ではそう歌っている「黒い瞳」の合唱がはじまった。知っていたから私も日本語で一緒に歌った。島さんは立ち上って、ふらりふらりとブルガリア人の席に行き、おごそかに指揮をとった。ブルガリア人たちはますます大きな声で歌った。終ると続けて、ステンカラージンを歌いだした。〝むうかあし、ペルシアのお、ひめぎいみ乗せてえ〟これも知っているから私は歌った。ブルガリア人は自分の胸のバッジを山口さんの胸につけた。奥のロシア人の席も歌いだした。島さんは奥の席にもときどき体を向けて指揮を配った。食堂中、ステンカラージンの大合唱になった。

ステンカラージンが終ると、奥の席が、すぐさま「恋のバカンス」を、われわれの方に顔を向けて歌いはじめた。

「いいなあ。な？　いいと思うか」鼻づまりした声で主人は言う。

「いいと思う」

「あのテーブルに行こう。な。百合子も行け。一緒に行け」

肘を摑んで私をひき立てると、山口さんもひっぱって、奥の席へ出向く。

「すっぱしいば。すっぱしいば（ありがとう）」

あっちにも、こっちにも、燥いだ主人は声を送る。椅子に坐らせられ、向いから、両隣りから盃がくる。離れた席からも盃が順ぐりに手渡されてきて、私は片っぱしから飲んでしまう。飲み干すたびに「ミール」「ミール」と声が上り、皆が乾盃をする。

『ミール』というのは平和のことなんです」山口さんが囁いた。

左隣りの太った中年女は、私の左の掌をひろげさせ、イクラをのせたゆで卵をくれる。クッキーをくれる人。きゅうりをくれる人。鮭の燻製をくれる人。私はあっちもこっちも全部食べる。しまいに隣りの女は、ぐらぐらする私の頭を押えて、口におし込む。主人も山口さんも同様にされていたらしいが、どんな風か見るひまもなく、私は食べつづけ、差し出される盃を干しつづけた。ロシア人たちは「何とかかんとか、ルースキー」と何度もくり返しの入る歌を合唱しはじめる。

「この歌は『ロシア人は平和を好む』という歌なんです」山口さんが囁いた。「何とかかんとか、ルースキー」くり返しのところを歌うとき、ことさらに声をはり上げ、体を浮かして調子をとり、私たちへ盃を向ける。

「……ウルルルルースキー」

呻るような巻舌だ。そして、揃ってこっちをみつめて乗り出す。私はそのとき少し怖い気がする。平和を好む、とこれほど力唱されると怖い気がする。この間、チェコスロバキアに、この歌を歌いながら攻めていったのかしら。一緒に乾盃していて怖くなる。向いの女性は泣き上戸で、歌の合間にふいいッと泣いた。

「帰ろう」と主人が突然促す。立ち上ろうとする私の肩を、隣りの女がすごい力で押えつけるから、もう少しいようかなとも私は思う。「帰ろう」主人は私をチラッと睨む。女は私の肩を押えつけたまま、イクラののったゆで卵を口におし込み、もう一個、イクラののったゆで卵を掌にのせてくれた。

食堂を出て行くとき、給仕の一人が囁く。「スーベニヤラーリ？」親指を立てて動かし、片眼をつぶる。ライターが欲しいのだろうか。主人はマッチしか使わない。私は首を振る。

部屋に戻ると十時だった。往来の人通りは午前一時を過ぎても、昼間のように絶えない。白い服を脱いでみたら、胸から裾まで酒の染みが走っている。ハンカチの中でつぶれていたゆで卵とイクラを食べてみる。

六月二十八日

朝、洗濯をする。

このホテルは、いま裏手に大高層の新館を建てている。それが出来上ると、古めかしい、こてこてと丁寧に飾りたててある、私の気に入っているこの旧館はなくなるのだろう。新築工事現場に働く男女がのろのろと出勤してきて、三、四人ずつかたまって立話しているのを窓から見ている。

朝食

○パン（上にこってりと白砂糖のかかったやわらかいパンも出る）

○大きなソーセージ一つ

○コーヒー

ホテル売店で。

絵葉書（ロシアの昔の絵物語）一組三十四カペイク（並製）、一組九十六カペイク（上製）。

レーニンの顔のバッジ二個、二十カペイク。モスクワのバッジ四個、四十カペイク。

午前十時半、バスに乗る。

「赤の広場」はホテルの向かい、眼の前にあるのに、バスは大へんな迂回をして「赤の広場」に着く。バスが停まったところは広場の南東の端、聖ワシリー寺院の横だった。

そうなのだ。そうなのだ。このお寺だ。

昨日モスクワに着いて、ゴルキー通りを走ってきて、はじめて「赤の広場」を眼の当りにしてからというもの、なんべんとなくホテルの玄関に出てきて眺めてみたのだ。なんべん見ても見る度に、「赤の広場」はいましがた忽然と現われたとしか思えない。どうしてなのだろう——犯人はこのお寺だったのだ。「赤の広場」の中で最も忽然と現われたような不思議な建物。

天の巨きな手で摑まれ、夜の間に空を飛んで、この広場に西洋将棋の駒のように無造作に置かれた。朝眼が覚めたら、昨日までなかった奇妙な家がひょっこりとあるので何度も眼をこすってみている——そんな感じなのだ。

中心の大きな塔が次々と子を孕んでは生み殖やしたように、塔のまわりを九つの教会がとりまいている。円柱形の九つの教会は同じように見えていて、高さ、装飾の彫刻、窓の形、屋根の形、どんな部分も、一つとして同じところがない。東洋風でもあり、回教風でもあり、ヨーロッパ風でもある。すべての寺院建築の気に入ったところを、めちゃくちゃにとり入れてあるらしい。

赤、青、黄、橙、緑、紫——うしろ手を組んで見まわっていた銭高老人は、

「大理石や。色ちがいの大理石や。たいしたもんじゃや。この国は」と叫んだ。

ガイド嬢は日本語で説明した。

——イワン雷帝はコザックと戦い、勝ちました。その記念に建てさせました。あまりに美しい建物が出来上ったので、イワン雷帝は心配になりました。二度とこういう美しい建物が出来ないように設計者の眼をくりぬきました。

観光バスを降りた外国人観光客、地方からやってきたロシア人の団体が、あちらこちらにかたまっている。広場を吹く風が寒いので、コートの襟をたて、鳥肌立った顔をしている。

覗き眼鏡をみせる屋台が出ている。野球ボールみたいなものに紐がついてぶら下っている。ボールの中に絵か写真が入っているらしい。ロシア少年とアメリカ人が覗いて、すぐつまらなそうな表情をした。

レーニン廟へ参詣する行列は蜒々と続いている。映画の撮影隊がレーニン廟と行列を写している。

クレムリンの城壁の中から大時計が鳴りわたる。塔の大時計は十時四十五分を指している。銭高老人は、今朝、この広場へ散歩にきて、この時計が鳴るのを聞いたという。そのときは八時半だったから十五分置きに鳴る仕掛なのだ、という。

◎ソフィア寺院修道院

もとは要塞であった。ピョートル大帝の姉さん、ソフィアがここに幽閉されていたという。ソフィアの絵姿を、いつか本で見たことがある。大女で大ブスであったが、威風堂々としていて、謀叛の疑いがかけられるのも当然という魅力があった。

夏草が丈高く乱れ茂り、かきつばた、いちはつ、ばらが咲いている中庭に、ポプラの綿毛が漂っていた。陽が射してきた。

◎墓地

煉瓦塀をめぐらした墓地。入口の花屋で、切り花、鉢植の花を売っている。門を入ると、緑のペンキを塗った如露《じょうろ》がたくさん置いてある。それを提げて墓へ向う屈強の男や老婆。

「日本の墓地もこんな風よ。似ています」

ガイド嬢は即座に

「ここは有名な墓地ね。有名な人が入っています」と言う。

「普通の人だって入ってるんでしょ？」

「普通の人、入ってません」と言う。

国に功労のあった人ばかりの墓地なのだろうか。それにしては子供の肖像を嵌めこんだ墓石もある。半身像の写真をやきつけた陶板を嵌めこんだ墓石。胸像。少女の佇ち姿。その前には壺や硝子瓶に花が挿してある。鉢植も置いてある。横たえられて萎れた花束。雨ざらしのまま、まだらに変色してしまったリボンや服の端布らしいもの。

唐草模様の鉄柵で囲まれた、こじんまりとしたチェホフの墓をみつけた。三つ並んだ碑のうち、かもめがとんでいる印のついている墓石は夫人のだろうか。

「門前に花屋があったなあ。花でも買ってくりゃよかったなあ」竹内さんはしきりに残念がる。手提の中にあった水色の折鶴を、柵の中へは入れないから柵越しに投げる。丁度うまい具合に、墓石の前のこんもりと盛り上って陽に光っている芝草の上にのった。イヒヒ。何だか、体がよじくれたように羞ずかしくなる。紙の鶴は、ほんとは好きじゃない。誰かが私にくれても嬉しくないだろう。ことに千羽鶴なんかもらいたくない。それだのに、ロシアにきてから、私は紙の鶴を人にやったり、墓にまで供えている。

「ゴーゴリの墓があるぞ」竹内さんが急ぎ足で教えにきてくれる。青葉の中に浮ぶゴーゴリの真白な胸像。いい男振りだった。

「なんとかなんとかの墓もあるぞ」竹内さんは、また戻ってきて主人に教えてくれる。竹内さんはみつけるのが早くて、みつけては、主人を連れて行った。まだまだ有名な人の墓があったが、忘れた。真上にきた陽が墓地全域にあたりはじめた。墓前に佇む老婆。墓参を終えて、ぶらぶらと色々な墓を見て歩く男。遠くから長々とゴムホースをひいてきて、植込みや鉢植に水をたっぷりとかけている女。

墓地のはずれの小高い土手に線路があった。汽笛が鳴って、思いがけない近まを、突然汽車が通って行った。

◎モスクワ大学

観光バスが停まっている。観光客が写真を撮っている。大学は休暇中らしい。構内は森閑として、幅広い道路が、白く陽を照り返している。本館は三十二階建。四万五千もの室があるのだという。

ベンチにいた二人の青年が立ち上ってきて、竹内さんを囲むと、ひそひそと話をはじめた。(さすがだなあ。モスクワ大学生と、もうあんなに話し合っているのだもの)離れて私は眺めている。竹内さんは苦笑しながら戻ってきて「カイタイセイコーだったよ」と言う。ガムかボールペンとバッジを交換しないか、と申し込まれたという。

大学の正面広場の展望台から、煙ったモスクワの町を見た。ブルガリアの団体客がバスから降りてきて、石の手摺にもたれたり、写真を撮り合ったり、ひとしきり騒いで、バスに乗って去った。

脅えたようにおとなしやかにかたまって、東南アジア人らしい女学生七、八人が、追風に吹かれるごとく広場を横切って行く。藍色の上衣、黒いズボン、ゴム靴、黒い髪を三ツ編にして背に長く垂らしている。女学生のとき、私はあんなだった。一人が私をみつけて一人に囁き、二人でみつめ、そのうちに皆こっちを向いて私をみつめながら通り過ぎる。通り過ぎてからも、まだ振り返りながら歩いて行く。あんまり振り返るからつまずく少女。そっくりな顔形や皮膚や背恰好なのに、派手な身なりの私を不審がっている。私は手を振る。すると、またつまずく少女がいた。

昼食（ホテル食堂）

○パン

○ウズベク風スープ（魚入り、オレンジ色の汁。油が大きく輪になってギラギラしている）

○肉（ポークビーンズ）

○冷たい果汁（奇妙に、血のような赤さの汁。黒いなつめの実が浮いている。美味）

売店では、釣銭がないとそのたびに言う。釣銭の代りに何か買ったらどうかと言う。

売店で、煙草二箱、五十一セント。

「買いたいものはない」と、そのたびに私は言いはる。

ガイドが私を呼びとめて訴えた。

「二時にバスが出ることになっています。私と運転手は待っています。皆さん、一人も集まりません」

山口さんの部屋の中からは、がやがやと人声が聞える。坂野さんや、ほかの人たちもいるらしい。山口さんは扉から首を出して、

「いま、今後の相談をしているので、終り次第、すぐ皆行きます」と返事をした。

玄関には坂野夫人だけが出てきていて、

「いま、銭高のおじいちゃんに、帰りのことを説得しているんですよ。それで関西組は皆、あの部屋へ集まっているんです」と言った。

運転手は露骨に不機嫌な顔をしている。二時半になった。

山口さんはガイド嬢に——予定通りトレチャコフ美術館とプーシキン美術館を案内するように——と申し入れているが、ガイド嬢は——運転手との折合がつかないから、トレチャコフ美術館だけしか案内出来ない——と言う。彼女は就職したばかりらしく不馴れの上に、内気のせいもあって、運転手に甘くみられている。彼女は頬を紅潮させ、涙を浮べ、声を震わせてかけ合うが、運転席にふんぞり返った運転手は、ハンドルをドンとげんこつで叩いたりなどして、脅すようにまくしたてる。出発が三十分遅れれば仕事の終る時間ものびるので、予定通りにはしたくないのだ。何度か言い合った末、二つの美術館をまわることを、やっと承知した。ロシア旅行はまもなく終るので、その連絡事務のため同行出来ない山口さんがバスから降りると、運転手は荒々しく発車させた。

午後の見物
◎トレチャコフ美術館

トレチャコフさんという人が集めた絵を、トレチャコフさんの屋敷に飾ってあるのだろうか。人が住むような造りの美術館だった。好き勝手に見物して、四時にバスの前に集まることになる。

革命のときの絵やナチス残虐の絵などがあった。便所に行くと「男厠所」「女厠所」「喫煙室」と漢字で書いてあった。私は早くまわりすぎて、三時少し過ぎにもう出口まで来てしまった。庭にばらとしゃくやくが満開だった。

美術館の前の大きな樹の下の屋台から、香ばしい風がくる。ホットケーキを焼いている。

主人とガイド嬢が最も遅く出てきた。

誰のところに随いて案内したらいいのか、手持無沙汰の彼女は、一番ふらふらと歩いている主人のそばにきて、説明してくれたがった。諷刺画の前で立ち止まっていると、彼女はしばらく考えてから、

「コレハ、コドモノハナシネ」とだけ言った。

こんなことを、バスの中で、主人はおかしそうに話した。

◎国立プーシキン美術館

ここの庭にもばらとしゃくやくが満開。雨が降ってきた。

一人三十カペイクの入場料を銭高老人が立替えてくれた。老人にあとで返すこと。◎忘れないこと。

エジプト展示室の前にあるエジプトの大彫刻の傍に佇ち「早く写真を写してくれ」と主人言う。

ロシアに来て、エジプトの木乃伊を、方々で何度も見た。しかし、ここには猫と鳥の木乃伊まであった。この鳥はカラスらしかった。人間が手足をのばして真直ぐに仰臥している恰好に、猫もカラスも手足をのばしきって、包帯がぐるぐる巻きつけてある。猫とカラスを可愛がっていた人が死んだので、その猫とカラスを一緒に木乃伊にしたのだろう。猫とカラスの木乃伊のところにしばらくいて、外へ出た。

植込みのばらを眺めていると、ガイド嬢も来て、ばらを眺める。薄く腕の透ける白ブラウスに黒のジャンパースカートの彼女は、肩から小さな皮鞄を提げている。栗色の短い髪をきれいにセットしている。柔かい毛先が太目の頸にぴったりくっついている。太目の頸すじは白すぎて、羽をむしったにわとりのような色をしている。白人によく見かける鸚鵡に似た目鼻立ちだ。うつ向き加減にした気弱そうな彼女の襟首から、支那茶の匂いと酢の匂いの混ったような腋臭が、うっと漏れてくる。

「トレチャコフというのは人の名前？　どういう人？」

靴先でnの字を描くように石畳をなぞりながら、

「お金持ね」と彼女は答えた。「オカニモシネ」と聞えた。

五時半にホテルに戻った。

松下君の家の夕食に招かれているから一緒に行かないか、と竹内さんに誘われる。ホテルの夕食を取り消してもらう。迎えにきた松下さんを連れて、竹内さんが部屋に来る。インスタントラーメン、味噌汁の素、味の素、梅干、ほとんど手をつけないまま、旅の終りまで持ち歩いてきたものを、松下さんに使ってもらおうと思う。

「大人は我慢出来ますが、子供は食べたがります。子供に食べさせたいので遠慮なく頂きます」と、松下さんは言った。野菜が少ないから、総合ビタミン剤を日本から送ってもらって、子供にのませているという。

開けたトランクの蓋の蔭から、松下さんに訊く。

「大和糊はありますか?」

「あ。大和糊がないんです。ロシアにはそういったものがないんです。不便なので送ってもらおうと思っていましたから、遠慮なく頂きます」と松下さんは言う。

トランクをかきまわして、また蓋の蔭から、私は訊く。

「セロテープはありますか?」

「セロテープもありません」セロテープをあげる。

「ホッチキスは？」

「ホッチキスはあります」これはしまう。

「マジックペンは？」

「マジックペンも頂きます。子供がキャンプへ行くとき、所持品すべてに名前を書き込むのに、とても便利です」

それらを入れた箱を抱えた松下さんと私たちは部屋を出る。昇降機の前にいる鍵番の老婆は、箱を包んだ風呂敷を指して話しかける。松下さんの風呂敷は菊の模様で、老婆は熱っぽく菊の模様を見ている。

「ロシア人は風呂敷を見ると不思議に思うんですね。物を包むためにこんな美しい布を使うなんて、理解出来ないことなんです。プラトークといって、こういう四角い布を頭にかぶって使いますから。繊維品が高いし、布の種類も少ないですし」昇降機の中で松下さんは言った。

トロリーバスの停留所まで歩く間に、銭湯があった。日本の銭湯とはちょっとちがっていて、風呂から上ると酒など飲んで、ゆっくり休んだりも出来るのだという。麻布十番温泉のようなのかな。松下さんは、まだ行ったことがない、と言っていた。

トロリーバスを降りると裏通りを歩いた。羽目板が剥がれ落ちた古い木造アパートがあった。大樹と夏草に囲まれていた。そのあたり一帯の大樹は、すべてポプラだった。空を掩ってひろがる枝に、蜘蛛の巣をかけめぐらしたように、綿毛がおどろおどろと下っている。眼が馴れてきて、漸くそれに気がついて、ぎょっとする。レニングラードやモスクワの町の「夏の嵐」の源だ。綿毛は手のひらほどのかたまりとなって、風がないのに、ぽたりぽたりと、絶えず刻々、枝から落ちつづけている。落ちた綿毛で地面は煙が這い流れているように見える。

ポプラ林が続く一角に煉瓦造りの子供専用の保健所があった。松下さんの子供もここにくるのだということだった。

大きな木立と植込みを抱えたコの字形の高層アパートの二階に、松下さんは住んでいた。階段の上り口のベンチに老婆が三人いる。子供の自転車がたてかけてある。松下さんはロシア語で老婆に声をかけて上って行った。

松下家の夕食

はじめにぶどう酒

○トンカツとキャベツのせん切り（せん切りは実に細かく見事に刻まれていて、山盛り）

○ピクルス、トマト、なまのきゅうり
○イクラとキャビア
○コニャック
そのあと、熱い味噌汁とグリンピースの御飯が出た。つやつやと目に沁みるような御飯だった。

「グリンピースが手に入ったもので、炊いてみましたが」松下夫人はそう言った。トンカツも日本風のトンカツだった。キャベツのせん切りを馬か牛のようになって食べた。私たちはすべてを大喜びで食べた。

「この、せん切りというのが、こっちの人には出来ないらしくて、これを出すと、何ですか？　と訊きますよ」松下さんはおだやかな口調で語る。

日本人は、たいてい日本人の多いアパートか、商社の人であればウクライナホテルを住居にして暮しているが、松下さん一家はロシア人がほとんどのアパートに暮している。日本に帰りたいと思うこともあるが、生活はこちらの方が気楽だ、と夫人は言った。

ロシア女性が太っていることに話が及ぶと、

「私は日本ではLサイズの方ですが、こちらにくると痩せている方。買物の行列、こちらではたいてい行列になりますね。前後から太った女の人の肉に挟まれて、ぎゅうっと、それこそ息苦しくなりますよ」と笑った。

一人いる女の子は、いま幼稚園のキャンプに出かけている。日本語と日本字を正しく覚えさせておきたいと思って、絵日記をつけさせているといった。何冊かの絵日記を見た。〝日本から小包がきた。ラーメンがきた〟という件りがあった。

松下家の便所に入った。

「いま、紙がきれて。紙がどこにも売っていないので。へんな紙で」と、夫人は恐縮したが、松下家の便所は、ロシアのどこで入った便所よりもきれいだった。

「女の生理用品など、ロシアの人はどういう風にしているのでしょうか」

「日本でいえば、ふとん綿のような質のわるいものですが、売っています。それを使うのです」

「ロシア語では何ていうのかしら」

「それが……やっぱり、ワータというんですよ」

竹内さんは、六月十六日までの分を綴じた毎日新聞をぱらぱらと見、碁の欄を特別仔細に見て「林海峯が勝った」とか「負けた」とか、言っていた。綴じた毎日新聞を次に見た主人は、旅に出る直前に書き終え、高瀬さんに渡してきた「新東海道五十三次」(毎日新聞連載小説)が、いまだに載っていたので「ギョッとするなあ」と言った。私は日本の新聞をちっとも見たくなかったので、見なかった。

この綴じた毎日新聞は、松下家のものではなく、昨日出迎えた松下さんに「出立以来の日本の新聞が見たい」と竹内さんが所望したので、新聞社の支局から借りてきてくれたものだった。

食後に、苺とさくらんぼが出た。黒いほど赤い見事なさくらんぼは、コルホーズ直売所（そこは大分遠いところらしい）へ、夫人がわざわざ出かけて手に入れたものらしかった。あまりおいしかったから、坂野夫人にも食べさせたくて、残りを袋に入れてもらった。

「何か足りないものがあったら日本から送りましょうか」帰りぎわに言うと、

「小包は、高い税金を支払って受けとることになりますから」そんな理由をつけて、松下さんは遠慮した。

玄関で靴を履くとき、二罐のキャビアを夫人が差し出した。ボタンを嵌めこんだような夫人の真黒い円い眼が潤んで見えた。

タクシーで帰った。松下さんはホテルの玄関まで送ってくれた。

さくらんぼの袋を提げて、坂野夫妻の部屋へ行く。鍵番の老婆が「どこへ行くか」「部屋は何号か」「鍵は持っているか」と、廊下を随いてきて、しつこく訊いたが、ふっといなくなった。坂野さんの部屋は、いくら歩いてもない。階段を上ったり下りたりしているうちに迷ったらしい。たしかここだったたと思う扉を叩くと、白人の老巨漢が出てきた。「もう帰って眠りたい」と主人は呟く。

主人が眠ると、私はさくらんぼを提げて部屋を出た。パジャマの上にレインコートをひっかけた東洋人らしい男が、無遊病者のように近づいてきて「ベトナム?」と、顔を覗く。「ちがう」と答えても、少しうしろを随いてきて、また「ベトナム?」と、覗いて訊く。男はしばらく随いてきて、ふっといなくなった。

いくら探しても坂野さんの部屋はない。山口さんの扉を叩く。

「鏡がないので、部屋を替えられたのです。〇〇号室です」出てきて山口さんは言った。

六月二十九日　晴ときどき曇

さくらんぼを提げて廊下を歩き続けた。角にくると人造人間みたいにきちんと直角に曲って歩いた――昨夜したことを夢の中でも続けてしていた。眼が覚めるとくたびれていた。夜通し歩いていたような気がする。

朝食の前、散歩に出た。

ホテルの並びにある、モスクワ大学文学部。構内には人影がない。――と、門番の住んでいるらしい小屋から、老婆が夢遊病者のごとく出てきて、両手をだらりとさせたまま、私たちを見ていた。

道すじには、新聞を売る屋台をひろげはじめた女。バダー自動販売機の錠前をあけて、水の補給をしている女。

信号が赤に変る。それでも車が少なければ、男も女も悠々と幅広い交叉路を横断して行く。お巡りさんは怒らない。しかし、斜めに横断して、停車中のバスへ歩いて行く女を呼びとめていた。聞えているのに女は振り返らず、大股に歩いてバスへ乗り込んだ。

クレムリン宮殿の入口には、もう人が群がっている。入場時間を待っているらしい。そこらあたりの植込みの根元には、げろも吐いてある。ロシア人のげろは、やっぱり量が多い。新宿の朝の舗道で見かけるげろの三倍量はある。ラーメンのようなものは入っていない。

げろを見ていると、主人がつつく。いままで深閑としていたホテル前の大通りに、赤旗を高々と掲げたサイドカーが並びはじめている。サイドカーはゴルキー通りを轟音とともにやってきて右折し、エンジンの音を弱めて隊列につく。際限なく赤い布の出てくる手品を見せつけるように、街角からくり出してきては列に連なる。旗指物のように背負っている赤旗は、だらりとしていると無地の赤旗に見えたが、風にひろがると、中央に丸く顔が染めぬいてある。この国の政治家か軍人か、えらい人の顔らしい。一番端にレーニンの顔が見えた。音楽もはじまった。整列したサイドカーは指示や説明をうけているようであるが、一向に動き出す気配もない。続々と現われるサイドカーが揃うのを待っているようでもある。さっき、女が中身を補給していたバダー自動販売機の前を通ると、ヘルメットをかぶり、揃いの服のサイドカーの青年が三、四人、煙草を吸い、水を飲んでふざけていた。

向うから坂野夫妻が歩いてきた。

「昨夜のさくらんぼは、たいへん結構でした」近づくと坂野さんは立ち止まった。にこやかに挨拶してすれちがう。いま、映画の中に出てきているみたいだった——私は晴れやかで、少しくすぐったい。

九時に朝食（ホテル食堂）

○パン、チーズ

○目玉焼（卵二個）

○ヨーグルト

ガイド嬢が私の隣りで食事をした。

「今日は青年の日。青年のための日ね。ソ連には十五の共和国がありますが、十五の共和国の旗をたてて若者たちが集まってきているのです。そしてこれから行進します」

窓のすぐ外に見えるサイドカーの大集団にはオートバイも混ってきている。サイドカーとオートバイは、まだまだ増え続けている。

「あなたの家はこの近くですか」

「わたくしの家、この近くではありません。そこから通っています」ゆっくりと彼女は返事をする。わたくし、何とか（ここだけ早口のロシア語）ホテルに一人で住んでいます。

日本語を習いはじめて三年になる、まだ日本に行ったことはない、と言った。

昨日、帰国について説得されてから、銭高老人は口数が少なくなったようだ。あらぬ方に眼を遊ばせて、煙草を吸いつづけている。

ブハラで修復中の回教学院の二階へ上ったとき、足もとに転がっていた壁のかけらを拾った。小型の国語辞典ほどのかけらをトランクに忍ばせて私は持ち歩いてきた。新聞紙にくるんだそのかけらを三杉さんの前にひろげる。

「水色の上に緑……このへんがちょっとね、古いものかどうか、怪しいなあ」

眉つばものだとしても、あの床で拾ったのだ。新聞の包を持って老人の席へ回る。あっちの方で三、四人顔を寄せ合って、何やらひそひそやっている、その新聞紙の中身を、見たくて見たくて苛々していた老人はせかせかと覗き込む。

「しゃあ。こりゃ、ええもんじゃ。ええもんじゃ。たいしたもんじゃ。わし、こういうのんが拾えんかった。あなたが大切に持って帰りなさい。やたらと人にあげんんと、大切に持って帰りなさい」私が何も言わないうちに、老人は一気に言ってしまった。「銭高さんに貰って頂こうと思ってずっと持って歩いていましたから。でも、いま三杉さんに見て頂いたら、たいしたものではないらしいのです」私がつけ加える言葉をきいても、老人は首を振るばかり、新聞包をぎゅっと抱えこんだ。

給仕がやってきて覗いたが「なあんだ」という表情になって離れた。

今日は、レーニン廟へお詣りするのである。そのあと、クレムリン宮殿へ行く。バスは今日も迂回して停まる。「写真機はバスの中に置いて下さい」とガイド嬢は言った。幾重にもレーニン廟の前に並んだ参詣人の行列は、広場から通りへ流れ出、蜒々と続いている末は霞んでいる。人間をかためて作った途方もなく長い大蛇といった感じ。「真冬の零下二十度三十度の日でも、この行列は続いています。じっと皆立ち続けて待っています。ずい分遠くからも来ています。行列の終りの方の人は、夕方になってお詣り出来るんでしょうな。モスクワに住んでいる人は、この行列を見ると諦めてレーニン廟へ行くのをやめます。モスクワに住んでいる人でレーニン廟へ行ったことのある人は、かえって少ないでしょうね」と、山口さんが言った。

ガイド嬢は警官の許可を得て、行列の間に外国人旅行者のわれわれを入れる。われわれの前も外国人旅行者団体である。

行列の一番先頭にいるのは、大きな花環を頭上高く掲げたロシア人団体だった。遠い共和国から来ているらしく、質素な身なりの人たちだった。警官や整理係が立っていて、列が曲ったり乱れたりすると、無表情でやってきて正させた。

われわれのうちの一人は、珍しく背広を着、ネクタイを結んでいる。「レーニンに敬意を表して着てまいりました」と言う。

「わしがこの前きたときは、レーニン廟はこないな見事なもんではあらしまへんでした。もっとずっと粗末なもんじゃった。あの、白い段のようなもん、何で出来てますんやろ。あんなもんもあらしまへんでしたで」銭高老人はひそひそと私に教える。

「この前、というと、レーニンが死にたてのころでしょうか」

「そうや。死にたてのころや。地下鉄を造るというとったころじゃ」

あの、白い段のようなもん、は、メーデーのとき、世界各国からの賓客が並んで立っているところだ。ニュース写真で見たことがある——。

陽が射すと暑く、かげると、とたんに腕や顔が冷えてくる。行列の進み具合は、案外に速い。

廟の入口には、ビニールフラワー、生花の束、大きな花環が捧げられている。花環はたてかけられた前にたてかけられ、花束は横たえられた上に横たえられている。無造作に積まれて、くしゃくしゃとごみ臭い。前を歩く外国人団体がサングラスをとり、服の襟や裾をひっぱって姿勢を正した。私も服をはらい、髪どめを外して髪を撫でつけ結び直した。守衛の軍人は唇に人さし指をあて静粛を促している。

大理石の廟へ片足踏み入れると、その靴先から冷気が上ってくる。暗い。奥へと石段を下るごとに寒くなる。レーニンの横たわる部屋は一段と暗く、硝子箱の中のレーニンの体にだけ、燐光のような青白い照明が射している。硝子の棺を守って角々に四人、その外側にもまた四人の軍人が、まばたきも滅多にせず、直立不動の姿勢をとっている。美少年を選りぬいているらしい。

老若男女のロシア人も外国人旅行者も脱帽して、青白い光りに浮び上っている棺のまわりを、立ち止まらず、祈らず、レーニンから眼をそらさず、無言で通り過ぎる。銭高老人は、廟へ足を入れたときから合掌をしたまま歩いているので、つまずいてばかりいる。声を洩らさないで口を動かしているが「なまんだ。なまんだ」と唱えているらしい。

レーニンは黒い服を着て横たわっていた。思いのほか、顔も手も小さかった。光線の具合で青白く見えたが、顔は本当は黄ばんでいるのではないかと思われた。正面を通り過ぎるとき、老人に倣って、合掌瞑目した。すると涙が眼の裏に湧いた。もしこれが本当の木乃伊ならば、レーニンが気の毒で。

明るさと暑さの中に立ち戻ると、皆、朗らかになった。廟を出てきた参詣人たちは、ぞろぞろと流れて、クレムリンの城壁に沿って並んでいる、えらい人の墓（私は墓だと思っていたけれど、顕彰碑なのかもしれない）を見て通る。首すじと背中に陽が沁みとおる。

「あれはミイラではないと思う。蠟人形ですねえ」

「あれはミイラじゃないね。蠟人形だ」隣りを歩いていた竹内さんはそう返事する。少し経つと私は、

「やっぱり、あれはミイラではないと思う。蠟人形ですねえ」同じことを言ってしまう。

するとと竹内さんも、

「あれはミイラじゃないね。蠟人形だ」と、同じことを言っている。

墓には、花束、鉢植、籠に盛った花などがあがっている。花がないのは誰の墓だろう、それが知りたいけれど、ロシア文字だから判らない。ひときわ花の多い碑に「ΓΑΓΑ……」と刻んである。「ああ、ガガーリン」前を歩くロシア人の家族連れは振り返って、嬉しそうに肯いた。

立ち止まると行列が滞るから、立ち止まってはいけない、とガイド嬢がきて言う。

「ここには外国のえらい人のもあります」

「日本人のもあります？」

「カタヤマセン（片山潜）ね」彼女はその前を通るとき、指さした。胸像がついているのは、ことにえらいロシア人のらしかった。終り近くにスターリンの墓があった。胸像はなかった。紫色と水色の矢車草と、大きな厚い花弁の真白なグラジオラスの花束が置いてあった。いま剪ってきたばかりのように露を含んでいて、どの墓前の花よりも鮮麗である。

クレムリン宮殿の入口へ向って歩いているときだった。グム百貨店の裏通りで、よそ見をして歩いていた三杉さんが、若い女に正面衝突して、ぶわんとはね返った。若い女は、はね返った三杉さんを抱えて支えてくれた。丁度、三杉さんを含めたわれわれが、ロシア人は、ことに女は、いかに体力があるか、という話をしていたときだった。ロシア人の女の背中を指でそうっと押してみたら硬かった、という話を、そのとき私がしていた。

「青年の日」のせいか、地方から出てきたらしい若い人たちが歩いている。ギターを提げたり、担いだりしている青年たち。アコーデオンを抱いている青年。写真機を持った水兵。勤め人らしい娘たち。立売りのアイスクリームはよく売れている。

「日本には『青年の日』ありますか」ガイド嬢は私に足を揃えて話しかける。あるかな、とちょっと考えた。ないのではないかな。

「日本にはありません。『勤労感謝の日』というのがあります。それから『青年の日』ではなく『子供の日』というのがあります」

「それはいつですか」

「五月五日」

「どうして五月五日なのですか」

「ええと、五月五日に、男の子供のいる家では、昔の話に出てくる強いえらい男の人形を飾って、病気にならないように、強くえらくなるように祝って祈るの。女の子供のいる家では、三月三日に女の人形を飾るの。昔からの習慣ね。でも『子供の日』として国の祭日にきめるのに、二回も休んでは休みすぎるから、五月五日の方にまとめたわけ。その日は、子供も大人も休んでしまうの」

「日本では休みの日、どの位ありますか」

「日本にはたくさん、祭りの休みの日、ありますよ。十いくつあるかな。そのほかにも、松の内といって年のはじめに一週間ぐらい休みね。それから……」

ガイド嬢にはよくわからないらしかった。わが家の商売は祝祭日とあまり関わりがないので、私も説明しているうちに、よくわからなくなった。

「この赤の広場は、冬、雪が降るときれいでしょうね」彼女は返事をせず、しんねりと靴の先をみつめて歩いている。あれ、雪が降ると汚なくなるのかな。私の想像は間違ってい

たかな。やがて彼女はしんねりと顔を上げ、
「多分、そうでしょうと思います。私は冬モスクワにいたことがありませんでした。一年前の冬もおりませんでした。二年前の冬もおりませんでした。今度の冬にはいることになるでしょう。そのとき、きれいと思いますでしょう」と答えた。

クレムリンへの入場を待つ行列に、皮の長靴を履いた少年兵が混っている。黒の肩章、青色の肩章、ぶどう色の肩章、それぞれに屯している。藁くさい湯気が立ちのぼるほどの若さだ。ガイド嬢は一人を指さして「飛行学校の生徒と思います」と言った。黒の肩章をつけていた。

クレムリンとは「城塞」を意味する言葉なのだという。私は王様かなんかの名前とばかり思っていた。八百年ほど昔、この地方を支配していたドルゴルーキー大公が、木造の砦を造った。六百年ほど昔、石の壁と塔が造られた。五百年ほど昔、煉瓦作りの城壁に代った。それがいまのクレムリンだという。城壁の中には金色の尖塔を持つ寺院もあって、この金色の塔は絵葉書やバッジによく出てくる。

◎宝物殿

百キロもある鎧がある。五十キロもある鎖帷子《くさりかたびら》がある。走り使いの侏儒がつけたのか、子供の王子がつけたのか、それはそれは小さな鎧がある。小さな鎧は小さな人形に着せ

て飾ってある。人間のと同じように作った馬の鎧がある。剝製の馬に着せてある。

「このころ、ロシアの軍人に生れてこなくてよかったよ。こんなの着るの面倒くさいだろうなあ。俺なんか、こんな鎧を着ただけで戦闘意欲なんか失うな。たいへんだなあ」と、主人が言った。そんなことはない。馬が最もたいへんである。人間と同様の重い鎧を着せられた上に、百キロもある鎧を着た大男を背に乗せて、戦場を駈けまわるのである。馬は別段戦いたいと思っているわけではないのに。

――ここには世界各国の王からの贈物が、国別に展示されています。英国王の贈物。フランス王の贈物。英本国にも、こういう見事なものは、いまはありません。

宝石をちりばめた表紙の大きな聖書。紅茶セット。

「日本も贈物をしましたかしら?」

「明治天皇の贈物があります。それは、象牙のワシね」翼をひろげて、いま、翔びたとうとしている実物大の鷲。羽毛の一枚一枚が象牙で出来ている。背にしている屛風には、日本刺繡で銀灰色の荒浪。

銭高老人は私に言いきかせる。

「どこの国でも王様いうもんは、こないなことばっかししよる。皇室同士、やったりとったり、やったりとったり、しよるもんや。そういうもんや。そういうもんや。わし、前からよう知っとった」

宝物殿を出ると、ガイド嬢が山口さんをひきとめている。

「ちょっと戻れば鐘があるそうです。（それは庭に置いてあるらしかった）鳴らない鐘というのだそうです。行ってみますか」鳴らない鐘というのは、割れているから鳴らないのだそうである。

「もう、帰りましょう。そういう鐘なら、三井寺にもありますわ。ひきずり鐘やらなにやら」疲れた声で誰か言った。

昼食（ホテル食堂）

山口さんの話
「一度は町のレストランに入ってみたいから、今日の昼食は適当なところに予約しておいてくれ、とホテルに申し入れておいたのですが『青年の日』なので町のレストランはどこもいっぱいで予約がとれませんでした。その代りにホテルの食堂で腕によりをかけた料理を出すといっております」

腕によりをかけた昼食
○コンソメスープ（とり肉入り）
○ピロシキ

○イクラ、キャビア、野菜サラダ
○シャシリク
やわらかいものばかりが次々に出てくるので主人はふるいたって食べた。しかし最後にシャシリクの皿がくると、がっくりとうつ向き、口をきかなくなった。銭高老人はシャシリクを全部平らげた。朝食のときとはちがって、すっかりいつもの老人に戻っている。

「大阪へ帰ったら、一ヵ月ぐらいは、うとうとねとりますわ。ロッシャの夢でもみとりますわ。中央アジアは暑うおましたなあ。暑うて暑うてなあ」

「武田や竹内さんは何度も見物を休みましたけど、銭高さんは一度も休まれませんでした」

「ほんま。わし、一度も休まんかった。大阪におったら、わし、こないに歩きまへんで。よう歩いた。ほんまによう歩いた」

「ブハラのバザールに行ったとき、暑くて銭高さんの顔が真赤になって。あのとき銭高さんがめちゃめちゃに怒りだされて」

「ほんま。暑うおました。砂漠を歩いとって、わし一人で考えとった。もう、わし、あかん。ここで死ぬんかいな。ここで一人で死ぬんかいな。ほんまにえらいこっちゃ。そう思とった」

私たち三人は、松下さんの案内で、夕食は町の料理屋へ出かけることになっている。皆揃っての食事は、この昼食で終り。

島さんに五十一セント借りているので、ドルショップへ行き、一ドル出しては買物をし、五十セントの釣銭を得ようとしているのだが、相手はドルを出さない。デンマーク銀貨を釣銭としてよこしたりするので、なかなか五十セントが作れない。日本円で返す。こんなおかしくもなんともない話にまで、皆、興に乗ったふりをして笑うのだ。気抜けしたように皆はいつまでも食堂から立ち去らない。

グルジア料理店には六時からの予約席がとってある。松下さんが迎えにきて、四時にホテルを出た。

「昨日、うっかりして気がつかなかったのですが、今日は日曜日で本屋やレコード屋は休みなのです。子供のデパートは開いていますが」済まなそうに松下さんが言うと、本屋とレコード屋をまわるのを楽しみにしていた主人は、すぐ、つまらないという顔をした。竹内さんは、それを聞いても平気である。竹内さんは昨日にもまして意気軒昂としている。モスクワのホテルの玄関に松下さんが姿を現わしたときからだ。竹内さんは表情も動作も颯爽としてきている。

子供のものばかりのデパート。ロシアは子供のものは安い。紙質はわるいが、絵本の絵や色彩は丁寧で鮮明で美しい。こましゃくれていない。六冊買う。合計一ルーブリ五十八カペイク。

離れた売場を見ていた主人が、ゴム靴を履いているようないそいそした足取りでやってくる。「ちょっと。ちょっと」腕を摑んで強引に連れて行く。どうしても買いたいものがあるから、という。ゴム人形を買いたい、という。ビニールやプラスチック全盛の日本では、もうあまり見られなくなった純ゴム製の玩具。私が子供のころにはあった、人形や動物のお腹や背中にアルミニュームの笛が嵌めこんであって押すとヒヨヒヨなく玩具。

「よく出来てるんだ。安いぞ。よおく見ていると面白いぞ。飽きないぞ」

緑色の亀、白い豚、山羊を買う。合計一ルーブリ五カペイク。白豚の鼻の先と足の裏はピンク色をしている。山羊は空色のシャツを着てズボン吊りのついた黄色いズボンを穿いている。

「そんなものが好きなのかね」と、竹内さんが笑ったけれど、

「あるだけ全部買いたいぐらいだ」主人は笑わない顔で返事をしていた。

レコード売場も子供のためのレコードばかりである。試聴してから買うという仕組ではない。蓄音機など置いてない。倉庫のようなレコード棚があるだけだ。番号を言うと、そこからひきぬいてきてくれる。

チェホフ作品の朗読レコード一枚と、もう一枚何だかわからないレコードを買った。合計一ルーブリ四十カペイク。

たくさんした買物をくくり上げ背負って帰る主婦。子供自転車だけ軽々と片腕で担いで帰って行く若い男。

「今年の三月、子供のために自転車を買おうとしたころは自転車が少なくて、いつも行列が続いていて、なかなか買えなかったんです。今日はたくさんあるなあ」

松下さんはレコード売場の手摺に寄りかかって、向いの子供自転車売場を眺めている。

古びた落ちついた家並みの続く裏通りを選んで歩いた。昔から学者や芸術家が多く住んでいるところなのだという。外壁に男の顔を大きく浮き上らせた飾りのついている建物の前を通りかかった。

「このアパートにエセーニンが住んでいたんです」デコ坊——幼稚園児みたいな顔である。竹内さんも主人も立ち止まって浮彫りの男の顔を見上げた。感慨深げに建物やその周辺を見まわした。男の顔をしばらく眺めていてから、

「こういう感じの顔ではないんじゃないかね」と、竹内さんは言った。

どの裏通りを覗いても、ポプラの綿毛が浮んでいた。プーシキンの銅像のある小公園で休んだ。五時半近かった。

「僕はこのプーシキン像が好きで。方々にプーシキン像はありますが、このプーシキン像がいちばんいいように思います」

植込まれた芝生を見つめていると、ポプラの綿毛というものは、ひっきりなしに落下しているのだ、とよくわかった。くらげに似た綿毛は、緑の芝生に触れるや否や、嵩を失くす。水に降る雪に似て吸いこまれる。

うつ向き加減のプーシキンの顔を真下から見上げた。まわりには、グラジオラス、紫陽花、ばら、鈴蘭などの束が萎れている。台石に刻まれた文字はプーシキンの詩。

「――今、自分は苛酷な運命の下にあるが、自分が死んだら、南の草原の民も、山の民も、自分の詩を読むようになるだろう――。そういったようなことが書いてあるのです」

夕陽が褪めかけた金色に妙に明るい小公園の隅で、昼酒の酔なのか、膝をついて、げろをとろとろと吐いている男がいる。

「いいねえ。坂本龍馬のようだ」

「三島〔由紀夫〕さんにも似ているみたい」おそるおそる私が呟くと、竹内さんはすぐ言い返す。

「いや。坂本龍馬だ」

「三島さんにだって似ていると思う」

「ああバカバカしい。バカバカしいこと言い合うな」癇癪を押し殺した声で主人が吐きすてた。地団太を踏むように歩き出す。しかし勝手がわからぬ町だから、追いついてくれるのを待っている。竹内さんは私の顔を見て、

「怒ったね。非常識。ときどきああいう風になるね。若いときと変らんな」とおかしそうに言った。

「二人とも、なに、バカなこと言ってんだ」耳のうしろで主人が言った。

「いや。坂本龍馬だ」

グルジア料理店の前には、振りの客が席の空くのを待って十人ほど行列していた。モスクワでは有名な料理店だという。ここにくるとグルジア風のパンが食べられるのが魅力なのだという。地下室の食堂は銭湯のように満員。紫煙が何層にも棚びいている。壁いっぱいに、トビリシのどこかで見たことのある風景が描いてある。
〇グルジア風ぶどう酒とコニャック
〇とり肉のくるみ和え
〇スープ（米飯が入っている）
〇とりもも肉バター焼
〇パッソーニ（グルジアの豆料理。納豆に似ている）

　　　　　　　　　　　　　　　　○シャシリク

グルジア衣装をつけた楽団が、中二階風のところから乗り出して、グルジア音楽を演奏している。

竹内さんは、よく食べ、雄弁だった。レーニンの木乃伊の話をしていた。昼食に食べられないシャシリクが出てひどく落胆し、夕食にもまたシャシリクが出た、ということもある——主人は半ば眠っているごとく、眼を伏せて黙々と料理を口に入れていた。

八時半に料理屋を出た。酔ったのだろうか。広々とした通りを歩いていたのは、四人だけだったような気がする。四人の靴音だけよく聞えていたような気がする。四人は少しずつ離れて、手や脚をやわらかに辺りかまわず動かして歩いた。私はうしろ向きで歩いてみたりもした。

「この石門をくぐり抜けた向うに見えるでしょう。あの通りはスタニスラフスキー通りといいます」とき折り立ち止まって、そんな説明を松下さんがした。夜の町にもポプラの綿毛はやっぱり浮んでいる。昼間よりも濃く重たげに見える。眼病に罹っているのではないかと、ふと思うほどだ。

ホテルの玄関まで松下さんは送ってくれた。松下さんは名残り惜しそうにしていた。

山口さんが明朝の打合せにくる。

明朝は六時に出発である。

空港までの車代（一台六ルーブリ六十七カペイク）、空港税二人分（三ルーブリ）、空港でとる朝食代（一ルーブリ）。

これだけはロシア金でとっておくように、と山口さんは言った。

風呂敷を鍵番の老婆にあげに行く。

「ザーフトラ　ウートロム　ダスビダーニア（明日、朝、さようなら）」

風呂敷と私を抱えこんだ老婆は、

「ダスビダーニア　シチャなんとか、プチー」と言った。それは〈さようなら、よい旅を〉という言葉だそうな。

六月三十日　晴

朝五時に起きる。鍵番の老婆が足音を忍ばせてきて、私が起きているのを見ると、肯いて引き返して行った。

早朝のロビーには、今朝出立する坂野夫妻と私たち三人のほかに、山口さんと三杉さんが坐っている。ほかには、いまここに到着したばかりらしい白人の若い夫婦が、坐っている。女は金髪を三ツ編にして両肩に垂らしている。二人ともジーパンを穿き、ゴム草履をつっかけている素足は、すり創と切り創とかさぶた、土埃りにまみれている。このままずっと旅を続け、七月の十七日には東京にいる予定だ、ともの静かに語っていた。江口さんもロビーにきた。

六時、マイクロバスがくる。坂野夫妻、竹内さん、山口さん、主人、私が乗って空港へ。ホテルの玄関に出て、江口さんと三杉さんが手を振っている。

バスの中でした話

「今朝は銭高さんが早くから眼を覚まされていて、時間になるのを待って起して下さいました」と、山口さんは言った。

坂野さんの話

「一昨日、銭高さんは、部屋のドアーの鍵があけられなくて、廊下で困っておられました。丁度、そこへメイドが通りかかって『おじいちゃん、どうしたの』と言ってあけてくれました。そのメイドは日本にいたことがある、大使館か何かで働いていたことがあるらしく、日本語がよく出来るんですわ。それからは部屋にきては銭高さんの世話をよくしてくれました。しかし、銭高さんはメイドと日本語で話していながら、メイドが日本語をしゃべっていることに、まるでずっと気がつかれなかったようでした。御自身が日本語をしゃべっていることにも気がつかれなかったようでした。あとになって『……なるほど。わしら日本語でしゃべっとったんかいな。わし、ロッシャをまわるうちに、ロシア語がいつのまに上手うなってからに、話がよう通じるんじゃ思とった』そう言われましたよ」

坂野夫人の話

「銭高のおじいちゃんは、あなたが下さったあのかけらを、とても喜んで、何度も出して見ておられましたよ。大阪へ帰ったら道具屋に紫檀か何かで台を拵えさせて、それにのせて飾って置くのだと言っておられましたよ。おじいちゃんには、毎日のように随いている道具屋がいるんです」

主人の話

「銭高さんの顔は、岸信介によく似ておられますなあ」

シェルメチェボ国際空港に一時間で着いた。

荷物の計量。三人分一緒に計りにかける。手提も含めてかける。荷札を貰って、一個ずつにつける。手提にもつける。

飛行機のクーポン券を出すと、一番上のストックホルムまでの券を切りとられる。空港税を支払うと搭乗券をくれる。

次に書込用紙の備えてある机に行き、英文の用紙を探して、所持金（USドル、日本金、ロシア金の有無とその金額）、荷物の数、別送荷物の有無を書き込む。

以上のことを、私は竹内さんにくっつき回って、竹内さんのする通りに行なった。書込用紙に書くときは、左隣りにくっついて、竹内さんが書き入れるのを、一々覗き込みながら、その通りに間違えないように書き入れた。竹内さんは横眼を走らせて、

「そこは同じに書いちゃダメ。そこは武田の名前を書くんです」と注意をした。

この用紙と、ナホトカへ着く前に船中で書き込んだ用紙と、ロシア国内で両替したときの用紙を出すと、全部とり上げ、代りに搭乗券に印を押してくれる。

「これで手続きは終りです」山口さんがほっとして言う。

二階の待合室へ。

ストックホルムへの飛行機は午前八時十分に出るという。時間が少ないから食堂へ行くのはやめよう、飛行機の中で食べればいい、と主人は言った。二十分遅い飛行機でハンガリーへ発つ坂野夫妻を山口さんが食堂へ案内して行く。

「ここは三十分前に放送があって乗り込むようになっていますから、聞き逃さないように。放送はとてもあっさりしていますし、聞きとりにくいこともありますから」と言い置いて。

三人分の食事代金だけロシア金が余っているから酒か煙草に代えてくる、というと、竹

内さんは、

「そうだ。それがいい。いってらっしゃい」と奨めたが、主人は怖い顔をして、

「もうじき放送になるから遠くまで行くな。ロシア金は余ったっていい。山口さんにあげて使ってもらえばいい。ここを一歩も動くな。ふらふらと出歩くな」と言った。

放送がはじまると、竹内さんは、

「はい。はじまりました。皆、荷物を提げて行列について」と言った。

食事中の山口さんが口を拭いながら見送りに走ってくる。

「お元気で。よい旅をなさって下さい」残りのロシア金を山口さんの手の中へ移した。

改札係は厳めしく表情をくずさない。旅券と搭乗券を見せる。私の前のロシア軍人は、写真と本人を疑わし気に何度も見比べられ、長々と調べられたのち、やっと通った。

SAS航空機内。

オレンジ色の座席。クリーム色の壁紙。ふかふかの縞の絨緞。乗客はまばらで、どこに腰かけてもかまわないのである。乗り込むと五分後に動き出し、動き出したと思ったら離陸した。音も低く揺れもない。「禁煙」と「ベルト」のランプがすぐに消えた。

竹内さんは立ち上ると背すじをのばし、

「もう安心」と、にっこりして私たちに言いきかせた。そして天井から壁から窓から乗客

から扉から絨緞から、すっかり眺めまわして、

「いいね。言っちゃわるいけど、ロシアのよりいいね。もう安心」と言った。

グレープジュースが配られる。朝食の用意がある、と放送される。座席に備えつけてある値段表をみつけた主人はビールを注文した。

スカンジナビヤビール（罐ビール）二本とコップ二つ。一ドル出すと五十六セントの釣銭がきた。主人は竹内さんにコップと罐を渡す。もう一度スカンジナビヤビール二本注文する。一ドル出して五十六セントの釣銭がくる。主人は私にもコップに一杯のビールをつぐ。そして、

「これからは百合子を財布係にしよう」と竹内さんに向って言った。

「いままでだって財布はあたしが持っていたよ」

「いままでは山口君がいたからな。これから先は、飲んだり食ったり、タクシー代やチップ、そういうものは全部百合子が計算して財布から出す。俺たちは面倒くさいからな」

朝食

グレープフルーツ、ナイフ、フォーク、スプーン、チーズ、バター、クッキーののった盆をスチュワーデスが配った。スチュワーデスがひっ込むと男の給仕（これが西洋映画に出てくる二枚目役者のようなのだ）があらわれてパンを配る。パンはほかほかと温かい。

男の給仕がひっ込むと、コックの白服、長い白帽子の男があらわれて、大皿のオムレツを一つずつとりわける。オムレツは、もわもわぷっくりとしていて熱い。

次に、さっきのスチュワーデスがあらわれて、コーヒーあるいは紅茶を配る。

次に、さっきの二枚目の給仕があらわれて、大皿に山盛りのソーセージ、ベーコン、肉を注文を訊きながらとりわける。ソーセージ、ベーコン、肉は大皿の上で、まだジュブジュブと音を立てて脂を滲ませている。

次にコック服の男が、ハムときゅうり、トマト、セロリの大皿を持って出てきて、注文を訊きながらとりわける。

終りにもう一度スチュワーデスが、コーヒーあるいは紅茶のお代りを訊きにきた。

料理が出てくるたびに、竹内さんは相好をくずし、主人と私も感じ入っているかどうか、首をのばし顔を見て調べた。

便所のトイレットペーパーはやわらかく厚ぼったく、菫色の花柄が入っていた。用を足して、ボッチを押したら、菫色の水がごっと渦巻いて出て、ごっと渦巻いて忽ち吸い込まれた。そのあとお白粉の匂いが残った。便所から出てきた竹内さんは、主人の前にきて、報告する。

「行ってみてこい。紙がちゃんとあるぞ。やわらかい紙だ。紫の水が出るぞ。色気のある便所だねえ。物が豊富というのは……ロシアにゃわるいけどな、言っちゃわるいけど、やっぱりいいなあ」

海上に出る。快晴。浮藻のごときものは島。

「この飛行機は高度が上っても寒くならない」竹内さんはひとり感服したあと、「たいしたもんじゃ。たいしたもんじゃ」と、銭高老人の抑揚をそっくり真似てつけ加えた。いままで眠たげで、ろくに返事もしていなかった主人が顔を上げて、「わし、よう知っとった。前からよう知っとった」と負けずに言った。

ひとしきりはじめた会話がと絶えたとき、老人はいまごろ何をしているかな、と私は思った。一緒に旅行してきた昨日までのことを、夢の中のことか、ずい分以前のことのような懐しさで思った。

島がじんま疹のように増えてきた。島は黴《かび》色に見えた。

午前八時十五分（モスクワ時間では、前十時十五分。時差により二時間戻す）ストックホルムへ着く。

荷物うけとり所に、同じ飛行機に乗っていた日本人夫婦がいた。荷物のうけとり方を訊ねると、男は何台も並んでいる手押車を指して「あれで自分で運べばいいんです。その方がチップもいらなくて済みます」と教えてくれる。「それから荷物をうけとる前に両替しておいた方がいいですよ」

この人はモスクワ駐在商社員で、四日間の商用でストックホルムに来たのだといった。奥さんが人なつこく話しかけてくる。

「北欧はおはじめてでいらっしゃいます?」

「はじめてです。ロシアもはじめてです。日本から外へ出たのもはじめてです」

「モスクワからいらっしゃいますと感動なさいましたでしょう。北欧は素晴らしゅうございましょう?」佐久間良子風の美人の奥さんは、しきりと感想を促す。

「はあ」物が豊富で迅速に事が運ぶ文化都市にやってきたのだな、ロシアとはちがったところだな、と思っているだけだ。感動というのは、中央アジアの町へ着いたときにした。前世というものがあるなら、そのとき、ここで暮していたのではないかという気がしたのだから。

「同じ商社マンでもヨーロッパ駐在の方が羨しいですわ。主人がたまにこうして出張するときは、三日でも四日でもいいからせがんで随いてきますの。流行のものも見たり買ったりして遅れをとり戻さなくてはねえ」

びんびん響く美声の奥さんである。奥さんの顔をぼんやりと私は眺めている。

両替所で二十ドル両替。100と書いた札と硬貨がくる。100と書いた札は使いにくそうだから、行列の終りに並び直して「スモール　マネー　チェンジ」と、100の札を出す。10の札が九枚と大小の硬貨。また行列の終りについて、大の方の硬貨を出し「もっとスモールスモール　マネー　チェンジ」と言う。「オーケー」係の男は中と小の硬貨を見せる。小を指すと男は首をかしげる。しかし、私が小を希望しているので小に替えてくれる。両手の硬貨をこぼさないようにそろそろと戻ってくると「ちょっと両替しすぎじゃないかね。この小銭はもしかすると、日本の一円玉のようなものじゃないか」と竹内さんは言う。小銭を両手に捧げて、私はまた行列に並ぶ。小から中へ替えるのは、何て言ったらいいのかな、と考えながら。

ホテルまでどうやって行くのかを訊ねる役と、トランクをのせた手押車を押して荷物番をしている役を、三人が代り合ってした。代り合って、といっても、竹内さんは主人や私が訊いてくることでは信用出来ないらしく、私と主人は手押車の番をする役に自然となっていた。

どうやら、ターミナルまで空港バスで行き、そこでタクシーに乗り換えて目的場所へ行く仕組になっていることが判る。

バスに乗るとすぐ、運転手に一人八十オーレ、三人で二百四十オーレを支払った。奥深くまで緑に煙っている林などが続いていたらしかった。腰かけた私は景色など横眼で見遣っただけで、両替した金を全部ひろげて、つくづくと眺める。さっぱり判らない。隣りの男が私の掌の金を一緒になって眺め、それから自分も金を出して掌にのせ、私のと見比べていた。

タクシーに乗り換え、マルメンホテルの玄関まで十二クローネだった。「チップも」と竹内さんが言う。一クローネを加えてみた。会社会長みたいな恰幅の老人が出てきて、トランクを部屋に運んでくれた。竹内さんに教わった通りチップを出すと、老人は受けとらなかった。そして訓示を垂れる調子で何か言い、部屋を出て行った。

「あの人、何を言ってた？」

「『このホテルではチップは必要ない。つまり自分の荷物は自分で運ぶことになっている。今後は自分で運びなさい』といってたようだな。女連れだから特別に運んでくれたんだ。竹内のは運んでくれないわけだ」

かんからかんからと乾いた音の鐘がすぐ近くで鳴った。その後は三十分ごとに鳴っていたようである。二階の部屋からは、向い側の広場が見える。広場には花屋、八百屋、果物屋が屋台を出している。

寝台に腰かけた主人は窓外の様子も見ない。

「まず、酒を買ってきてくれ」と言った。

このホテルでは酒を売っていない、と帳場ではいう。玄関を出て振り返り、ホテルと周囲のたたずまいを頭の中へしまっておいて歩きだす。酒類販売業らしい店は、さっぱり見当らない。（この国ではパン屋で売っているのかもしれない）しかし、パン屋にはなかった。スーパーマーケットには、肉、菓子、アメリカの罐詰、日用雑貨、化粧品などが、色どり豊かに溢れるほど置いてあるが、酒はなかった。代りに酒の肴の鰊の油漬を買った。勘定台の女は、クローネ、オーレの説明を親切にくり返してくれたが「酒はないか」と訊ねると首を振った。

肉屋は店の外まで出てきて教えてくれたけれど、大体その通りに歩いたつもりだが一向に酒屋はなかった。

犬が電信柱へおしっこをして行く気持はこんなものだろう。角を曲るとき、角の建物とそばにある樹や目印になるものを頭にねじ込んで曲る。〈いま右へ曲ったのだから、帰りは逆に左に曲るのだぞ〉と呟いておく。店内に瓶らしきものを見かけると入っていって、酒屋かと訊く。梯子に乗って高いところのペンキ塗りをしている男にも、酒屋はないかと訊いてみる。そのあたりからか、ヒッピー風の三人の男が一緒に歩きはじめた。男たちは向うから歩いてくるヒッピー風の二人連れに、私に代って酒屋を訊ねてくれた。すると、その二人もついてきて、しばらく酒屋を探してくれた。

「ワインショップ？」私はそう訊ねる。肯いた店主は、罐詰を持って出てきて、私の前へ置く。野菜スープである。どうしてこうなるのだろう――ショップがスープか、そして私は野菜スープを飲むタイプに見られたのだ。この次入る店では「ワインドリンク」と言おう。言ってから眼を据えて、ふらついて見せよう。

次の店では、店主が私を気味わるそうに見つめている。二、三度して見せると納得した。奥からコップと飲みかけの酒瓶を持ってきてつごうとする。それでは困る。

「これはグラスワインね。グラスワインはノー。スモールはノー。リトルはノー。瓶ごとの酒を下さい。ビッグボトルを下さい。アイ　ウォント　ビッグボトル」

店主はもっと大きなコップを持ってきて酒をついでくれた。ここは酒屋ではないようだ。私はもしかしたら、アルコール中毒の女と思われ、同情されたのかもしれない。わるいから飲んでしまう。

二時間近く経った。ホテルの前まで戻ってきて中年婦人に訊ねると、酒屋までつれて行ってくれ、看板を指して「グリーン」と言った。この緑の印がこの町で酒を瓶ごと売っている店の目印だった。その酒屋はホテルから三分ほどのところにあった。広い店内には世界各国のあらゆる酒が並んでいた。三ツ星のコニャックを一本買う。高かった。

竹内さんが部屋にきていた。帰ってきた私を見ても、二人とも無言である。コニャックを眼の前に置いても無言である。手にとらない。見もしない。昼食どきを過ぎても帰らなかった私に苛々していた様子だ。

「どこまで行っても酒屋がなくてね。酒をくれというと野菜スープの罐詰をくれようとするのね。ここの地元の人たちは、英語を使わないらしい。ドイツ弁というのかなあ……ドイツ語みたいな感じの言葉をしゃべっている。ずい分遠くまで歩いてもないから戻ってきたら、酒屋はホテルのすぐそばにあった」いいわけがましく私はしゃべる。それでも二人は黙っている。

「……実はいま、武田に言いきかせていたところなんですよ。『もしかするとこのまんま帰って来ないぞ。旅行してからつくづくと感じてたんだ。お前は女房を使いすぎるぞ。いけないぞ。彼女は帰って来ないかもしれない。ひょっとすると、旅行に出るときから百合さんは計画をたてていたのかもしれないぞ。どうするね？　こんなところで消えられるともう出てこんぞ』そう言いきかせていたところなんだ。『あれは体が丈夫だから何でも平気なのさ、あれは自由気儘にやりたいようにやってるんだ』なんてつよがってたがね。だんだん、しょんぼりしてねえ。下向いちゃって何も言わなくなった。薬が効きすぎたかな」

「……このまんま、ふらっといなくなるねえ……そんなこと、まるきり考えてなかった。

もしその気になっていたとしても、今回はいったんここへ帰ってきてからにする。帰ってきて、この黄色い大きな財布を持っていなくなることにするから」私は部屋に置いていった手提の中から黄色い財布を出して見せる。

「大金の方はこの中に入っているの。これ持って消えなくちゃ」

二人はコニャックをあけ、鰊の油漬を食べ、素晴らしい味だなどとお世辞をいった。

三階の竹内さんの部屋の廊下にはビールの自動販売機が置いてあるそうだ。自分専用のビールの入った冷蔵庫を持っている気分だ、夜中だって飲みたければすぐ飲めるのだからな、と得意気だった。

「試しにビールも出してみよう」一本二クローネだからといって、クローネ貨を何枚か持って竹内さんは出かける。

「俺はそんなに心配してなかったさ。もう少し待って帰らなかったら警察に届けよう、といったのは竹内なんだからな」竹内さんが扉の向うへいなくなると主人は言った。

小瓶だからすぐ飲んでしまう。

「今度はあたしが出してくる」

それを飲んでしまうと、また竹内さんがビールを出しに行った。竹内さんは自動販売機が面白くて仕方がないようだ。

ホテルの食堂で遅くなった昼食をとる。
○パン（トーストパン）
「ロシアではトースターという器具がないのかねえ。トーストは久しぶりだ」竹内さんはやたらとロシアを引き合いに出して、スエーデンをほめる。

隣席で、白人の男が二人、氷の上に赤い小海老が山盛りになっているのを、指を使ってむさぼり食っている。俺はあの海老が食いたい、ほかのものはいらない、と主人は主張した。

「竹内。早くメニューを見てくれ。早くあの海老を注文してくれよ」

竹内さんは、

「ハイ、ハイ。ハイ」と返事をする。

「山口君。山口君。早くして頂戴。これからは竹内が山口さんだ。竹内国際旅行社だ」

「ハイ。ハイ」モスクワを発った飛行機の中から、主人は銭高老人になり代っていた。早く銭高老人になり代った方が勝だ。

隣りと同じのをくれと注文すると（Farska rakor）メニューのこの字のところを女給仕は人さし指でなぞってみせる。

フィンガーボールがくる。氷の上に、芝海老よりやや大きめの海老を茹でたのが花びら形に盛り上げられた鉢がくる。隣りでは海老のあと、ビフテキの皿が運ばれてきている。

「西洋人はよく食うなあ。海老のあとビフテキか。われわれはこれだけで充分だなあ」

「俺は夜もこれをとる。明日もこれをとる。気に入った。毎日これを食うぞ」ぴちゃぴちゃと舌を鳴らし、ひたすら食べながら主人は言っている。

「うまいものは続けて何度も食うもんじゃないよ。夜はほかのものがいい。やたら続けて食うとうまみがなくなる」

「いや。俺はこれを食う」銭高老人となった人はゆずらない。

海老を食べつくすと、女給仕は隣りと同じビフテキの皿を運んできて当然のごとく並べ、氷だけになった皿を下げていった。挽肉でない肉料理の皿を前にして主人はいやな顔になる。竹内さんはメニューをひろげて、よく調べる。

「海老を注文すると、これがついてくるのかねえ」

「そうではないと思う。肉が本命でしょ。肉を注文すると前菜に海老が出てくるんだと思う」

茹でた海老を大量に食べると、胃袋がごろんごろんすることがわかった。しかし肉料理も食べなくちゃ。残さないで食べなくちゃ。主人の皿も竹内さんとわけて食べなくちゃ。喉元まで詰ってくる。ギプスをはめたみたいにつっぱってくる。

「まだ、このあと、何か出てくるんじゃないかね」

不安の眼を隣りへ送りながら、竹内さんはずい分と細かく肉を切っている。白人の男たちは、口を拭ってコーヒーをのんでいる。肉を食べ終るとコーヒーがきた。そのあとは何もこなかった。

もう海老はとらなくていい、と主人は言った。

「海老だけ注文出来るさ、きっと。なあに今晩も明日も海老だけ食えるさ。俺が注文してやるよ」竹内さんはそう言ったが、自信なさそうだった。

ゆるやかな勾配の商店街を歩いて行った。いまは値下げ大売出しの季節なのか、店の飾り窓には赤い大きな文字をなぐり書きした紙が貼られている。

家具の店。絨緞の店。カーテンの店。室内装飾のこまごましたものの店。雑誌を売る店は煙草とパイプ屋を兼ねていた。

「こういう、煙草屋のふりをしている店にポルノ雑誌があるかもしれない」

竹内さんは店の前を動かない。入って探してみたが、それらしいものはなかった。その店で竹内さんはフィルムを買っていた。私は小さなパン屋で、チーズの入ったパンと砂糖がとろとろにかかったパンを夜食用に買った。二クローネだった。

河岸へ出た（河岸と書いたが河なのか、湾なのか、見当がつかない。海へ流れ出る河口というより、海水がゆるゆると流れ込んできてしまったところのように思える)。昇降機に乗って展望橋へ上った。橋は河岸から向うの丘の中腹まで長々とかけ渡されている。少し歩くと立ち止まり、二人は金網に指をかけて河岸の街を見下ろしている。また少し歩くと、今度は右側の山の手を見下ろしている。私は五メートルほど前方の空間に眼を据え、顔と頸を立て、眼の玉を動かさないで渡ってしまう。風が強い。よろよろする。人がすれちがうと気が遠くなってくる。それだから、ここから見える町の様子を私は書けない。ここからは、この町がすっかり俯瞰出来るらしい。

緑が濃すぎて暗く湿っている、丘の小公園のベンチには、老人ばかりがいた。

丘を下りると小さな文房具屋があった。姉妹らしい顔だちのよく似た二人の老女が店番している。主人は北欧の草花を植物図鑑風に細密に描いたポスターと絵葉書を買った。そのとき、竹内さんは大きなマッチを珍しそうに長いことといじっていた。竹内さんは、あのマッチを買ったかしら。夕方、ホテルの前に出て観光バスを待つ。

午後六時にホテル前に観光バスがくる、それに乗ると市内見物が出来る——帳場にある観光案内には、そうのっていた。「ほんとに来るのかな」「ほんとに来るのかな」半信半疑の三人が立っていると、十五分遅れてバスは来た。インドネシア人らしい夫婦とその息子が乗っているだけだった。バスは、そのあと、あちらこちらのホテルを回り、玄関に待っ客を乗せ、六時四十分ごろに満席となった。バス料金、一人十五クローネ。

ガイドが話しはじめる。私にはまるで判らない。郊外に向って走り、岩盤の上に建つ高層アパート大団地にやってくる。水泳用プールもあり、立派な商店街もある。セイコー、シチズンの看板も出ている。広い駐車場には住民の自家用車が並んでいる。東京郊外の住宅大団地に似ている。やきとり屋とか飲み屋とか酒場とかはみあたらない。体にわるい無駄なものはみあたらない。ガイドは熱をこめて説明している。ここはこの町の自慢の場所らしい。しかし、つまぁらない。乗客の一人のアフリカ人らしい小柄な白髪の老人は、粗末な旧式な折り鞄を抱え、一人だけ離れて、どこを見るでもなく歩いている。私はその老人ばかり見ている。

バスは町へ引き返し、町を抜け、樹脂や草の匂いがたちこめる、雨の上ったばかりの林へ入って行く。やがて現われたテレビ塔の下で停まった。

インドネシア夫人はバスから降り立つと、こめかみを押えて夫に頭痛を訴えている。テレビ塔の昇降機は大へんな速さで上まで昇り、また下りてきた。面白くも何ともない。耳がきゅうんとして唾をのみ込んだだけである。

売店で。

絵葉書三枚。一枚はスエーデンの切手の絵。一枚は昔のストックホルムの町と帆船の絵。

もう一枚は、テレビ塔の入口ホールの壁彫刻の写真。大小多種多様の怪異な把手のようなものが壁にとりつけてあり、その把手がエナメルで彩色されている――超モダーンな彫刻である。一ドル出すと一クローネ二十五オーレの釣銭をくれた。この三枚の絵葉書、高いと思う。選んでいる横にきて、壁彫刻の絵葉書も一枚買っておけ、と主人は言った。ことにこの壁彫刻の絵葉書、気に入らぬ。

テレビ塔から出てきた乗客たちは、樹間を透けてくる低い淡い夕陽の中で、黙々と、頭を叩いたり、耳に指を入れてみたり、首を振ってみたりしていた。

河岸の観光バス発着所で全員が降ろされた。ここが終点であるらしかった。食堂なのか、ホテルなのか、篝火を焚いて軒に吊している店が三軒見える。薄暮の川風に火の粉が舞っている。

「あすこに行って食事をしよう」と竹内さんは言ったが「ホテルの中か、近くで食べる」と主人はきかない。眠いのだという。

ホテル近くまで歩いてきたとき、スコールと書いてある看板をみつけた竹内さんは、「スコールと書いてあるからには、きっとビヤホールか、それとも食べものの店だ。あの店にきめたよ」と言った。近づいてみると、その店の飾り窓には靴ばかりがあった。それも埃りのかかった、古い男もののサンダルばかりが放り出されたように積み重なっていた。

夕食（スコールと書いてある店の隣りの食堂で）
○ビール、ジョッキ二杯（竹内さんと主人）
○グレープジュース（百合子）
○じゃがいも一皿（大盛りである）
○サラミのザクスカ二皿
以上、十五クローネ四十五オーレ。

セルフサービスの店である。茹でた新じゃがいもが大へんおいしい。行列に並んでもう一皿運んでくる。
○じゃがいも一皿
○トマトジュース（百合子）
○しめ鯖に酢油がかけてある
以上、一クローネ五十オーレ。

しめ鯖の酢は少々甘ったるい。

私のあとに並んでいたヒッピー風の男は、ハンバーグステーキとじゃがいも二皿をとっていた。この店は安いらしい。見回すとヒッピー風の男女、肉体労働者らしい男たちが食べている。

女連れの中年男が、隣りの竹内さんにしきりと話しかけてくる。その男の感じがキライなのか、竹内さんはろくに返事もしない。しまいには体をねじくって、出来るだけ背中を向けている。諦めた男は、女と話をはじめた。

モスクワ以来、酔うとレーニンの木乃伊の話をする竹内さんは、今晩も、

「あれは、本当のミイラではない」と言いはじめた。レーニンの木乃伊の話になると、興味がないのか、主人は何も言わない。黙ってしまう。

店を出ると、水兵が二人寄ってきた。一緒に飲まないか、と誘っているらしかった。主人が断わっても、水兵の一人は白ズボンの長い脚がのせている細腰を軽くよじり、折って束にした紙幣をポケットから出して見せる。われわれが金を持っているのだから安心しろ、というのだ。しかし、遅ればせにやってきた竹内さんが来るなり「ノー」と言うと、水兵たちは、ふっと口をつぐんで眼を伏せてしまい、離れていった。人も車もかき失せてしまった夕闇の車道にちょっと佇っていた二人は、そのまま力を抜いた足取りで車道をわたって行った。淋しそうに見えた。水兵が主人を誘っている間、水兵のうす水色の眼と眼のまわりにそり返って密生している金色の短いまつ毛を、心置きなく間近で眺めることが出来た。青い眼というのは、やっぱりよく見えないのではなかろうか。焦点が合っていないようなのだ。ふしぎな、こういう眼と、まつ毛、どこかで会ったことがある。豚だ。豚がこ

ういう眼をしている。豚の眼も金色のまつ毛が生えている。

ホテルの部屋は室温二十六度。花模様のトイレットペーパーは、嗅ぐといい匂いがする。洗面所の洗面台には栓がある。小袋に入った二袋の洗剤とたくさんの紙コップが備えつけてある。浴槽は正方形で深く、胎児のようにかがまって入れる日本風呂の形である。Cの蛇口をあければ、どっと澄んだ水が出、締めればきっちりとしまって、水がぴたりととまる。Hの蛇口からは熱湯がほとばしる。排水管から洩れて噴出したり、つまって流れなかったりしない。三ヵ所にある鏡は平らで、自分の顔が実物通り、もしくはそれ以上によく写る。そして、どの鏡も、小さな私がとび上ることなく顔を見ることが出来る高さについている。

するする、するする、と万事が滑らかに運ぶ。ロシアを旅してきた私は力の入れどころがなくて、体がむくんでしまいそうである。寝台のそばには眼覚し時計もあるが、新型でボッチがたくさんついていて、扱い方がわからない。

「今日は大分飲んだ。白夜というのは困るねえ。僕は明日の朝食はルームサービスで一人でとるからね」

ぶどう酒を飲んでいた竹内さんが立ち上る。扉へ歩きながら、

「明日は午前十時行動開始。ロビーに集合」と、振り向かずに言い置いて出て行った。

眠たげにしていた主人がしばらく経って口をきく。

「竹内はこのごろ威張ってると思わない?」自然なおだやかな口調だ。私は主人の顔を見る。ふざけても笑ってもいない。

「あたしは別に威張ってるとは思わないよ。いつもの竹内さんと変らないよ」

「俺たちの飛行機の切符だの、荷物の券だの、皆、竹内がとり上げて、ずっと持ってるじゃないか」

「ああ、あのこと。空港の手続は間違うと厄介だからって、竹内さんがまとめてやってくれてるでしょ。一々集めたり配ったりするのは面倒だし、それにあたし達が持っていると失くすかもしれないから、竹内さんが預ってくれてるの。とうちゃんは自分で言ってたじゃない。これからは竹内が山口さんだからな、おい、竹内旅行社、しっかり頼んだぞ、なんて。竹内さんの親切からよ」

私の説明は沁みこんでいかない。

「そうかなあ。いや。竹内は威張ってる。いまも『明日は十時行動開始』だなんて、あれだって勝手にきめてるじゃないか」

「親切からなの」

「……百合子が酒買いに行って帰ってこなかったときだって、竹内のやつ、いやに威張って俺にいいきかせたぜ」

脳の回転がぴたりと熄んでしまったかのように、不本意な表情をどんよりと漂わせている。

七月一日　曇のち雨となる
七時に起きた。
朝食（ホテル食堂）
○パン（五種類ぐらいある）
○バター、ジャム、オレンジママレード
○チーズ（四種類）、ソーセージ、サラミの薄切り
○紅茶、コーヒー、牛乳
○角砂糖、ズルチン、サッカリン
好きなものを好きなだけ、皿にとって運んできて食べる。紅茶茶碗も皿もあたためてある。主人は充分食べた。食べながら、

「ほんとにうまくて仕様がない。うまくてうまくて。ルームサービスなんぞ（このあと食べながらふにゃふにゃ言ったのでわからない）……竹内はバカだなあ」と言った。

ホテルの向いの広場に出ると、八百屋、果物屋、花屋が屋台をかけはじめていた。八百屋が三軒、花屋が二軒。さくらんぼ、きゅうり、トマト（赤黄色いまん丸の小さなトマト）、ねぎ、にんにく、じゃがいも、苺、サラダ菜、カリフラワー、えんどう、人参、バナナ、桑の実などを山に盛り上げて、スポイトの大きいので水をかけている。

午前十時、指定された場所で待っていても、竹内さんは降りてこない。

「見てこい。病気かもしれないぞ」

竹内さんは病気ではなく、朝食を終えて一服していた。私たちが通りをわたって広場へ出かけ、屋台をまわり、写真機店の窓を覗き、また通りをわたってホテルの玄関に入るまでを、窓からずっと眺めていた、と言った。

「目立つからねえ。いやでも眺めていましたよ」

「ヘンでした？」

「うん。やっぱり異様だね。武田の歩き方はぱたぱたしているね」

この町の人は男も女も、電信柱みたいに背が高い。白ッ子のように色が真白で金髪が多い。

「十時行動開始とおっしゃったから、階下で待っています。様子を見にきたのだけれど」

竹内さんはパイプをつつきながら、

「あれえ、そんなこと、言ったかなあ」などと言う。

「ここの風呂桶は洗濯しやすいので、さっき大きいものも全部洗濯したら、すっかりくたびれた。僕は午前中はねていることにします」

船着場まで、と乗ったタクシーの運転手は、長い金髪でヒッピー風の恰好をしていた。二十四歳だといった。

「あなたはビートルズに似ています」主人が言うと、横顔で「サンキュー」と愛想よく笑って見せた。

遊覧船の切符、二枚十四クローネ。船に乗り込んだとき、降りだしそうだった空模様が雨にかわった。真紅のセーターの背の高い娘が、木の枝みたいに細い長い脚をふんばって駈け込んでくる。ひっつめに束ねた金髪を濡らしている。ガイドのこの娘が乗ると船は動きだした。まもなくチボリ（遊園地）と書いた船着場に着くと三、四人が降りて行った。雨の中で観覧車がまわっているのが見えた。船は動きだし、元の船着場に戻ってきた。それだけだった。もしかしたら、これは遊覧船ではなく、渡し船だったのかもしれない。

河岸からホテルまでのタクシー料金、三クローネ八十オーレ。

昼食（昨夜のセルフサービスの食堂にて）

別のところへ行って食べてみたいと竹内さんはいったのに、またあすこへ行くと主人がいったのである。

行列が私の番になると、中国人らしいコックが、

「これ、ヒトリマエネ。フタリマエ？」と口をきいた。そして抑揚なく言った。

「スエーデンは暑いでしょ。ぼく、長くスエーデンにいるけど、こんなに暑いことははじめてね」
○スパゲティ
○鰺のフライ
○うらごしじゃがいも
○トマトジュース
○ビール小瓶
合計、十五クローネ八十オーレ。

竹内さんはスパゲティを食べはじめてすぐ、

「あまりうまくない」と言う。

食べながら、午後からどこへ行くか、相談した。「午前中に乗った船は動いたらすぐ戻ってきたから、午後からは『長時間の島めぐり遊覧船』というのに乗り直す」と主人は言った。「長時間の乗物は苦手だ。船着場まで一緒に行き、そこで別れて町を見物する」と

竹内さんは言った。

船着場で、午後二時に出る、三時間半の島めぐり船の切符を買った。二枚三十六クローネ。

町を歩くはずであったのに乗ってみたくなったのか、一時間の島めぐり船の切符を竹内さんも買っている。

船には、また午前中の真紅のセーターの娘が乗り込んできた。観光案内書によれば『この三時間半の島めぐり船には、バーがあって飲物があってホステスがいる』となっているが、バーというのは一隅を仕切って細い机が置いてあるところのこと、ホステスとはこの赤いセーターの娘のことらしい。

重たそうな水をめくって船が走る。雨は降ったり止んだりしている。薄陽が水面をひとわたり真鍮色に舐めてゆき、またすぐ暗い鋼色の水に戻り、雨が落ちてくる。

大学生らしい印度娘は、サリーの上にカーデガンを羽織って鳥肌立っている。その連れらしい混血の洋装の女は、白人の夫にもたれかかっている。一人旅のアメリカの老婆は、誰にでも写せるという日本製の小型写真機を膝に置いている。若い男五人連れ。老夫婦。少し若い老夫婦。

霞んでいた島影が濃くなり、大きくなり、眼の前に近づくと、船は速度を落して、その島のまわりを一周あるいは半周したのち、次の島へ向う。船は思いのほかに速い。うしろとなった島は忽ち遠ざかる。

写真を撮っておくのだぞ、と主人は言う。

「どの島も？　いやだねえ」

「どの島だってバカにしちゃいかんぞ。どの島だってよく見れば一つずつちがうぞ」

雨、水の色は濃く島の色も濃い。私の写真機に入っているフィルムは黒白である——どの島も同じに撮れてしまうだろう。見えたものをここに書いておく。

◎葦ばかり生い茂る島が見えてきた。船着場がいくつもある。この島のまわりだけ茶色の水。

◎夜光塗料をすっぽりかけたように、妙な光りのこもった藻が一面にべったりとついている島。波がその藻を洗いつづけている。

◎船着場のない島。

◎銃眼のある砦。監獄を思わせる石造りの建物は武器庫。荒涼とした島、ここは昔、要塞であった由。

ヒッピー風の男女が船を出している。雨が降ってきても釣糸を垂らして動かない。ふっくらとした胸の鷗が裂くような声で鳴く。波に休む鷗も釣糸を垂れた船も、揺れながら、みるみる小さくなる。主人はバーでビールを飲む。太った老人の先客がある。真紅のセーターの娘は島めぐりの地図を拡げて、ときたま客に説明をしていたが、いまのところ目ぼしい島がないのだろう、この一隅にやってきてアイスクリームを注文し、脚を高く組んでまずそうに舐め、そのあと煙草を出して火をつけた。
◎大きな島には、島の名が書いてあるらしい大きな立札が、岸に立ててある。
◎石油タンクのある島。シェル石油の油槽船がきている。
◎人家の見える島。思い思いの形と色彩の家の庭には、花が咲き、ベンチがある。どの家にも旗の掲揚塔があり。水色に黄十字の国旗がはためいている家。
◎島の住人家族に船着場まで見送られて、いま帰って行こうとしている、ほかの島から船で来た訪問客。犬も見送りにきている。帰って行く方も犬を連れている。
　行き交うヨット、小舟、観光船は、水色に黄十字の国旗をへさきにつけている。子供を乗せて買出しに出かけるらしい主婦が運転しているモーターボート。

ホテルまでの帰りみち、小さな宿屋の前を通った。狭い間口の奥の暗い床に、ヒッピー風の男女の群が、脚を投げ出して壁に寄りかかったり、ねころんだりしていた。宿の前には、コッペパン、ソーセージ、ジャム、チーズ、サラミ、その他日用雑貨が一人前分ずつ出てくる自動販売機がある。

古道具屋で、緑色の硝子の茶碗を買った。地元の老婆が三人連れ立って入ってきた。一人が中古の眼鏡入れに自分の眼鏡を外して入れてみて、丁度いい具合なので買っていった。財布に入れてあるお守りの仏像を見た女主人は「何であるか」と訊いた。「マイ　マスコット」女主人も首から吊した紐をたぐり上げ、腹の布袋から指先ほどの金具をつまみ出し「マイ　マスコット」と言った。自分の靴底を指さしたから、それは靴底に打つ金具にちがいない。

七時過ぎになって竹内さんは帰ってきた。タクシーに乗ってホテルの名を何度言っても通じなくて困ったのだそうだ。あとになって、マルメンホテルをメルマンホテルと言っていたからなのだ、と気がついたのだそうだ。

「晩めしにしよう。あすこに行く」誰よりも先に主人がそう言った。折角、ストックホルムまで来たんだ、同じところでばかり食わずに別の食堂に行ってみよう、俺は行ってみたい、旅行というものはそういうものだ、と竹内さんは言っていたが、耳もかさないでメトロバー（店の名前）へ直行する主人に、苦笑しながら随いてくる。

八時、夕食（メトロバーにて）

ビール三本とる。

○ビフテキ、揚げたじゃがいも（竹内さん）

○ハンバーグステーキ、うらごしじゃがいも（主人）
○カナペ、桃のジュース（百合子）
私は船酔い気味だ。竹内さんのとった揚げじゃがいもが多過ぎるといったから、半分貰って食べている。

河岸からホテルまでの道でポルノ雑誌を置いている店をみつけたことを主人が話すと、これから是非そこへ行ってみよう、と竹内さんは言った。

近くまできて「あの店」と教えると、竹内さんは駈け出した。主人もぱたぱたと急ぎ足になって、あとから往来を横切って行った。二人は頭を寄せ合って飾り窓を覗いている。感想をのべ合いながら。二人のへんな恰好。上半身だけ前にのめった及び腰。何だって二人とも下半身だけ窓から遠ざけるんだろう。

商店はあらかた六時で閉り、飾り窓だけに灯がついている。「加美乃素」が二瓶出ている窓があった。一軒ある小さな映画館では「ロビンフッドの冒険」をやっていた。

町の外れは広場になっていた。自動販売機がずらりと、壮観という感じに並んでいた。菓子パン、コッペパン、食パン、チーズ、ソーセージ、サラミ、ハム、肉の罐詰、魚の罐詰（カブキ印という日本製の鮭罐もあった）、ドロップ、クッキー、トマト、ケチャップ、りんご（りんごは二個ずつ出てくるらしい）、避妊用スキン、そのほか日用雑貨類。一人分か二人分ずつの分量になっているのが出てくるらしかった。二クローネ入れてドロップを一袋出してみた。一人、男がやって来て金を入れて出して立ち去った。金を入れてから出てくるまでの、転がって変化していく金属音が、派手に響いて流れる。九時半になっているのに仄明るく黄昏が残ったままの広場にいるのは三人だけだ。たまに人影が浮び上っても、こっちへ来るのかと思っていると消えた。

病気が蔓延してきて立退いた町の話なんか思い出している。誰もいなくなった町が出てくる映画があった。あれは水爆が落されると予告された町だった。

自動販売機の壮観を竹内さんは感心している。

「試しにスキンを出してみようか」と言ったり「百合さん、出してみてごらんなさい」と言ったりする。

どうしたのか、竹内さんのスキンについての話はとまらなくなった。立ち上ってみたり、腰かけてみたりして、学校の先生のごとく話す。何か質問はありませんか、などとも合間に挟む。二人は石段に坐って竹内さんの顔を見上げて話をきく。

竹内さんの話は、学術的というか——『キング』という雑誌（いまはないかもしれない）などにのっている記事のようなくわしさだった。

竹内さんの話

◎買いたいセイコー、買いたいソニーと同じく、買いたいスキンといってくれてもいいのではないか。トランジスタラジオ、カメラと肩を並べるほどの、日本が世界に誇る作品である。
◎日本製がすぐれているのは、どういう点か。精巧。精巧というのは薄くて丈夫ということ。その薄さは百分の？ミリ（忘れた）である。
◎いろいろと仕掛のあるのもある。しかし、それは邪道である。
◎日本国内向けと欧米、北欧向けでは長さがちがうのである。この北欧向けが一番長い。
アジア諸国は日本国内と同じものが輸出されている、など。以上。

「われわれは情ないいね。さすがはポルノ雑誌の国だ。明日は雑誌を買いに行こう」竹内さんはそんなことを言う。そんなことを聞いても、私は白人と暮してみたいと思わない。アジア人と暮していてよかった。力学変化より化学変化が好きだ。体温が同じのとき——そのときの微妙な変化がいいと思う。体温といっても、体温計で計った三十五度とか三十六度とかいうあの熱ではなくて、体熱というか、内臓や粘膜の持っている熱。体という字でなく軀という字の熱。

今日の昼、ホテルの両替所で十ドル両替した。

七月二日　少し雨降る、のち曇

涼しい朝。五時半に起きて荷物を作る。そのあと、窓から広場を見ていた。何もない。誰も通らない。六時半になって野菜の店が一軒出た。

七時少し前、竹内さんから電話がかかってきた。階下で待っている、支払いは立替えて済ませておいたとのこと。

ターミナルまでタクシー、十三クローネ九十オーレ。ターミナルより空港までバス、三人で二クローネ四十オーレ。

八時半過ぎ空港着。

食堂兼待合室でセルフサービスの朝食をとる。コーヒー、パン、五クローネ四十オーレ。竹内さんにマルメンホテル宿泊料立替分五十ドルを返す。

売店で。

ワッペン二枚、二ドル。ハンカチ、三クローネ七十五オーレ。財布、八クローネ七十五オーレ。

子供連れの若い母親が、子供に抱き人形を買い、釣銭がくると、それで買える品物を物色し、安い馬のブローチを買って、自分の胸につけている。

飛行場には霧雨が降っている。見送っているのは女三人だけ。遠くの飛行機まで歩いて行くわれわれの列に、しきりと手を振っている。列の中ほどの男が振り返って手を一度振った。

自由席である。「竹内はここ。百合子はここ」主人が席を指図した。その通りに竹内さんも私も腰かけた。

九時三十分発。四十五分でコペンハーゲンに着くとのこと。その間、飛行機はずっと濃いミルク色の雲海の上を飛んでいた。雲の上は白色光の陽がくまなく輝いている。それを見つづけていて、私は気分がわるくなる。

コペンハーゲン空港にて。

老人の旅券検査員は、竹内さんの旅券の菊印の表紙を見て「コンニチワでごぜえます」と挨拶した。

「ホテルヨーロッパ」タクシーが動き出すと竹内さんが行先を告げた。運転手は、聞いたこともない言葉を耳にしたという顔をする。

「ヨーロッパホテル」竹内さんは言いかえてみるが、やっぱり、けげんな顔をする。主人が言っても私が言っても、けげんな顔をしている。車を停めさせ、山口さんに書いてもらった宿の名を記した紙片を見せると、運転手は肯いた。

「ヨーオーパ」運転手は唇の形を示してゆっくり発音してみせる。

「ヨーオーファ　ヨーオーパ」竹内さんが発音する。

「えッ」と私たちは驚く。

「ヨーオーファ」

運転手は、いや違うと首を振り、

「ヨーオーパ？」と厳重に訂正する。

ヨーオーファとヨーオーパの間の発音。三人は練習をする。何度やってもダメといわれた竹内さんが、

「オーオーカ」と発音すると、運転手は大へんよろしいと言った。タクシー料金五クローネなにがし。

ヨーロッパホテル。河畔にたつ高層ホテル。

四〇六号室。東南の角部屋である。東南の二面に大きな硝子の窓。東の窓には河口近く海の匂いのする河と、河に大きくかかる開閉橋、南の窓には、河岸に沿って並ぶ倉庫、荷揚げに停泊している貨物船、倉庫へ通じる引込み線路が敷かれた幅広い道路と街路樹が見える。河面を上下してとび交うおびただしい鷗の群。ふいに群から離れて、この窓近くまで来、ひるがえってゆく鷗。

対岸には、絨緞のように拡がる緑に埋っている寺院の緑青色の屋根や塔、煉瓦建の家。開閉橋が割れてゆく。ゆるゆると垂直近くにまで開いてゆく。細いマストを何本もつけた船、黒船、白船、赤いすじの入った船が通りぬけて行く。開閉橋が閉じられてゆく。倉庫の引込み線路から、貨車が何台もつながってあらわれる。テンテンテンテンと鐘が鳴る。貨車専用の小さな開閉橋がゆるゆると閉じられる。のろのろと貨車は対岸へ渡って行く。「素晴らしい眺めだね。最後がツイてたなあ」入ってきた竹内さんは淋し気にほめた。竹内さんの四〇八号室は、まるで眺めというものがなく、その上薄暗いのだそうだ。

昼食（ホテル十七階にある食堂）

硝子張りの見晴らしのきく食堂。

このホテルの十七階の食堂の取り合せ料理がうまいと観光案内に出ていたぞ、と主人は言った。

ビールを注文。取り合せ料理というのを注文。

取り合せ料理というのは、鮭、イクラ、ハム、肉、野菜、サラミなどが、形よく切ったパンの上にのっている——カナペのことだった。蝶ネクタイの若い給仕がカナペをのせた超特大の皿を持ってまわってくる。主人は上半身を伸び上らせて、一番先に、あれもこれも何種類ものカナペを自分の皿にとった。

熱帯植物の大きな鉢のそばの円卓に、銀盆にのせた十種類ほどの菓子がある。その銀盆の方を何気なしに見遣ったら、給仕長らしい男が円卓の横にさっととんできて「これが欲しいか」と、にんまりする。別の方角の円卓には果物がのっている。果物がのっているな、とただ見ただけなのに、給仕長は忍者のように素早く嗅ぎつけ、果物の横にあらわれてにんまりとする。隠れて見ているらしい。だから私は、なるたけ空気を見て食べていた。

私は少し気分がわるい。飛行機の酔いがつづいている。それと、この十七階の硝子張りの部屋のせいだ。食堂を出て昇降機を待っているとき、主人に注意された。腰かけていたところにあった小さなクッションを抱えていた。

午後、観光地図を持って町へ。

◎国立博物館（らしい）

入場料三人で一クローネ。入ってすぐ、正面の噴水の縁に腰を下ろした二人の写真を私は写した。今日は二人とも上等の服を着ている。二人ともひげを剃ったばかりの光った顔をしている。化粧をした人形のようなレンズの中の二人は、揃って笑った。この写真はうまく撮れていると思う。

人はまばらで、暇をもてあましている老館員は随いてきて説明をしたがった。ギリシャ・ローマの彫刻がたくさんあった。三人ともただ見ているだけだった。博物館の前で、

「ミュージアムは嫌だ」と竹内さんが渋るのに、

「ちょっと見るだけ。ちょっと入ってすぐ出てこよう。な」

主人が入りたがったので入ったのだ。私たちはロシアでミュージアムを観すぎた。

◎チボリ

チボリの前の往来に、さくらんぼと苺を山に盛って売っている屋台があった。買いたかったが我慢した。

入場料、大人一人二クローネ五十オーレ。

力試し。射的。子供用の汽車が樹の下をぬけてくる。

輪投げ（一クローネ）とルーレット（一クローネ）をしてみた。

土産物屋で買ったもの。

絵葉書二枚、一クローネ。皿、六クローネ。やかんの形の壁掛。

赤と白と緑などの極彩色の五重塔の屋根はそりくり返りすぎるほどそりくり返っている。中は食堂になっている。もう一つの中国風の建築物は演芸場。屋根の縁にも池の噴水にも豆電球が仕掛けてある。夜になったら、どんなに綺麗だろう。

噴水をとりまくベンチに腰を下ろす。老人夫婦。老婆。母親と子供。チボリの中は通り抜けられる近道になっているのか、若い人たちが足早に歩き過ぎる。

いくつもの睡蓮の花のかたちの中から水を湧きこぼしている噴水。アメリカ人らしい旅行者の一団がやってきた。池のまわりを歩き、ベンチに腰かけたり、あたりを見まわしたり、写真を撮り合ったり、喉をのけぞらして笑ったりしている。

「旅行者って、すぐわかるね。さびしそうに見えるね」

「当り前さ。生活がないんだから」

わらわらと散らばって逍遥している旅行者たちは、水をへだてた向う側の時間のない世界で漂っているように見える。私たちもあんな風に見えるのだろうか。

「犯罪に時効ってあるじゃない。十年目とか十五年目とか。でも外国へ行っていた間の年月や時間は勘定に入れてくれないんだってね……なるほどと思うなあ」

チボリを出て歩いているうちに古道具屋、古本屋などの並ぶ一劃に入り込んだ。軍帽、軍服、勲章、古地図、陶器、やかん、カンテラ、ランプ、古銭など。観光客目当の商売なのだ。日本の安物の食器（よく空地に丼や皿や茶碗を荒縄でくくったのを転がして叩き売っている）に高い値がつけてある。江の島鎌倉土産に売っている大仏の小さな雛形が、古美術品のまんなかに厳かに並べてある。

竹内さんと主人は本屋を覗いていたが、半地下室風の店に入って行った。ポルノ雑誌専門店をみつけたらしい。

ヒッピーはたいてい男同士で歩いている。たまに夫婦で赤ん坊を連れているのを見かける。女が赤ん坊を抱いている。それが流行なのか、白人の女は三ツ編お下げを肩に垂らし、眉毛を黒く染め、肌をうす黒く化粧している。

さくらんぼと苺とさやえんどうの屋台を出している若い男は、木蔭のベンチで休んでいる。歩きながら緑色のものを噛んでいる人を、さっきから幾人も見かけたが、このさやえんどうを噛んでいたのらしい。

雑誌屋から二人が出てきた。

「買った。買った」大判の雑誌を何冊か抱え込んだ竹内さんはにこにこしている。ずいぶん長いこと入っていた。

「よおく選んで買ったんだ。な」主人が言うと、

「そう。落ち着いてよく選んで買った」と竹内さんは言った。

竹内さんがパイプを買った。パイプ屋の店の奥には酒瓶も並んでいて、主人は酒を見ている。その酒はレディ用でNOTストロングだからやめろ、とパイプ屋は言う。別の瓶を指してストロングと言う。これよりもっとストロングなのはこれ、とちがう瓶を指す。レディ用一本と並ストロング一本を買った。パイプと酒のほかに絵葉書や土産物も売っている。キイホールダーにキャラメル位の小さなテレビがついていて、それに片眼をつけた

らヌードが見えた。そのヌードはカルメンのように花をくわえて股を開いていた。絵葉書もそのような丸出しのヌード写真だった。

外れに、さほど大きくない円形の広場があった。ヒッピーの溜り場になっていた。青白く痩せて小柄な、年寄りなのか少女なのか定かでない白人の女や黒人のヒッピーもいた。地べたにねている者。脚を投げ出している者。お互いにもたれかかっている者。煙草を吸いつけ合っている同士。

鍋だの毛布のきれはしだの、一切合財を体にぶら下げた世帯乞食風の男は眼鏡をかけて肩にメガネザルをのせている。最も徹底した恰好のこの男は尊敬されているらしく、一段高いところに坐って、ヒッピーたちにとりかこまれていた。

ヒッピーたちは口をきかない。やわらかい静かな挙措で煙草を吸う。あとは、ねころび方を変えたりするだけだ。大リュックサックを背負った男がやってきて荷を下ろして蹲る。びっこをひどく曳いている若い男がやってきて蹲る。

観光バス発着所まで、と頼むと、市ホール前広場(?)でタクシーは停まった。

交番から出てきた警官は、

「フルート!!」と、制服の長い腕を空へ伸ばし、笛を吹く身ぶりをしてから、

「ブロンズ」と言った。警官の指す方角に笛を吹いている天使の銅像が建っていた。その

あと警官は、

「ブルー」とつけ加えた。銅像の下に青色の大型バスが二台並んでいるのが見えた。

観光バス発着所の前にある店で、バスの出る六時を待つ。

生ビールジョッキ二杯、八クローネ（竹内さん、主人）。

市ホールの正面には、馬のような龍のような牛のような銅像の噴水が揚っている。馬か牛が龍を食べているのか、龍が馬か牛を食べているのか、頭が牛で尾が龍の怪獣なのか、ここからではよくわからない。あの噴水をちょっと見てきたい、と言っても、ふらふらと出歩くな、と主人は言う。遠見であれこれと想像しているだけである。

歩道に張り出た店の椅子に浅く腰かけて、かすかな吐気がまだしている。私は下を向かないようにしている。遠くの噴水とか、空とか、屋根を漠然と眺めている。練乳を溶いたような雲の上を飛んでいるときからだ。ふわふわとしてしまって、そのあと、ずっと頼りない。

バス出発。運転手が集金にくる。三人で三十六クローネ。ガイドは男。ドイツ語のような言葉。

◎牛の噴水

◎人魚の像

この有名な人魚は、気がつかずに通り過ぎて行ってしまいそうなところに、ひっそりといる。岸近くの石の上に横坐りしている。坐っている石には黄緑色の藻がこびりつき、黒ずんだ波に見え隠れしている。人魚まんじゅうや人魚手拭を売る店もない。

◎大理石教会と宮殿

午後七時半、笛吹き銅像の下に戻ってくる。

地図を頼りに、裏通りを選んで帰る。舗道の敷石にも、煉瓦の壁にも、石造りの家にも、油煙のようなつやが滲んでいる。銅版画の中を歩いているようだ。遠くの建物の角から人が一人現われ、近づいてきてすれちがうと、あとはしばらく私たちだけである。そんな風にして、人、二人すれちがっただけだ。

夕食（四〇六号室にて）

竹内さんは疲れきってしまった。それで、この部屋で食事をとることにした。そう決めると二人は入浴し、ぶどう酒を飲みはじめた。

「いつも俺ばかりしゃべってるんだ。今日は武田が注文してみろ」

「うん」

給仕が姿を見せると、主人は右手を上げ、指を鳴らして、

「ヒェイ　ミェスチャア」と、西洋人そっくりに〈ヘイ　ミスタア〉と声をかけた。そし

て西洋映画の食事場面の伊達男そっくりに、あれこれと注文した。給仕が去ると、とたんに竹内さんは笑いだした。

「通じるじゃないか。なかなか、うまいじゃないか」

「武田はね。中学生のとき『武田のトーキー』っていわれてたんだって」

中学生のころ、父親が英語の発音レコードを買ってくれて、英語の授業のある前の晩には、レコードをかけて教えてくれた。その結果、そんなあだ名を友達につけられた――という、主人から聞いた話をする。

注文した料理が運ばれてくる。サンドイッチばかりだった。

○とり肉サンドイッチ

○かにサンドイッチ

○ハムサンドイッチ

○野菜サンドイッチ

○魚サンドイッチ

○卵サンドイッチ

○ビール四本

夕食をたっぷりとる習慣の竹内さんは、

「もっとほかのものもとろう」と再三提案した。一日の中で夕食を一番軽くとってすぐ眠ってしまい、夜中か明方に夜食を食べる習慣の主人は、「俺はいらない」と言う。その「いらない」の言い方は「私はいらないが皆さんがとりたいのならおとり下さい」という感じではなく「お前らもとってはいけない」という感じなのである。三人は山盛りのサンドイッチを食べつづけた。

「俺がロシアで金を使わなかったのは、ここでパイプを買おうと思っていたからだ。今日はパイプが買えて満足だ。雑誌も買えたし、今日は有意義だった。明日は町を探訪するぞ。ポルノ映画やショーをやっている界隈があるはずなんだ。パイプももっと買いたい」竹内さんは買ったパイプと雑誌を見せてくれる。

店に入っているとき、丁度ポルノ雑誌の卸屋が新刊のポルノ雑誌を配達してきたので、実に運がよかった。最新着のポルノ雑誌が買えたのだ、ということだった。でも、大分以前に主人が旅行したときに買ってきた十冊ばかりのポルノ雑誌とあまり変らない。

「うちにあるのと同じみたい。二人ともいそいそわくわくして店に入って行ったから甘くみられたんだ。最新着だなんてだまされて、古いのを売りつけられたんだ」

「そんなことはない。最新着です」

トランクに入れて持ち帰ると羽田で没収されるかもしれない、郵送することにしようか、それともフィルムに撮って、雑誌は置いて行こうか——三、四種類の持ち帰り方法を竹内さんは考えていて、それについて相談する。

「俺はこの前、トランクに入れてきたが羽田でとられなかったよ」と主人が言っても、「いや。いまは厳しくなっているのだ」と、いつまでも思案に暮れている。今晩一晩ゆっくりといい方法を考えよう、と雑誌を抱えて帰って行った。

このホテルの寝台は、大へんいい木で出来ている。家具も扉も、大へんいい木で出来ている。そういえば、空港の階段の手摺も、ホテルの昇降機の扉も、大へんいい木で出来ていた。

「この寝床の作り方はデンマーク風である」と書いた紙が寝台に貼りつけてある。日本文も添えてある。デンマーク風というのは、日本の寝床に似ていて、掛布団を使うことらしい。

脇卓には聖書と小箱がのっている。箱をあけると、ピンク色の綿の玉が入っている。それは、眠れない人が耳につめるものらしい。

七月三日　快晴
朝早くに竹内さんが電話をしてきた。ルームサービスで朝食をとり、町を歩いてみる由。

朝食八時半（十七階の食堂にて）
○パン（さまざまの種類のパン）
○目玉焼
○ハム、チーズ、サラミなど
○コーヒー
一人前、七クローネ五十オーレ。

キャッスルコースという観光バスに乗ろう、と主人はいう。七時間のバス旅行である。

「町歩きなんかつまらんぞ」と私に言いきかせる。

笛吹き銅像の下の観光バス発着所まで、タクシー料金四クローネ四十オーレ。

午前十時、三十分前なのにバスはほとんど満席になっていた。

午前十時半出発。一人三十九クローネ。ガイドは太った老紳士風の男。

バスは今日も最初に小さな人魚像の前で停まり、乗客は降りて人魚像を眺め、すぐバスに乗った。それから右に海を見て海沿いの道を走る。道に沿って並ぶ家の芝生。ばらの花は黄、白、紅、桃色。矢車草、つくばね朝顔がどの家のまわりにも溢れ咲いている。乾いて続く道を追いかけてかぶさっている晴れた空。ホテル、アパート、サナトリウム。サナトリウムの前を走り過ぎるとき、その辺り一帯は薬の匂いがしていた。いらいらいらいら、自転車をこいで行く人。

大きな森にさしかかる。キャンピングカーが停まっている。青草の上に食卓を出して子供たちが食事をしている。母親は赤ん坊をかまっている。

農家の草葺屋根には白や黄色の花が茎をのばして咲き、花帽子をかぶった具合だ。

牧草の原には赤いけしの花が咲いている。茶色い太った牛がいる。馬がいる。尼さんが二人、牧草の遠くを横向きに急ぎ足で行く。

風にしたがい、銀灰色に輝いてどこまでも倒れ伏してゆく麦畑の波。混って咲いている水色の矢車草と赤いけしの花。

これらは二度も三度もどこかで見たことがある。西洋映画の中だ。

見渡す限りの畑。男が一人だけ働いている。男は長ズボン、真白なYシャツにネクタイをしている。野良姿ではない。操り人形のような異常な動作で耕している。道路近くに皮鞄と上衣が放り出してある。

海の向うを指したガイドが何か言っている。

「あすこに見えるのがヘルシンキだそうだ。フェリーボートで二十分で行けるそうだ」ガイドの言葉を主人は私に伝える。泳いでも行けそうな近さに対岸の町が浮んでいた。

「ヘルシンキって、オリンピックやったところでしょ」

「そうだ」

別に変ったところでもなさそうなその町を、少しの間、二人とも見つめていた。

◎エルシノア城

造船所らしいものに向い合って城はあった。塔の頂きについている金色の鳥がキラキラキラキラと眩しい。渡って行く跳ね橋の下に白鳥がいた。城門を入ってすぐの壁に嵌めこまれている男の半身像の浮彫りを「シェークスピア」とガイドが言った。石畳をはがして土を深く掘り、穴の中で人夫たちが工事をしていた。西洋人の顔をしている人夫たちの頭上をまたいで中庭の広場へ入って行くとき、ハムレットの舞台にいる気がした。われわれとは別の観光バスで来ていた日本人の男が、広場の中央の噴水をいたずらする五歳位の男の子を叱っている。

「ママに言いつけますよ。ママ。ママ。ママはどこへ行ったんですか」日本語だと何てよくわかるんだろう。

ガイドは自分の客を噴水のまわりに呼び集め、広場を矩形に囲む宮殿のあれこれを指して話をはじめる。私は足もとの石畳を見ている。かみきり虫が噴水の縁によじのぼろうとしては滑って、なかなか辿りつけない。つやつやした黒い蟻が石畳のすき間を出たり入ったりしている。大きな掌が私の頭を摑む。ガイドの方へ仰向かせる。守衛か管理係らしい老人が、笑わない顔で私をたしなめるのだった。そのあとも老人は私のうしろにいて、ちょっとでも脇見をしたり、空など見上げたりすると、すぐ手を伸ばして私の頭を摑むのだった。

城の三階に上ると、草だけが茫々と生えている庭が見えた。その向こうに、風があって三角波が立っている、限りなく黝《くろ》ずむ北の海が拡がっていた。

母親はつまらなそうにふらふらと歩きまわる少女を呼んで、綴織りの大きな壁掛の絵柄について、ガイドの説明にまた説明を加えて無理に見せている。手をつなぎ合った若い男女は、わざわざ部屋の隅、カーテンの蔭、窓ぎわ、階段の踊り場へ行っては戯れている。

鳥や獣や犬の油絵がいくつもあった。猟銃に撃たれ、首がぐったりとなって白いまぶたを閉じた鳥が、卓上に積み重ねられている絵。犬に逐われる獲物の絵。羽が散乱し血まみれの獲物の絵。

私は不満だ、蠟人形がいないのが。蠟人形がいたらなあと思う。ブハラの城には牢の中に蠟人形がいて、皆、わくわくした。

海から吹き上る風に靡くばかりの草の庭には、大砲が三門、緑青色の銹びた砲身を沖へ向けている。鋭い声の鷗が断崖を舞い上って庭にくる。草の庭には真昼の陽がみなぎっている。城と海と大砲は冷え冷えと暗い。

昼食はドライブインを兼ねた小ホテルの食堂でとるらしい。昼食費は乗車料金とは別に三十クローネ出すらしい。

海沿いの白い小さなホテルの前庭でバスが停まった。つりがね草、スイトピー、ばら、しゃくやく、つくばね朝顔が咲いている。風が一段と強くなってきて海は荒れ気味である。一隻、ブイが浮いて、ひどく上下している。ブイには女がつっ立っている。緑色のビキニ水着の陽に灼けたいかつい体格の女は、脚を拡げて釣合いをとり、片手を腰に置き、片手を金髪にかざしている。

昼食（ドライブインにて）

中央の大きな台に料理が出ている。客は好きな料理を皿にとり、自分の席へ持ってきて食べる。

ローストビーフが、大きなばらの花型に盛りつけてある皿。ハム、サラミ、ソーセージ、ベーコン、チーズ、焼肉、鮭の燻製、じゃがいも、トマト、青野菜、山椒の実に似たものの塩漬、そのほか。飲物はコカコーラ、ジュース、ビール、ぶどう酒。

私と主人は次のものを食べた。

○鰊、鮭の燻製

○生野菜
○パン
○ローストビーフ
○じゃがいも
○コーヒー
○ビール（小瓶）三本

私たちと向い合って坐った老人夫婦は、町の息子のところへ会いにきて観光バスに乗せられたような二人だった。老職人といった風態の小作りの老人は、始終うつ向き加減にしていたが、食事中つい眼が合ってしまうと必ず気弱く微笑した。老婆は緑色の木綿のワンピースに毛糸のカーデガンを羽織っている。席に着いたとき眼が合ったら、ゼリー状の眼で何秒か私と見合った揚句、にこりとしたが、口もとを動かしただけで眼は笑わなかった。あとは一切私たちの方を見ず、老人とも話をせず、食べるばかりだった。老婆はローストビーフを四枚（ゴムの葉ほどの大判である）とじゃがいもを、たいへんな速さで呑みこむと、その皿を手に立ち上って鮭の燻製、サラミ、ソーセージ、卵をとってくる。小柄で痩せて見えていた老婆は、席を立つと下半身がつり鐘形に肥満している。二度目にとってきた料理の中、気に入らないものを口に入れると、ものすごい顔になって首を振り、残りを夫の皿へぽいと移す。夫はそれをごく当り前に食べている。食欲がないのか、少しずつ口へ運ぶ。再び、彼女は下半身を窮屈そうに食卓の下からずり出して立ち上る。料理を山盛りにして戻ってくる。彼女は一言も声なんか発さず、有効にこの一刻を費うつもりだ。今度はビールも二本とってきた。二本目を飲みだした（老人は水を飲んでいる）彼女のコップが、掛布の皺の上に置かれてあったため、彼女が乱暴に皿を引き寄せたとき、主人の方へ倒れた。コップ一杯のビールは掛布を走って主人の皿の下をまわった。老人はハンカチを差し出しておろおろと詫び、妻を二言三言たしなめたが、彼女は顔も上げずに食べつづけていた。やがて立ち上ると新しいビールをとってきて、なみなみと自分のコップについだ。

隣室のあたりから、ピアノの音が、低く流れてくる仕掛になっていた。ホフマンの舟唄をくり返しくり返しきかせてくれていた。ガイドの老人も入口に近い席にどっかりと腰を据え、何度も料理をとってきて食べていた。

もう一台、観光バスが表に着いた。新しい客たちが入ってきた。給仕はスープ皿を手にして席をまわる。スープ皿に二人分料金六十クローネを入れた。

海には船影が一つもない。

「さっき、あの沖にブイがいたのにね」

「そんなものいなかったぞ」

「緑色の水着の女がブィに乗っていたんだけど」

「そんなものいなかったぞ。こんな荒れていてブィなんぞ出せるわけがない」

草むらの中に、浜まで降りられる石段がある。主人は浜へ降りて行く。

食事を済ませた客が二、三人ずつ出てくる。草むらのベンチに連れ立ってきた老婦人たちは、手提から小さなりんごをとり出し、小刀でくりくりと剝いて大切そうに食べている。

崖が迫った狭い浜は砂がなく、石がごろごろしている。茶色く濁った波打際で、うしろ手を組んだ主人は海を見ている。それからふたふたと歩いてしゃがむ。小石を拾う。立ち上って波打際を歩く。海を見ている。しゃがんで小石を拾う。崖の上から私は写真を撮る。紺色の上衣と黒毛糸の帽子の主人は小さくなって行く。私は無限大∞の印にピントを合せて覗く。レンズの中ではもっと小さく見える。

私のまわりには大山うどが群生している。花茎を私の背より高く真直ぐに立てて、白いレエスに似た花を花火の形に拡げている。花にきた蜂の羽音がする。太い杖をついた壮年の大男が近寄ってきて隣りに並んだ。片方の脚は義足らしい。大男は私の写真機を指して「写してやろう」と手真似する。写真機を渡すと、海が背景に入るあたりを示す。私は石段を五、六段降り、振り向いて大男に笑顔を作った。彼はバスの中でも、エルシノア城でも、食堂でも一人だった。城の暗い狭い急な階段を硬い杖の音を響かせて上り下りし、遅れながら隅から隅まで随いてきていた。誰とも一言も口をきかない鉄仮面そっくりの顔は、憂うつそうでも楽しそうでもない。

写真機を私に返した大男は、そのまま並んで大山うどの花越しに海を見ている。

「ベトナム人か」と、ゆっくりとわかり易い英語で訊いた。

「日本人」

「楽しい旅をしているか」

「楽しい」

あの遠くの波打際にいるのが私の夫だ。ひとりぽつねんといる人を指さして、

「マイ　ハズバンド」と言った。大男は大山うどの花を触って、日本では何というのか(といっているらしい)と訊いた。

「うど」

「ウド?」

大男は笑い顔になった。

少し離れた大山うどの花のところに、侏儒の男と青年がいた。侏儒の男は花の間から海を見ていた。

二時近くになってバス出発。

◎フレデンボルグ城

バスを降りて、十五分ほど庭から眺めてバスに乗った。木蔭にアイスクリーム屋が出ていた。城の絵皿を一枚買った。十二クローネ五十オーレ。

◎フレデリックボルグ城（煉瓦の城）

この城の中へ入ったとき、丁度三時の鐘が鳴っていた。

代々の王や妃の大きな肖像画、礼装や馬上姿が壁に並んでいる。王様の寝台が妙に小さかった。

（昔の王様というものは、上半身を起したまま、このようにして眠ったのである）とガイドは寝台に入りこまんばかりに恰好をしてみせた。

湿度の具合か何かでそうなるのだと思う――どの城でも城の中へ足を踏み入れて回っていると眠気を催してきて、私は歩きながら眠りそうになってくる。

絵葉書七枚、四クローネ九十オーレ。

五時半に帰着。

竹内さんの部屋を叩いても応えがなかった。日記をつけていると竹内さんが来る。

「何だ。帰っていたのか」

「さっき帰ってきて、すぐ伺ったけれどお留守のようでした」

「へんだな。四時半からずっと部屋にいて帰るのを待っていたんだが」

竹内さんは四〇九号室なのだそうだ。私は四〇八号室を叩いていた。

今日は町を歩いて、パイプを四本（五本だったか）買った。性についての学術雑誌をみつけたのでそれも買った。中華料理屋に入って、スプリングロールというのを〈春巻のことだな〉と思って注文したら、醬油と砂糖で甘辛く味の付いた牛肉の細切りが出てきた。焼飯は炒めたというより油を入れた炊き込み飯風だった。しかし、スプリングロールをその焼飯にかけて食べたら、なかなかうまかった。食卓にはキッコーマンの小瓶が置いてあった。——と竹内さんは話し、買ったパイプと学術雑誌を見せてくれた。学術雑誌には昔の中国の性風俗の絵がのっていた。その絵はぎっくりしゃっくりした稚拙なもので、おっとりとして可愛らしかった。

「パイプをもっともっと買いたい。学術雑誌ももっと買いたい」竹内さんはそう言って、とても嬉しそうに笑った。

今日は窓に鷗がたくさんくる。

十七階食堂へ行ったら、夜は予約席だけと断られ、一階の小食堂へ降りて食事をした。

夕食

白髪の老給仕長、青年給仕、八歳位の少年給仕の三人が、何れも蝶ネクタイ黒服で迎える。

○にんじん、ねぎ、とり肉、卵白の入ったスープ（私）
○鮭を蒸した料理
○じゃがいも
○パン
○ビール五本

蓋つきの大きな容器が運ばれてくる。給仕が蓋をとる。蒸した銀色の大きな鮭から湯気があがる。給仕は大きなフォークを片手に持ち、鮭の皮をくるくると巧みにまきとる。桃色の身を銘々の皿にとりわけ、マヨネーズをかけてくれる。この芸当を少年給仕が小さな指にフォークを懸命に握りしめ、大人びた態度でやってくれる。老給仕長と青年給仕は、うしろに控えて見守っている。小食堂の客は私たち三人だけである。

私はビールを飲みたくない。まだ体と頭がふわふわしている。スープを胃袋に納め終ったとき、吐気がはっきりと湧いてきた。昇降機で四階へ上り、部屋の便所へ駈け込み、膝をついて吐いた。昼食のローストビーフ、トマト、青野菜、いま入れたばかりのにんじんととり肉が出た。水を飲むとその水が出た。階段を降りて食堂に戻った。私が席を立ったのも気がつかない二人は、食事をし話を続けている。この町に着いても残り続けていた飛行機の酔いが消えた私は、爽かな気分で、もう一度、スープを注文し、鮭とじゃがいもを食べ、ビールを飲んだ。

部屋で雑談。竹内さんはもう今日の町歩きの話をしてしまったから、七時間バス旅行の主人の話をきいていた。

主人「ヘルシンキの町が見えたよ。海岸道路を走っていると右手に見えた。フェリーボートで二十分だそうだ。近いんだなあ」

私「泳いでも行けそうだった」

「ええッ⁉」竹内さんは甲高い声で訊き直す。驚いている。

「そんなはずはないなあ。ヘルシンキというのはもっと山の方で、見えるはずがないよ。フィンランドなんだから。そんな方角にあるはずがないなあ」

主人「でも見えたぜ」

竹内「いや。そんなはずはない」

主人「でも見えたぜ」

その証拠に主人は観光地図を出してきて見せる。竹内さんは主人の指のところに眼を近づけて笑い出した。

「ヘルシンボルグじゃないか、ここは。ヘルシンキじゃないよ。ヘルシンボルグはスエーデンにある。そこが見えたんだ」

主人「そうかなあ。ヘルシンキじゃないのかなあ」

竹内「ヘルシンキじゃない。ヘルシンボルグ。この地図にだってヘルシンボルグという字が書いてある」

私「ヘルシンボルグとヘルシンキと同じじゃないの？　インクのことをインキというでしょ？」

竹内「まるでちがう。ヘルシンキとヘルシンボルグはちがう」

私「ヘルシンキと思って眺めてたら、ヘルシンキに見えたねえ」

「明日はどうするかね。空港へ行くまでの時間をどうやって過すかね。地図を見ると動物園があるがそこへ行くかね」と竹内さんは言った。動物園は遠そうだから町を歩くことに決めた。

「例の雑誌なんだが、この部屋は明るいから、明日の朝、ここで写真に撮ってそのフィルムを持ち帰ろうか。それとも小包で郵送しようか。羽田で没収されるからなあ、雑誌は置いて行くことにしたよ」

私「置いて行くの？」

竹内「そう。忘れたふりして部屋に置いて行こう。この部屋に置いて行こう。あとで掃除婦が見つけたとき、ぼくの部屋では恥ずかしい。この机の下の棚がいい」

主人「竹内が買ったんだから竹内のいいようにするさ」

私「あんなに一生懸命買ったものを置いて行くなんて……。いくら位で買ったの？」

主人「十五ドル位だったかな？」

竹内「うん。その位」

「もったいない‼」私は立ち上り、大きな声になった。大きな声を出したら威張りたくなった。「十五ドルも出したの。それを置いてくなんて‼　腹が立つ。あたしが持って帰る。あたしのトランクへ入れて帰る」

これから町へ出て名残りの夜景を見るとしようか、船員のくる酒場の並んでいる河岸あたりは面白そうだ、と竹内さんは誘ったが、

「俺は眠たい」と主人は言った。

「そうだな。俺もそういえば眠くなった」

竹内さんは、

「では、これを、ここに」と、雑誌を置いて帰った。

停泊中の船は、すべての室に灯をともし、マストには豆電球を連ねている。べったりと

闇色の水面に、映り揺らめいている。開閉橋はもう閉じたきり、船の往来は絶えた。広い道路の遠くから、金色の蛇のような灯を曳いてきて窓下を走り過ぎ、赤い尾灯を見せて走り去る車。

河岸の倉庫の金網柵の向うにいるものが見える。倉庫の軒先の灯に照し出されて、そこだけ浮き上ってはっきり見える。白い犬とにわとり（らしい）と人が一人、皆横向きに佇んでいる。どうしてあんなところに、いまごろ犬とにわとりと人がいるのだろう。人は荷物を提げている。いま見えていることは、年とってからも覚えていそうな気がする。

「何か見えるか」遠眼のきかない主人が寝床に入りかけて言う。

「またここに来ることがあるかしら」

「恐らくないな」

荷物を作る。一時過ぎとなった。

七月四日　うす曇

肌涼し。ひっきりなしにテンテンテンテンテンと鐘が鳴る。朝は貨車が開閉橋を間なしに渡って行く。猫に似た声で鷗ははっきり鳴く。空腹なのだろうか。

朝食八時（部屋で）

○パン（いろいろ。全部温かくやわらか）
○チーズ、ハム
○バター、ジャム、マヨネーズ
○目玉焼
○紅茶
竹内さんの朝食もこの部屋に運ばせる。

学生や出勤の男女が自転車で連なり過ぎるのを見下ろしながら食べる。

「……ところで、矢張り、あの雑誌は置いて行った方が無難だと思うがね。その机の下あたりに……」

「あたしのトランクに入れました。羽田を出たらお返しします」

荷物を帳場に預けて町へ出た。三人は開園したばかりのチボリに入った。

樹の下を掃いている男。食堂の椅子の間を掃いている女。売店に出勤してくる人たち。幼児を連れて乳母車を押す母親。老婆。老人。車椅子を自分で操る人。園内を通り抜ける急ぎ足の会社員風の女。

配達の車が、それらの人々をわけてのろのろときて店の前に停まる。ビールを積んできた車、皮をむいた丸ごとのじゃがいもを詰めたビニール袋を満載した車が食堂の裏手についている。

小銭を入れた赤い布袋を積んでいるのは、集金か両替の車らしい。射的屋や玉ころがし屋の前でその車は停まり、くわえパイプの男が両替機の裏にまわる。

一軒の裏口から、水色シャツ、水色ズボンの揃いの働き着の若い男が二人、日本語をしゃべりながら、残飯の入ったゴミバケツを提げて出てくる。

「……俺、眼ん中が真赤になったみたいでよ。そいで……」二人とも少年じみた顔とからだつきをしている。

煙草の展覧会というのに入った。入っているのは私たちだけ。世界各地の喫煙風習の写真や絵、煙草の葉、喫煙具が並べてある。日本の喫煙風俗としては、按摩が足駄を履いて笛を吹き、杖をついて夜道を歩いている絵が飾られていた。

ばら園のベンチに腰を下ろした。噴水の水を浴びにくる雀は、日本の雀より大きく太っている。鷗もきている。

私「このたくさんのばらの花、照子さん〔竹内夫人〕に見せたいな」

竹内「彼女は何と言うかな」

私「このばらの栽培の仕方は間違っている、というかもしれない」

硝子細工の動物ばかり売る小店があった。出勤したばかりの中年女が、手提と上衣を棚に放り出したまま、絵筆のような小さい刷毛で、硝子の動物を一匹ずつ掌にのせて埃りを拭いとり、鏡を張った飾り台の上に並べ直している。小さな亀とやまあらし、赤い尾ひれのある緑色の魚の耳飾り、それと対になっている首飾りを買った。竹内さんは興味なげに店の外に待っていたが、

「見ていたら、やっぱり買いたくなった」と入ってきて、亀の大きなのを買った。文鎮にするのだといった。

池のほとりの大樹の蔭に日除けをかけ、テーブルを出している茶店の前で「ビールを飲もう」と主人は言いだす。

「こんなところでなく、チボリを出てからちゃんとしたところで飲もう」と竹内さんが言っても「ここがいい」と主人は腰かけてしまう。コップを拭いて店をはじめる支度をしている前掛姿の女にビール二本を頼む。ビール二本八クローネ。

みるみる機嫌よくなった主人は、大きな声でふざけだす。

私「あの人はどういう人かしら。皮の鞄抱えて、いまごろチボリの中を真直ぐ向いて歩いているなんて」

池の向う岸を、くっきりした横顔の紳士が落ち着いた足取りで通って行く。

竹内「大学の先生じゃないかな」

私「丸山〔真男〕さんに似ている……」

竹内さんと主人は丸山さんのことを話しはじめた。それからは長々と丸山さんの話をしていた。

「丸山はいまごろどうしているかなあ……。俺はいまビール飲んでいい気持だあ。ああ、いい気持」主人は自分と竹内さんのコップにビールをついだ。キャッキャッと笑声をあげて「俺もいい気持」と竹内さんが言った。二人でまたすーっとビールを飲み干していた。子供連れの母親は、子供にはジュース、自分はビールを一本とって、静かに飲んでいる。老婆も一人きて、ビールをとって飲んでいる。

　通りかかった花屋の車は鉢植の花をいくつもふり落してしまった。散乱した草花と土を、男が膝をついて大きな両掌ですくいとっている。白人の男としても特別異様に巨きな男は、宗教儀式を行なっているように、不器用な緩慢な動作をくり返している。

　郵便局に用事があるという竹内さんと、大きなホテルの前で別れた。「十二時にここに戻ってくるから」と、竹内さんは地図を片手に郵送小包を抱えて人ごみに入って行った。観光客用の土産物店で、切手セット、手製の指輪、皮財布、チボリのポスター三枚を買った。アフリカ人の少女が黒い手の指先が白くなるほど財布を握りしめ、安いステンレス製の指輪ばかりを、いくつも選んでいた。

探しても郵便局はなかった、と竹内さんは戻ってくる。

昼食は、竹内さんが昨日入ってみたという中華料理店「竹園」に行く。出てきた店主が中国語で挨拶すると、竹内さんが中国語で注文した。店主と中国語で会話する二人は浮き浮きとして見えた。店主は嬉しそうでもなく、ごく当り前の顔つきをしていた。
○ビール
○焼飯、焼そば、青豆蝦仁（青豆と芝海老のうま煮）
竹の箸が出た。焼飯はおいしい。焼そばはぐしょぐしょしていた。熱い支那茶を何杯も飲む。

空港にて。

土産物を買っているのは、日本人ばかりである。ビール瓶の絵の前掛三枚と酒二本買う。「照子に何も買ってないので、何かいいものを見立ててくれませんか」

時間をかけて、螺鈿細工に似た光沢の四角いブローチを選んだ。私も同じものを買った。

日本航空の飛行機に乗る。振袖姿のスチュワーデスと制服のスチュワーデスが、これ以上したら顔だちが崩れる寸前のにこやかさを湛えて、客の一人一人を迎え入れた。

全員が席に着くと、彼女らは微笑み続けて、機内をしなしなと往復する。ずっと微笑みっ放しである。妃殿下の薄笑いと同じく、寒々とした気の毒なものに思われてくる。

接待は機関銃のごとく発射される。金色の紙スリッパが配られた。靴を脱いで履き替える。そのためか機内には靴下臭い体臭が漂っている。日本酒を注文したら、人肌の燗のついた酒とともに、品川巻その他いろいろの煎餅と豆を詰め合せにしたプラスチックの赤い盃をくれた。

「いまにサルマタまでくれるかもしれない」と主人は感心した。

太陽が白く輝いているままの北極を飛んでいた。

乗客は日本人ばかりだった。ほとんどが旅馴れた商用の男たちで、疲れ切った様子で眠りはじめている。二、三人の男が、西洋映画「００７」の主人公が提げて出てくる四角くて薄くて固い鞄（男たちはみんな同じのを持っていた）を台にして、報告書らしきものをつけていた。私たち三人だけが、北極の海や陸地をもの珍しく覗いては酒を飲んでいた。

ブハラの砂漠にいた白人の男二人の話をしたら、

「この先何十年か経つと、ホモの世の中になるだろうな」と主人が言った。

「あたしは死んでるな。そのころ年頃の女はあぶれてしまうね」

「女は女同士、仲よくするのもあるからいいんじゃないか」と竹内さんは言った。

「やっぱり、まぜてもらいたいなあ」と私は言った。

北極の海というのは氷ばかりだった。陸地は苔か黴みたいにあお黒く見えた。ただ、そうなっているだけのところだった。人がいない大自然はしんしんと寂しい。

「スパシーバ（ありがとう）」不意に竹内さんが盃を上げた。

「パジャールスタ（どういたしまして）」すぐ主人も盃を上げる。話が続く。とぎれる。竹内さんは「スパシーバ」と盃を上げる。「パジャールスタ」恭々しく主人が返す。私は浅く眠り、ときどき覚める。

「スパシーバ」

「パジャールスタ」

蜒々と飲んでいる二人を眺めて、また眠る。

アンカレッジ空港に着いた。

飛行機から降りて一時休憩する旅行者たちで、ひとしきり売店は異様に活気づくが、それは、その飛行機が飛びたつまでの間のことである。あとは売店も空港も捨てられたように静かになってしまう。

売店には、アザラシの財布だのアザラシの手提だの免税品だののほかに、世界各国の土産物まで並んでいる。日本人の女売子たちもいた。出発時間がきた日本人旅行団の男たちが引揚げて行くとき、嬌声をあげてふざけ合っていたが、姿が見えなくなると、ぱったり口をつぐんだ。音をたてて椅子をひき、頬杖をついたり、脚を組んで濃い化粧の口紅を塗り直したりしていた。飽き飽きしているように見えた。

〔附記〕

「スタンカヤ　タクシー」は「スタヤンカ　タクシー」です。あなたのロシア語はまちがっている。あるいは誤植かとも思うが。——と、八人の方から御注意をうけました。これは誤植ではなく、私のロシア語がまちがっていたのです。「タクシーのりば」を「タクシーのばり」といっていたのでした。「ございます」を「ござまいす」といっている具合です。ほかにもまちがっておりました。今後は一語々々調べたり訊いたりして、正しいロシア語に訂正してからのせるべきかと思いました。しかし、このまま続けることにいたしました。——犬が星見た、旅の記録です。私の耳で聴き、私の口から出ていた、まちがったロシア語のまま、のせることにいたしました。

連載第二回（『海』一九七八年三月号）

あとがき

縁あって、旅の道連れとなって下さいました方々に、懐かしさをこめて感謝を。

「つれて行ってやるんだからな。日記をつけるのだぞ」そう武田は言った。日頃、タダで御飯を食べているばかりの私は恐縮して、旅のあいだ、走り書をしていた。その走り書を元にして綴ったものを、昭和五十三年二月より十二月まで、雑誌『海』にのせて頂いた。

仕事部屋の掃除をしながら、ものめずらしげに本を覗いている私を、武田はおかしがったものである。

「やい、ポチ。わかるか。神妙な顔だなあ」と。

もしかしたら星など見えはしないのかもしれないが、そうとしか思えない恰好をしている犬を見かける。はやばやと人や車の往来がと絶えた大晦日の晩などによく見かける。とりかたづけられ、いつになく広々とした舗装道路のまんなかに、野良犬なのか、とき放された飼犬なのか、ビクターの犬そっくりに坐って、頭をかしげ、ふしぎそうに星空を見上げて動かない。

まことに、犬が星見た旅であった。楽しかった。糸が切れて漂うごとく遊び戯れながら旅をした。

「竹内と百合子と俺で旅行しておきたいと思ってたんだ。それに三人で行けるなんてことは、これから先、まあないだろうからな」旅の支度をととのえながらの言葉は、その通りになった。武田は病を得、その後は遠出することもなく、五十一年の秋に世を去った。五ヵ月ののちに竹内さんも世を去られた。

綴り終ったいまは、こんな風に思えてならない——帰国の折りの飛行機は、二人をのせそのまま宇宙船と化して軌道にのり、無明の宇宙を永遠に回遊している。私の頭上はるかを訪れては消えている。白色光に充ちた船内で、二人は、何て楽しげに酒を飲みつづけているのだろう。その酒盛りにはもう一人、旅行後やはり世を去られた、私の大好きなあの銭高老人も加わっていて。

私だけ、いつ、どこで途中下車したのだろう。

昭和五十四年　春

巻末特別エッセイ
交友四十年

竹内《たけうち》　好《よしみ》
（中国文学者）

今年（一九七四年）は私が大学を卒業して満四十年である。ということは、同時に武田との交友が満四十年になったことでもある。ある日、ふとそのことに気がついて――このあと、どう書けばよいのか。漢語を使うなら愕然、憮然、慄然、茫然……どれでもよいし、もっと端的に感無量でも嗚呼でもよいし、いっそ和語で「あわれ」でもよい何かである。

気がついたのは道を歩いているときである。その道は代々木駅からいま私が仕事場に使っている建物の方角に延びている。ほとんど毎朝、十時前後にこの道を通るのが私の日課だ。そして夕方五時か六時には逆コースでおなじ道を歩く。まっすぐ家に帰るときもあるし、寄り道することもある。カントや京都哲学の諸先生ほど時間が正確でない欠点は認めるけれども、まず原理は似たようなものだろう。

というのは、持続的な仕事には、中間に歩く時間をはさむのが有効だという経験則が私にあるからだ。いまやっているのは翻訳だが、原文の多義性に断案が閃《ひら》めくとか、訳語のヒントが得られるのは往復の歩行中であることが多い。これは昔からの癖である。

交友四十年、これも閃めいた一つで、やはりこの原稿のことが心にあったからだ。

そこで思いついたのは、いったい武田には、閃めく形での交友四十年というものが、あるのかないのか、たぶんあるまい、ということである。たぶん愕然も憮然もないだろう。

あまり性急な一般化はよくないが、かりに類型を認めるとすれば、私との対比では武田は単独歩行者ではない。無目的の散歩を好まぬ型である。

世に真理発見の場所は三つありとされる。アルキメデスは浴槽で、湯川秀樹は枕上で、開高健は便器上で真理を発見した。かりにあと三つ加えると、埴谷雄高は洞窟中、竹内好は歩行中となって、あと一つ、酒杯中に誰を当てればよいか。(みな普通名詞のつもりゆえ悪しからず。)

武田泰淳はこのどれにも当てはまらない。そこで項目をもう一つ追加して、乗り物中はどうだろう。

かれは無類の乗り物ずきである。無類というのは、われわれ仲間うち、つまり、旅心を捨てかね、旅心こそ日本文学のエッセンスだという旧来の陋習《ろうしゅう》にとらわれている世代の間での無類ということである。それだけかれは新しいのかもしれない。

乗り物ずきといっても、乗り物なら何でもいいので、飛行機、自動車(すでに廃語か)、汽車、汽船を問わない。だから乗り物がすきというより、距離の移動がすきなのだ。ちがう場所に自分が運ばれるのがすきであって、運搬手段には関心が向かない。旅心ぬきの旅行タイプである。

かれの散歩は、車で目的地へ行ってからの散歩なので、私のいう散歩とはちがう。有能なお抱えドライヴァーがいるせいもあるが、それだけではあるまい。たぶん富士の山荘でも同様だろう。

先年、いっしょに観光旅行した。モスクワで団体と別れて、武田夫妻と私と三人だけが北欧へ足をのばした。かれはストックホルムでもコペンハーゲンでも、しきりに遊覧バスや遊覧船に乗りたがった。私は半分だけ付き合って、あと半分は単独で街歩きをした。目的のない街歩きは武田には苦痛なのだ。

この特色を武田文学に短絡させるつもりはない。ただ、輜重《しちょう》特務兵だったころの通信文を唯一の例外として、かれの書くものに歩行者の印象が稀薄なことは確かだ。一部に名所案内と悪口を言われた「森と湖のまつり」にしてからがそうである。

交友四十年の記念にかれを目的のない旅に連れ出したい気もするが、この稿を読まれてしまったんでは警戒して私の誘いに乗るまい。

（『日本文学全集（豪華版）』第七十九巻「武田泰淳集」月報　一九七四年十月、集英社）

旧版解説

色《いろ》川《かわ》武《たけ》大《ひろ》
（作家）

文は人なり、という言葉がある。特に日本語の文章は、字という記号を使って正確な伝達を旨とするばかりでなく、感性を凝らして勘でひらりと字句を掬いとっていくような趣きがあるから、なおのことパースナルになる。

文は人なり。もうその見本がこの一冊の本であろう。こういう本に解説は無用で、一読魅了されつくした気持にとどめを与えるように、ただ、文は人なり、と大書して終りたい。私のこの気持は、本書をお読みくださった方々ならわかってくださるかと思う。

が、与えられた紙数があるから、蛇足を書く。武田百合子さんというお方、実にどうも、伸びやかで、寛やかで、しかしまっすぐで、ヴァイタルで、優しくて、美しくて、聡明で、そしてそれ等のすべてが合わさって、あたたかくて深い品格を形成している。こういうひとを生涯の伴侶にすることができたら、というのが男の夢であろう。だけれども、それは武田泰淳氏のような巨《おお》きな人でなければ果たしえないのである。天の配剤というべきか。

泰淳氏はまことに神のごとき透徹した眼で、街の中から彼女を発見し、その資質をすこしも損わず、すくすくと育てあげた。すごい人だなあ、と思う。

「やい、ポチ。わかるか。神妙な顔だなあ」などという泰淳氏もすごいが、それを受けて、犬が星見た、とタイトルをつける百合子さんもすごい。

「百合子、面白いか、嬉しいか」

「面白くも嬉しくもまだない。だんだん嬉しくなると思う」

この返答がすごい。人はなかなか自分の心に即した簡略な返答を返せないものである。そうしてその有様をすらっと文章に掬いとってしまうところがすごい。

すごがってばかりいるようだけれど、だって仕方がないのである。この本にはページごとに、すごいところがある。

固い便所の扉を開閉のたびに手伝ってくれたアルマ・アタの少女二人。手を洗う百合子さんをよくよく観察している少女たちに、

「ああーあ、何だかとてもおかしかったね」

そういうロシア語を知らないから日本語でいう場面。平易なようでいて、こんなふうにヴィヴィッドには、とても私には記せない。

レニングラードのロシア青年から踊りを申しこまれる。（あたしのことを美人だなあと

思ったからやってきたのだ。いい気持だ)

それで踊っていると、ベトナム人だろう、としつこく訊かれる。

――ベトナム人でも中国人でも、私はかまわないのだ。うん、ベトナム人だよ、といってやりたい。でも「ベトナム?」と寄ってくる人たちの顔つきは特別なのだ。尊敬しているというか、いたわるというか、そういう眼差しなのだ。うん、そうだよ。などと言っては、まるでサギではないか。――

そのうちにどうやら日本人らしいとわかって、ロシア青年は踊り終ると、つまらなそうにいってしまう。

それから、ドッカーン、と音がした自動車事故のところ。「ドッカーン」「ドッカーン」と発声して、はっと驚く仕草をしたり、心をつくし手をつくした末に、「ニエ、パニマーヨ(わからない)」と首を振ったりする場面。「ハバロフスク、ハラショー。オーチン、ハラショー」といって老人を喜ばせる場面。

骨董屋に入っていって、禁煙の標示板を欲しいといいだし、結局、ねじまわしではずさせて貰ってしまう。お礼に鶴の折紙を差しだす。その場面の店主や作業員の表情。

微笑ましく、ヴィヴィッドなスケッチは数限りないが、それとともに、親善、などという文字が空々しくなるほど、人々と直に融合してしまうすばらしさ。これはもう天使のおこないである。しかもこれが異国初体験の女性の行為なのである。

そういえば、これは百合子さんにとっての処女文集である『富士日記』で省かれていたロシア旅行の日々を一冊にしたものである。文は人なり、であるにしても、どうしてこんな文章が書けるのか、私は絶望する。

津軽海峡の描写、――行き交う船影もない。海上はうす白く煙って油を流したように凪《な》いでいる。切り裂いてゆくように、大きくめくれた波を作って、この船だけが走っている。

まことに明晰で、贅肉がない。かっきりと情景が浮かぶ。しかも、情感に溢れている。

天山山脈の遠景も、ただの遠景としてばかりでなく、大きな自然として、眼に浮かぶ。

砂漠の風景。生まれる前に、ここにいたのではないか、と彼女に思わせるたくさんの事象。少女の鼻汁、骨組だけの自転車、犬、猫、かぶと虫、チラッ、チラッ、と白い閃光になって走るとかげ。

限りなく明晰で、限りなく情感的な名文がここにある。風景だけではない。

チャカチャンチャカチャカチャカチャカチャアアアア、ヒララァピラララァア、ピラピンピラピラピラララアアアア。

擬音を記して、こんなリアルなものも珍しい。見知らぬ音楽が、ちゃんと私の耳の中に蘇生してくる。

モスクワでの最後の夜の大合唱も圧巻だ。この三ページほどに、さまざまな感性、内容が明晰に盛りこまれている。それとともに、昂揚し、喰べ酔うさまが見事に伝わってくる。平易に見えるがユニークな技法で、私などには逆立ちしてもできない。品格の相違、眼の性の相違とはいえ、自分が長いこと文章を売ってすごしているのがはずかしくなるのである。

これも蛇足であるが、私は武田泰淳氏、竹内好氏をほんの遠くから存じあげている。特に武田さんは、巨きな作家、巨きな人、と思うだけでなく、私をはじめて物書きの世界に手招いてくださった方のうちのお一人である。尊敬と恩義の念を抱きながら、人見知りの私は一度も、拍手をくださったお礼にも伺わなかった。新人賞をいただいたぐらいで人並みな顔つきで押しかけていくなど、心の貧しさを見破られそうな気がする。当時の私はほんの未分化の猿のような状態で、武田さんの眼の玉に私の姿が映るさえ恐縮に思っていた。

ところが、何度か、不意に街角などでばったりぶつかってしまうのである。武田さんはあんなにえらい作家であるにもかかわらず、そういうときに、どぎまぎちぐはぐされる方で、そこが巨きさを感じさせるところであるが、一度などは、私の生家のそばで、私が浴衣がけで銭湯に行く途中で、角を曲がったとたんに、車に乗りこまれる武田さんと不意に顔が合ってしまった。武田さんはいったん乗りこまれた車の中からもそそとおりてこられて、非常に慌てた表情で丁寧におじぎをされると、恐縮している私をおいて、また身をかがめながら車の中へ——。

飛行機の中で似顔絵を持たされてしまって、「百合子。ほら。はやく。何かないか。お礼。お礼——」などといっている武田さんのお姿が、私の中の印象とだぶって笑いがこみあげてくるのである。そればかりでなく、活写されているひとつひとつの情景が、もう今は亡い方にまたお目通りしているようななつかしさが湧いてくる。私などはこの本で、長年の意がかなって、武田さんと親しくさせていただいた。

しかし百合子さんとすれば、本書の存在がまた悲しみのアルバムでもあろう。武田さんも、その終生の友竹内さんも、この旅を了《お》えられてまもなく、それぞれ病いに伏された。篇中の折り折りに、あとにして思えば、というその気配が蟠《わだか》まっている。そうして百合子さんが、まことに優しいのが哀しみを誘う。

武田さんが亡くなって、何年かしたある夜、新宿の小さな酒場のカウンターで、偶然、百合子さんと隣り合って、私は愕然とした。それ以来、親しくおつきあいさせていただいて、折り折りにお酒を呑んだりしている。何度も、「退りおろう——！」という私自身の声がきこえて、そのたび私は飛びあがり、土間に平伏して、師ともいえる人の夫人と肩を並べて酒を呑んでいる慢心を恥じる気分になるのであるが、百合子さんの方はおおらかで他意なくつきあってくださる。

本篇が読売文学賞を得たお祝いの夜、埴谷雄高、中村真一郎、島尾敏雄などの先輩諸氏が他人事でない喜びようで、心のこもった二次会、三次会があったが、その宴のあと、百合子さんを送りがてら、はじめて赤坂のお宅にお邪魔した。

百合子さんのお宅の茶の間には、まるでお通夜が何年もそのまま続いているかのように、祭壇が大きく中心に据えられ、武田さんのお写真が笑っていた。

解説——ばっさ、ばっさと見る人

阿《あ》部《べ》公《まさ》彦《ひこ》
（英文学者）

作家の武田泰淳と中国文学者の竹内好は親友だった。これに武田の妻・百合子が加わり、三人で当時のソ連への旅行をした。一九六九年のことである。まず横浜から船でハバロフスクへ。そこからシベリア鉄道で中央アジアのイルクーツク、アルマ・アタ、途中、空路も利用しながらさらにレニングラード、モスクワ。最後はストックホルムにまで至る。当時としては大旅行だ。その道中を日記に記したのが『犬が星見た』である。

壮大な大旅行。しかも武田泰淳と竹内好となれば、さぞや高邁で抽象性の高い話題が連続するのだろうと誰もが思う。ところが読み進めて驚くのは、難解な話はほとんど出てこなくて、とにかく些末《さまつ》で身近な事ばかりということだ。もっと言うと、なぜかウンコやゲロの話が多い。

たとえば遠くに雪をかぶった天山山脈を一行がながめやる場面がある。天山山脈の眺めはさぞ雄大だろうと思うのだが……。

雪を頂いた天山山脈が、はるかに霞んで真正面に見える。竹内さんは見惚れている。

「いい山だねえ。見飽きないね」

竹内さんが行かなかった博物館と美術館の話をした。

「たいして面白くなかったのよ」

「百合子は博物館や美術館に行くと、すぐ糞しに行くんだ。つまらないとしたくなるらしい。性に合わないんだな」

天山山脈の風景から、いきなり「すぐ糞しに行く」。とても印象的である。

ブハラではこんな一コマがあった。夜、著者は寝床で体が痒くて目が覚める。ダニに刺されたらしい。しばし、体中を引っ掻いていた。すると著者の耳は、外の音の変化に気づく。

そのあいだに、遅くまで騒いでいた中庭食堂の客声もやみ、往来に涼む人たちがかけ合っていた声も、いつのまにかやんだ。

やんだと思ったら、向いの平家で、げえッ、げえッ、ああッ、ごおッ、げえええええ、えッ、えッ、えッと、げろを吐きはじめた。金属板みたいな菫色の空に、げろ吐きの音だけが、ずい分長い間、響きわたっていた。

書き写しながらあらためて感心したが、この擬声語はすごい。驚くべき写実性である。『犬が星見た』は、こうした感受性に支えられた本なのである。行く先々で名所を訪れ、珍しいものを見たり珍しい人に会ったりするのだが、口をつくのは「うんこが出たい」（泰淳）とか、「わが国の人は、よくおならをするねえ」（百合子）「短い足で、西洋人の体向きに出来ている広い通りを一生懸命歩いてるんだ。おならも出る」（泰淳）といったセリフなのである。

何なのだろう。

でも、『犬が星見た』の言い尽くせぬ魅力は、このほとんど小児的なほどのゲロ、ウンコ、下痢、おならのオンパレードとつながっていると私は思う。そこにあるのは、世界をばっさ、ばっさと見てしまう目なのだ。容赦ないとも、残酷とも、即物的とも言える。テキトーにも見える。でも、けっこう切実だし、ウソはない。そして、実はこっそり面白がってもいる。そんなもろもろの土台にあるのが「ウンコの知」なのではないか。

武田百合子という希有な書き手を解放したのは、日記という形式だった。もともと百合子は文章を書くことに色気などなかった。しぶしぶ書いたのは、泰淳の勧めで日記をつけるようになったからである。「俺もつけるから。代る代るつけよう。な？　それならつけるか？」と説き伏せられる。泰淳の助言は大きな意味をもった。「何も書くことがなかったら、その日に買ったものと天気だけでもいい。面白かったことやしたことがあったら書けばいい。日記の中で述懐や反省はしなくてもいい」（「絵葉書のように」）。とにかく記録する、よけいな意味づけはしない、考えない、ウソをつかない、ということ。百合子はこれをかなり忠実に守った。

書いたものを発表するつもりはなかった。あくまで泰淳に言われたからやっただけである。読者も、評判も考えない。そんな日記を、泰淳の死後、中央公論社の編集者がたまたま見つけ、『海』に連載されることになった。百合子の代表作『富士日記』はこうして日の目を見たわけである。

『富士日記』に描かれたのは富士山麓にあった武田家の山荘での日常だった。家に不具合が生じたり、地元の人と知り合ったり、知人が訪れたり、東京と往復したりといった、ごくふつうの出来事がそのまま描かれている。しかし、その一部だけでもつまみぐいしたことがある人ならわかるように、あちこちにむずむずするおもしろさや、思わず尻餅をつきそうになる珍事が散りばめられており、いても立ってもいられなくなる。今や『富士日記』は大人気。日本語で書かれた日記の最高峰、と言ってもいいくらいだ。

その『富士日記』の番外篇がこの『犬が星見た』である。今回も「つれて行ってやるんだからな。日記をつけるのだぞ」と泰淳に言われて日記をつけた。ルールは『富士日記』と同じ。とにかく書く。その日に食べたものとか、見たものとかを、よけいな飾りもなしに記録する。

武田百合子の日記に出てくる食べ物はあまりおいしそうではない。日本からの船中での、ある日の昼食はこんな具合だ。

○野菜サラダ
○パン
次にきたもの
○純日本式味噌汁（中身は麩とねぎ）
○丸干いわしの焼いたの三本と昆布と魚の酢じめ
○米飯小丼一杯（塩味がついている）

その次にきたもの
○白身魚のバター焼、野菜つけ合せ
最後にきたもの
○クリームコーヒー

どうも食欲がそそられない。「米飯小井一杯（塩味がついている）」なんて、ほとんどまずそうだ。例の泰淳のルールを守って書くとこうなるのだ。食べ物というのはそういうものだろう。ほんとうはどんな「物」が口に入るかは重要ではない。食べ物を思い浮かべたときの期待とか、風情とか、想像とかがあるから、食事は美しく引き立つ。即物的な書き方だと、まるで「餌」になる。欲など生まれようがない。

しかし、武田百合子を解放したのは、日記のそういう性質だった。食べ物をはじめとして、すでにあるものが寸断され、ばらばらになり、並べ直される。前からあったつながりは断ち切られ、リセットされる。お愛想とか期待とか、愛とか欲望よりも、いちいちの瞬間の「はっ」とするような一言とか、表情とかのほうが大事なのだ。

食べ物だけではない。人間も、そのしぐさとか、行動とか、セリフとかがぼこっとある。すべてそのまま書き留められる。『犬が星見た』は、そういうひとときがほとんど毎頁にある。いったいこの人たちはどうしてこんなことが言えるのかと感動する。それを書き留めた百合子も見事だ。

トビリシに行って、現地の老人と記念の握手をしながら「やあ、めでたい。めでたい。あんたも長生きをされて。おめでとうさん。おめでとうさん」と涙を流しながら言う銭高老人はもっとも忘れられない登場人物の一人だし、泰淳もいつもながらちょっとしたセリフに味がある。

　船着場まで、と乗ったタクシーの運転手は、長い金髪でヒッピー風の恰好をしていた。二十四歳だといった。

「あなたはビートルズに似ています」主人が言うと、横顔で「サンキュー」と愛想よく笑って見せた。

「ビートルズに似ています」って何だよ。しかし、百合子はそんな野暮なツッコミをしない。ただ、淡々と書き留めるのだ。何と言っても、これは日記だから。

武田百合子という人は、この日記のように生きていたのかとも思う。ばっさ、ばっさと世界を見ながら、容赦なく、ドライに、こだわらず。

ただ、通して読んでみるとわかるが、武田百合子はとてもやさしい人だ。それは、行く先々で出合う子供たちを見る視線にも、あるいはそもそも風景の中にまず子供を見つけてしまうその性癖にもよく出ている。夫や竹内好や銭高老人も、まるで子供と接するように見ていたのかもしれない。だから、「ウンコ」なのだろう。

旅行記の冒頭は、いかにも変てこな世界で、最後までその変てこさはつづく。珍道中なのは間違いない。仲間たちは最初は浮かれているが、途中で何となく面倒臭くなったり、くたびれたり、不機嫌になったり、別れ際はさびしくなったり、という情緒の山谷もある。ドライなのにしんみりしている。軽いのにじわっと残る。

タイトルだけでは、何の本かさっぱりわからないだろう。掃除の合間にしゃがんで本を読みふけっていた百合子の姿が犬みたいだったらしい。泰淳に「やい、ポチ」と言われたときのことを著者は懐かしく覚えていて、タイトルにした。

泰淳と竹内好、二人とも帰国後何年かして同じ時期に亡くなってしまった。そんなことがあらかじめ予感された日記だったのかとも思ったりする。

『犬が星見た――ロシア旅行』

『海』（中央公論社）一九七八年二月号～十二月号「ロシア旅行――犬が星見た」として連載

単行本　『犬が星見た　ロシア旅行』一九七九年二月二十五日　中央公論社
文庫　『犬が星見た　ロシア旅行』一九八二年一月十日　中公文庫
全集　『武田百合子全作品　4』一九九五年一月　中央公論社

本書について

・本書は一九九五年一月刊『武田百合子全作品 4』を底本とし、関連作品、旧版の文庫解説に加え、書き下ろしの解説を収録し、改版したものである。

・明らかに誤植と思われる箇所は、著作権継承者の了解を得てあらためた。

・本文中に、現代では不適切と考えられる表現が見られるが、著者が他界していることや、当時の時代背景、また作品の価値を考慮して、そのままとした。

中公文庫

新版《しんぱん》
犬《いぬ》が星見《ほしみ》た
——ロシア旅行《りょこう》

1982年1月10日　初版発行
2018年10月25日　改版発行
2022年6月30日　改版4刷発行

著　者　武田百合子《たけだゆりこ》

発行者　松　田　陽　三

発行所　中央公論新社
〒100-8152　東京都千代田区大手町1-7-1
電話　販売　03-5299-1730　編集　03-5299-1890
URL https://www.chuko.co.jp/

ＤＴＰ　嵐下英治
印　刷　三晃印刷
製　本　小泉製本

©1982 Yuriko TAKEDA
Published by CHUOKORON-SHINSHA, INC.
Printed in Japan　ISBN978-4-12-206651-9 C1195

定価はカバーに表示してあります。落丁本・乱丁本はお手数ですが小社販売部宛お送り下さい。送料小社負担にてお取り替えいたします。

●本書の無断複製（コピー）は著作権法上での例外を除き禁じられています。また、代行業者等に依頼してスキャンやデジタル化を行うことは、たとえ個人や家庭内の利用を目的とする場合でも著作権法違反です。

各書目の下段の数字はＩＳＢＮコードです。978-4-12が省略してあります。

中公文庫既刊より

た-15-5
日日雑記　武田百合子
天性の無垢な芸術者が、身辺の出来事や日日の想いを、時には繊細な感性で、時には大胆な発想で、心の赴くままに綴ったエッセイ集。〈解説〉巖谷國士
202796-1

た-15-10
富士日記（上）新版　武田百合子
夫・武田泰淳と過ごした富士山麓での十三年間を克明に描いた日記文学の白眉。昭和三十九年七月から四十一年九月分を収録。〈巻末エッセイ〉大岡昇平
206737-0

た-15-11
富士日記（中）新版　武田百合子
愛犬の死、湖上花火、大岡昇平夫妻との交流。昭和四十一年十月から四十四年六月の日記を収録する。田村俊子賞受賞作。〈巻末エッセイ〉しまおまほ
206746-2

た-15-12
富士日記（下）新版　武田百合子
季節のうつろい、そして夫の病。山荘でともに過ごした最後の日々を綴る。昭和四十四年七月から五十一年九月までを収めた最終巻。〈巻末エッセイ〉武田　花
206754-7

た-13-5
十三妹《シイサンメイ》　武田　泰淳
強くて美貌でしっかり者。女賊として名を轟かせた十三妹は、良家の奥方に落ち着いたはずだったが……中国古典に取材した痛快新聞小説。〈解説〉田中芳樹
204020-5

た-13-6
ニセ札つかいの手記　武田泰淳異色短篇集　武田　泰淳
表題作のほか「白昼の通り魔」「空間の犯罪」など、独特のユーモアと視覚に支えられた七作を収録。戦後文学の旗手、再発見につながる短篇集。
205683-1

た-13-7
淫女と豪傑　武田泰淳中国小説集　武田　泰淳
中国古典への耽溺、大陸風景への深い愛着から生まれた、血と官能に満ちた淫女・豪傑の物語。評論一篇を含む九作を収録。〈解説〉高崎俊夫
205744-9

た-13-8
富士
武田泰淳
悠揚たる富士に見おろされる精神病院を舞台に、人間の狂気と正常の謎にいどみ、深い人間哲学をくりひろげる武田文学の最高傑作。〈解説〉堀江敏幸
206625-0

た-13-9
目まいのする散歩
武田泰淳
歩を進めれば、現在と過去の記憶が響きあい、新たな記憶が甦る……。野間文芸賞受賞作。巻末エッセイ「丈夫な女房はありがたい」などを収めた増補新版。
206637-3

た-13-10
新・東海道五十三次
武田泰淳
妻の運転でたどった五十三次の風景は――。自作解説「東海道五十三次クルマ哲学」、武田花の随筆「うちの車と私」を収録した増補新版。〈解説〉高瀬善夫
206659-5

た-80-1
犬の足あと 猫のひげ
武田花
天気のいい日は撮影旅行に。出かけた先ででくわした奇妙な出来事、好きな風景、そして思い出すことどもを自在に綴る撮影日記。写真二十余点も収録。
205285-7

い-38-3
珍品堂主人 増補新版
井伏鱒二
風変わりな品物を掘り出す骨董屋・珍品堂を中心に善意と奸計が織りなす人間模様を鮮やかに描く。関連エッセイを増補した決定版。〈巻末エッセイ〉白洲正子
206524-6

い-38-4
太宰治
井伏鱒二
師として友として太宰治と親しくつきあった井伏鱒二。二十年ちかくにわたる交遊の思い出や作品解説など太宰に関する文章を精選集成。〈あとがき〉小沼丹
206607-6

い-38-5
七つの街道
井伏鱒二
篠山街道、久慈街道……。古き時代の面影を残す街道を歩いて、史実や文献を辿りつつ、その今昔を風趣豊かに描いた紀行文集。〈巻末エッセイ〉三浦哲郎
206648-9

い-42-3
いずれ我が身も
色川武大
歳にふさわしい格好をしてみるかと思っても、長年にわたって磨き込んだみっともなさは変えられない――永遠の〈不良少年〉が博打を友を語るエッセイ集。
204342-8

各書目の下段の数字はISBNコードです。978－4－12が省略してあります。

い-42-4
私の旧約聖書
色川武大
中学時代に偶然読んだ旧約聖書で人間の叡智への怖れを知った……。人生のはずれ者を自認する著者が、旧約と関わり続けた生涯を綴る。〈解説〉吉本隆明
206365-5

う-37-1
怠惰の美徳
梅崎春生
荻原魚雷編
戦後派を代表する作家が、怠け者のまま如何に生きてきたかを綴った随筆と短篇小説を収録。真面目で変でおもしろい、ユーモア溢れる文庫オリジナル作品集。
206540-6

お-2-10
ゴルフ 酒 旅
大岡昇平
獅子文六、石原慎太郎ら文士とのゴルフ、一年におよぶ米欧旅行の見聞……。多忙な作家の執筆の合間には、いつも「ゴルフ、酒、旅」があった。〈解説〉宮田毬栄
206224-5

お-2-11
ミンドロ島ふたたび
大岡昇平
自らの生と死との彷徨の跡。亡き戦友への追慕と鎮魂の情をこめて、詩情ゆたかに戦場の島を描く。『俘虜記』の舞台、ミンドロ、レイテへの旅。〈解説〉湯川豊
206272-6

お-2-12
大岡昇平 歴史小説集成
大岡昇平
「挙兵」「吉村虎太郎」など長篇『天誅組』に連なる作品群ほか、「高杉晋作」「竜馬殺し」「将門記」など戦争小説としての歴史小説全10編。〈解説〉川村湊
206352-5

お-2-13
レイテ戦記(一)
大岡昇平
太平洋戦争の天王山・レイテ島での死闘を再現した戦記文学の金字塔。巻末に講演「『レイテ戦記』の意図」を付す。毎日芸術賞受賞。〈解説〉大江健三郎
206576-5

お-2-14
レイテ戦記(二)
大岡昇平
リモン峠で戦った第一師団の歩兵は、日本の歴史自身と戦っていたのである——インタビュー「『レイテ戦記』を語る」を収録。〈解説〉加賀乙彦
206580-2

お-2-15
レイテ戦記(三)
大岡昇平
マッカーサー大将がレイテ戦終結を宣言後も、徹底抗戦を続ける日本軍。大西巨人との対談「戦争・文学・人間」を巻末に新収録。〈解説〉菅野昭正
206595-6

お-2-16
レイテ戦記（四）
大岡昇平
太平洋戦争最悪の戦場を鎮魂の祈りを込め描く著者渾身の巨篇。巻末に「連載後記」、エッセイ「『レイテ戦記』を直す」を新たに付す。〈解説〉加藤陽子
206610-6

お-2-17
小林秀雄
大岡昇平
親交五十五年、評論から追悼文まで「人生の教師」であった批評家の詩と真実を綴った全文集。巻末に小林との対談収録。文庫オリジナル。〈解説〉山城むつみ
206656-4

お-2-18
成城だより 付・作家の日記
大岡昇平
文学、映画、漫画……闊達に綴った日記文学。一九七九年十一月から八〇年十月まで。「作家の日記」を併録。全三巻。〈巻末付録〉小林信彦・三島由紀夫
206765-3

お-2-19
成城だよりⅡ
大岡昇平
六十五年を読書にすごせし、わが一生、本の終焉と共に終らんとす——。大いに読み、書く日々。一九八二年一月から十二月まで。〈巻末エッセイ〉保坂和志
206777-6

お-2-20
成城だよりⅢ
大岡昇平
とにかくひどい戦後四十年目だった——。防衛費一％枠撤廃、靖国参拝……戦後派作家の慷慨。一九八五年一月から十二月まで。全巻完結。〈解説〉金井美恵子
206788-2

く-20-1
猫
クラフト・エヴィング商會
井伏鱒二／谷崎潤一郎 他
猫と暮らし、猫を愛した作家たちが思い思いに綴った珠玉の短篇集が、半世紀ぶりに生まれかわる。ゆったり流れる時間のなかで、人と動物のふれあいが浮かび上がる、贅沢な一冊。
205228-4

た-7-2
敗戦日記
高見順
〝最後の文士〟として昭和という時代を見つめ続けた著者の戦時中の記録。日記文学の最高峰であり昭和史の一級資料。昭和二十年の元日から大晦日までを収録。
204560-6

ふ-2-5
みちのくの人形たち
深沢七郎
お産が近づくと屛風を借りにくる村人たち、両腕のない仏さまと人形——奇習と宿業の中に生の暗闇を描いた表題作をはじめ七篇を収録。〈解説〉荒川洋治
205644-2

各書目の下段の数字はＩＳＢＮコードです。978－4－12が省略してあります。

ふ-2-6
庶民列伝
深沢七郎
周囲を気遣って本音は言わずにいる老婆（「おくま嘘歌」）、美しくも滑稽な四姉妹（「お燈明の姉妹」）ほか、烈しくも哀愁漂う庶民を描いた連作短篇集。〈解説〉蜂飼　耳
205745-6

ふ-2-7
楢山節考／東北の神武たち　深沢七郎初期短篇集
深沢七郎
「楢山節考」をはじめとする初期短篇のほか、伊藤整・武田泰淳・三島由紀夫による選評などを収録。文壇に衝撃をもって迎えられた当時の様子を再現する。〈解説〉小山田浩子
206010-4

ふ-2-8
言わなければよかったのに日記
深沢七郎
小説「楢山節考」でデビューした著者が、武田泰淳、正宗白鳥ら畏敬する作家との交流を綴る文壇日記。巻末に武田百合子との対談を付す。〈解説〉尾辻克彦
206443-0

ふ-2-9
書かなければよかったのに日記
深沢七郎
ロングセラー『言わなければよかったのに日記』の姉妹編（『流浪の手記』改題）。飄々とした独特の味わいとユーモアがにじむエッセイ集。〈解説〉戌井昭人
206674-8

や-1-2
安岡章太郎　戦争小説集成
安岡章太郎
軍隊生活の滑稽と悲惨を巧みに描いた長篇「遁走」ほか、短篇五編を含む文庫オリジナル作品集。巻末に開高健との対談「戦争文学と暴力をめぐって」を併録。
206596-3

や-1-3
とちりの虫
安岡章太郎
ユーモラスな自伝的回想、作家仲間とのやりとり、鋭く笑える社会観察など、著者の魅力を凝縮した随筆集。阿川弘之と遠藤周作のエッセイも収録。〈解説〉中島京子
206619-9

や-1-4
私の濹東綺譚　増補新版
安岡章太郎
名作の舞台と戦争へと向かう時代を合わせて読み解く、昭和の迷宮への招待状。評論「水の流れ」を増補し、荷風『濹東綺譚』を全編収載。〈解説〉高橋昌男
206802-5

や-1-5
利根川・隅田川
安岡章太郎
流れに魅せられた著者が踏査したユニークな利根川紀行と、空襲前の東京の面影をとどめていた隅田川の思い出を綴った好エッセイ。〈巻末エッセイ〉平野　謙
206825-4